A marcação

F☀SF☀R☀

FRÍÐA ÍSBERG

A marcação

Tradução
LUCIANO DUTRA

Laíla,

Por que todas as nossas conversas têm sempre que terminar desse jeito? Não podemos conversar sobre as coisas sem um "isso é só a sua opinião"? Não estou convencida de nada. Eu estava apenas considerando os contra-argumentos, testando a força da opinião. Não suporto esse clima de terra de ninguém que se instalou entre nós. Não suporto que a sociedade tenha sempre que se dividir em dois exércitos, cada um defendendo o seu forte, e que aqueles que se arriscam, colocando-se no meio, sejam fuzilados por ambos os lados. Ah, sim, e pelo que me lembro: "política" não significa "polos opostos" como você disse. A palavra "política" se origina do conceito grego de "politiká", que significa "questões da cidade".

Não se trata, nem se deve tratar, de ser a favor ou contra. Polo Norte ou polo Sul.

Eu não estava tentando justificar nem uma coisa nem outra. Simplesmente quis dizer que o voo em formato de V reduz a resistência do ar e isso facilita aos pássaros sua travessia oceânica. Quando um pássaro bate as asas, forma-se uma convecção atrás dele que é aproveitada pelo pássaro seguinte. Tão logo se desvia do grupo, um pássaro sente mais o vento de proa e logo se posiciona atrás de algum pássaro. O bando mantém-se coeso porque isso é o mais vantajoso, o coletivo aumenta as probabilidades de sobrevivência. Porém, isso em nada muda o fato de que, no voo em formato de V, os pássaros organizam-se socialmente segundo sua força: os mais fortes voam na dianteira, clivando o vento. Quanto mais atrás se está, mais simples é o voo. Seria ainda mais fácil voar no centro da formação, porém, os pássaros não o permitem porque assim um deles não colaboraria com o bando. Os demais começam a chilrear e, ao mesmo tempo, a sentir vergonha.

Não quis dizer com isso que os psicopatas — sim, me recuso a ceder às exigências absurdas do politicamente correto, dizendo "pessoas com distúrbios morais" — seriam os pássaros mais fortes. O psicopata geralmente é aquele que voa no centro da formação, mas aparenta voar na dianteira do bando. O psicopata não é o pássaro mais forte, mas sim o elo mais débil do bando. Perceba a ambiguidade da palavra "débil" aqui, pois os elos mais débeis da sociedade — indivíduos que não trabalham para o bando — são literalmente considerados doentes. Imbricamos ambas as ideias: saudável e débil, débil e forte.

É claro que isso nos lembra Nietzsche. A diferença entre o bem e o mal, o bom e o ruim. Provavelmente você está revirando os olhos agora, mas isso é importante. Os nossos valores morais afirmam que as qualidades individuais que servem ao todo são "boas" (empatia, solicitude), enquanto as qualidades individuais que ameaçam o todo são "más" (egoísmo, psicopatia). Naturalmente, isso não condiz com a nossa intuição subjacente: "Aquilo que é bom para mim é bom, aquilo que é ruim para mim é ruim".

Porém, agora, o nosso bando (o rebanho, a sociedade) confundiu força e psicopatia. Determinadas características humanas antes relacionadas com a força, por exemplo, testosterona e agressividade, já não são apenas defeitos vergonhosos, mas pura e simplesmente sintomas patológicos. O que é parecido com afirmar que facas são defeitos vergonhosos, sintomas patológicos. Sim, as facas podem ser perigosas, quanta gente já não morreu ao ser ferido por uma delas? No entanto, usamos facas todo santo dia, em todas as cozinhas do mundo.

Claro que entendo por que isso aconteceu, já faz muito tempo que negligenciamos a importância do diálogo e da não violência. Mas então o que será dos pássaros que realmente são fortes, que verdadeiramente clivam o vento para os demais? Vejamos o Althingi,* vejamos aquilo no que se tornou depois que a marcação compulsória dos deputados foi aprovada. Agora todo o país tem certeza de que ninguém no Althingi é psicopata; não podemos mais jogar os políticos na lixeira da psicopatia de acordo com a nossa conveniência. Mesmo assim, os deputados só discursam docilmente sobre as questões. Ninguém ousa dizer as coisas sem papas na língua, pois a agressividade é classificada como violência.

Assim são as coisas. O sentido das palavras se dilata e se contrai, se ramifica e se entrelaça. Utensílios viram armas letais, e forças viram fraquezas. Tudo isso depende do contexto momentâneo.

Dito isso, dou um passo atrás e peço desculpas por ontem ter saído porta afora. Mas você também precisa saber que fico muito resistente quando me colocam contra a parede dessa forma: ou bem concordo com a ortodoxia ou sou uma pessoa ruim. Permita-me apenas respirar, Laíla. Permita-me apenas matutar a respeito das coisas sem que você me chame de "loba em

---

* O Parlamento da Islândia ("Alþingi", em islandês). Fundado em 930, é um dos mais antigos do Ocidente. Atualmente é unicameral e formado por 63 deputados. (Esta e as demais notas são do tradutor.)

pele de cordeiro". Não é justo que especulações ideológicas se transformem em acusações pessoais. Se quisermos continuar sendo amigas pelos próximos vinte anos, temos que conseguir conversar sem que tudo vire defesa e ataque, ferro e fogo, brasa e cinza.

TEA

1

VETUR ESTÁ A CAMINHO DO TRABALHO quando vislumbra um homem de cabelo castanho dentro da cafeteria do bairro e a rigidez em seus ombros é o que basta para desencadear tudo. Ela consegue seguir adiante até virar a esquina e ficar fora do campo de visão de quem está na cafeteria, antes de suas pernas amolecerem feito miolo de pão e os braços perderem o tônus muscular, tudo fica nítido demais, as cores vibrantes, os detalhes exageradamente minuciosos. Zoé emite um alerta sonoro: *Batimentos cardíacos de cento e oitenta e um por minuto*. Ela tem a mesma sensação avassaladora de sempre: ele a está perseguindo, sabe onde ela trabalha, começou outra vez, ela precisa se esconder. Alguém vai até ela e pergunta se está tudo bem, e a voz chega aos seus ouvidos bem mais tarde, ou provavelmente a cabeça dela é que assimila o sentido das palavras bem mais tarde, e ela responde Sim, está tudo bem, conta que está menstruada, diz a Zoé para não disparar, a última coisa que ela quer é que as sirenes zunam como da última vez, ela expira, inspira, expira: Ele não pode entrar aqui. Ele não pode entrar nesse bairro. Não deve ser ele. E, quando ela pondera, ele não se parecia em nada com Daníel. Aquele homem tinha cabelo curto e vestia um sobretudo elegante, como todos nesse bairro, todos que podem entrar nesse bairro.

Ela está acocorada com as mãos apoiadas nos joelhos. Endireita-se devagar e volta a caminhar em direção à escola o mais rápido que pode. Vai direto à sala de aula e tenta se acalmar. Quando o primeiro aluno entra na sala, ela já conseguiu parar de tremer. Depois do meio-dia, já se esqueceu mais ou menos daquilo.

Terminadas as aulas naquele dia, um representante da Associação de Psicólogos da Islândia (PSI) veio explicar aos professores como era possível preparar os alunos. A experiência mostra que o melhor é minimizar o teste um pouquinho, ele diz, garantir que não é nada difícil. Caso contrário, os alunos tendem a fazer um bicho de sete cabeças, a imaginar que o teste é mais difícil do que de fato é.

"Então como devemos lhes apresentar o teste? Como se fosse moleza?" Húnbogi pergunta, abrindo as mãos como alguém prestes a erguer as mãos ao céu mas sem erguer as mãos ao céu, Vetur pensa com seus botões.

O representante assente com a cabeça e pondera.

"Não. Não como se fosse moleza. Porém, conforme o plebiscito se aproxima, chegam a nós cada vez mais casos de crianças que não conseguem pregar o olho por medo de reprovar. Os adultos da casa talvez estejam tentando formar uma opinião a respeito da obrigatoriedade da marcação sem perceber que seus filhos estão sentados feito esponjas ao lado, absorvendo tensão e incerteza com base em informações limitadas. Por isso achamos importante falar de *teste de identificação* no caso de indivíduos de até dezoito anos. E não de teste de empatia. A linguagem que utilizamos é importante. Não queremos que as crianças sintam que o teste é algo em que podem reprovar. Não vamos marcar ninguém."

O representante, Ólafur Tandri, talvez seja apenas um pouquinho mais velho do que ela, está entre os trinta e os quarenta. Ele aparece com frequência nos noticiários como o responsável técnico da PSI. A diretora da escola pediu especialmente que ele viesse. Vetur entende por que ele é bem-sucedido nessa área. Há um toque de modéstia nele, uma clareza. Se ele fosse uma casa, teria sido erguida sobre fundações sólidas. Não sobre a areia, como as demais.

"Esperamos que essas ações ajudem a controlar a ansiedade, o mal-estar, a vergonha e talvez o assédio moral. É claro que vocês sabem melhor do que ninguém que essa é uma idade delicada, na qual o gregarismo apela ao indivíduo, na qual a maioria quer se entrosar com o grupo. Os alunos jamais verão os resultados do teste. Entraremos em contato diretamente com o professor regente, caso necessário. Além disso, são pouquíssimos os casos diagnosticados nas escolas marcadas. Geralmente são crianças que apresentam evidentes dificuldades, crianças que sofreram algum trauma ou que foram negligenciadas."

"Desculpa, queira me desculpar. Quer dizer que nós, pais, não vamos saber quais crianças reprovaram e quais passaram?", alguém diz no fundo da sala.

Vetur vê que se trata de uma das mães da associação de mães e pais:

"Isso é algo a ser decidido pela direção da escola. Mas é uma questão delicada. Se a criança é diagnosticada como subpadrão, é preciso lhe dar atenção especial. Nesse sentido, seria desejável que os pais das outras crianças fossem informados. Naturalmente, é necessária uma aldeia inteira para criar uma criança e coisa e tal. Porém, o perigo é que os pais inconscientemente afastem seus filhos do indivíduo enfermo, o que vai totalmente contra os objetivos do teste de empatia. Comportamentos antissociais devem ser respondidos com anexação social. Se a consequência do teste fosse o isolamento, na verdade estaríamos tirando a criança das cinzas para jogá-la no fogo", o representante afirma.

"Esse tipo de coisa nunca aconteceria aqui no nosso bairro", a mãe retruca.

"Esperemos que não", Ólafur Tandri diz.

"O que acontece se uma criança é diagnosticada como subpadrão?"

"Caso o avaliador entenda haver motivos para intervir, ele ou ela entra em contato com o diretor da escola e com o professor regente, e ambos convocam os pais para que as medidas apropriadas sejam adotadas."

Vetur deixa a reunião apressada, antes de seus colegas. Alguns alunos veteranos estão parados na entrada da escola, dois deles escorados na parede, cada um comendo uma maçã, o que está na moda entre os jovens dessa geração por razões que ela desconhece. Ela atravessa o pátio da escola passando ao lado do campo de futebol, cercado de painéis de acrílico. Caminha rápido, e quando alguém menciona o 104,5 —[*] bar e cafeteria onde ela achou ter visto Daníel pela manhã — diz que planeja ir ao teatro. Por quê? Por que ela faz isso consigo mesma? Então alguém pergunta a que peça ela pretende assistir e ela responde que não sabe, que a mãe a convidou e vai escolher a peça. As mentiras são o alimento da ansiedade. Agora, ela tem que lembrar de averiguar quais peças serão exibidas à noite para poder responder às perguntas na segunda-feira.

---

[*] O nome 104,5 é uma brincadeira com o fato de o bar localizar-se exatamente na divisa entre os códigos postais 104 e 105 de Reykjavik, capital da Islândia.

Ela simplesmente não tem saco de participar das conversas que acontecem depois dessas reuniões. Não tem saco de ouvir os colegas concordarem quanto ao principal, mas discordarem com relação aos detalhes, não tem saco de ficar calada ouvindo os argumentos que já ouviu centenas de milhares de vezes e depois os contrapontos que já ouviu centenas de milhares de vezes, não se importa com a tensão entre querer falar alguma coisa e não dizer nada para Húnbogi e depois falar alguma coisa para Húnbogi, por quem ela não tem paciência de estar apaixonada, apesar de estar apaixonada, porque ele é bonito, mas é uma certa mistura desastrosa de ter e não ter consciência disso, e quando pensa nele de maneira abstrata não tem paciência de lidar com esse rocambole de segurança e insegurança, mas pensar em alguém de maneira abstrata claro que é totalmente diferente do tremor físico que vem espontaneamente, do solavanco físico que chega sem ser chamado, da coibição, do embaraço e das piadas sem graça.

Um choro de criança chega da rua. Vetur sente um cheiro bom de comida que vem dos apartamentos do andar de cima, dos quais é possível escutar a água corrente da torneira das cozinhas e um tilintar de pratos. A trilha por onde ela caminha é descarnada — aqui não há ervas daninhas nem rachaduras no solo, as árvores ainda são arbustos mirrados. A parte leste do bairro, a que fica mais próxima do antigo bairro de Sundahöfn, continua em obras, e durante o dia ouve-se o barulho das máquinas entrar pela janela da sala dos professores. Por sua vez, a parte oeste já está parcialmente pronta: coberta por grandes ruas brancas em estilo continental clássico, com prédios retos como dentes. Esse é o único bairro marcado cuja localização é central. Os outros bairros marcados se encontram no mesmo estado de desenvolvimento, um ao norte do lago Hafravatn e o outro na baía de Straumsvík.

Se o contrato dela for renovado no fim do semestre letivo, ela vai precisar vender o apartamento na avenida Kleppsvegur e comprar outro aqui. É a única solução.

Logo adiante, surge uma parede de vidro semiprateada e semitransparente com dez metros de altura, cercando o bairro como uma serpente em volta do ouro.* Ao final da rua, na esquina com a avenida Sæbraut, ela se ergue e se transforma num portão encurvado que dá para a avenida Laugarnesvegur. Esse é um dos dois portões existentes, o outro fica mais adiante, de frente para a avenida Dalbraut. Quando Vetur era adolescente, havia aqui um depósito enorme, porém, quando este ficou em ruínas, decidiu-se aterrar o local, e toda a cidade foi separada do mar por esse mesmo tipo de acrílico, desde a montanha Esja até a baía de Straumsvík. A imprensa chama isso de "vidraça", mas o restante da população se refere apenas a um dique.

Vetur vai até a saída, a primeira porta corre automaticamente para o lado quando ela se aproxima e volta a se fechar assim que ela entra; fica parada um segundo no corredor alto enquanto a câmera procura o rosto dela no Prontuário, então a segunda porta corre para o lado e ela sai.

O medo é um movimento descendente, feito a areia numa ampulheta. Ela verifica se o Acompanhamento está realmente ativado, mas é claro que está; o barulho do salto dos seus sapatos ecoa pela rua e denunciam a mudança de ritmo, a aceleração. Isso não combina com a imagem que faz de si mesma. Ela é mais despreocupada que isso, mais boba que isso. Faz o tipo que se atreve a matar uma aranha na banheira, a cozinhar com ingredientes que há muito já passaram da data de validade. Ela não faz o tipo que tem ataques de ansiedade no meio da rua ou que confia na sensação de segurança do lado de dentro do

---

* Referência ao dragão Fáfnir da saga dos tempos antigos, *Völsungasaga* (saga dos Völsungos). Também aparece na *Canção dos Nibelungos*.

portão, que tem medo de atravessar a avenida Sæbraut e verifica duas, três vezes se a porta do apartamento está realmente trancada antes de ir se deitar.

A psicóloga dela disse que ela é sortuda. Que vem de uma família sólida, tem uma boa rede de contatos e por isso elas poderiam resolver aquele trauma em pouquíssimo tempo. Recomendou que Vetur conversasse sobre o trauma com os seus entes queridos — familiares, amigos e colegas de trabalho — para evitar o isolamento social, que era uma sequela da síndrome pós-traumática, e Vetur seguiu essa recomendação de forma bastante conscienciosa, salvo com relação aos novos colegas de trabalho na escola de Viðey, pois a síndrome pós-traumática pode causar perda temporária de empatia, e, nesse bairro, uma possível perda de empatia prejudicaria a reputação, o sustento.

Algumas semanas antes, alguém mexeu na maçaneta da porta do apartamento dela tarde da noite. Imediatamente tudo voltou a disparar, a ampulheta tornou a ser virada, ela se certificou de que todas as cortinas das janelas estivessem fechadas e inspecionou cada metro quadrado do apartamento para se convencer de que ele não havia entrado, espiou e voltou a espiar por entre as lâminas grossas da persiana, para ter certeza de que a Mercedes-Benz preta não estivesse do lado de fora. Apesar de ela saber muito bem que a proibição de se aproximar e o Rastreio impediriam que ele chegasse a menos de duzentos metros dela. A polícia seria alertada imediatamente.

O prédio estava marcado?, foi a primeira coisa que a polícia perguntou. Quando ela respondeu que não, despacharam uma viatura.

Muito provavelmente tinha sido apenas um arrombador inocente, porém, cada vez que pensa no rangido da maçaneta, ela imagina que Daníel está atrás da porta. De jaqueta preta e com as mãos pálidas e frias. Ela imagina que ele está apenas se mostrando. Mostrando a ela que não está livre dele.

Ela insistiu mais uma vez com o síndico a respeito do abaixo-assinado, mas ele suspirou dizendo que o velho do terceiro andar era contra a marcação do prédio. Da última vez, o velho se exaltou com o síndico, dizendo que eles teriam que esperar sentados até que seu apartamento virasse espólio, mas Vetur não podia esperar sentada até que isso acontecesse: o velho tinha pouco mais de setenta anos, ainda tinha uns bons dez, quinze anos pela frente, se não mais. E, mesmo que o prédio fosse marcado, claro que isso não queria dizer que o prédio ou a rua deles seriam cercados. Isso levaria muitos anos ou décadas, se é que algum dia aconteceria. Marcar um prédio não queria dizer nada além do fato de que indivíduos desmarcados não passariam pelo leitor facial da portaria. Mas talvez menos arrombadores conseguissem mexer na sua maçaneta.

Ela entra no pátio do prédio e enfia a chave na fechadura da entrada. Depois de chegar em casa, desliga o Acompanhamento. Ela se joga no sofá e pede a Zoé que ligue para a sua psicóloga. A fila de espera é de duas semanas, diz a inteligência artificial com voz de veludo, nessa semana a psicóloga está em casa com o filho doente e as sessões foram adiadas. Vetur aceita o horário para dali a duas semanas, dá um suspiro, frustrada depois da ligação, e olha as mídias sociais. Seus colegas já estão no 104,5. Por uma fração de segundo, ela tem vontade de ir até lá correndo e se interpor entre uma das professoras de islandês e Húnbogi, para impedir que eles conversem de alguma coisa perspicaz sobre a língua islandesa que possa terminar fazendo com que venham a se tornar um casal islandês perspicaz mais tarde, mas depois imagina ela mesma formando um casal islandês perspicaz com Húnbogi e sente arrepios só de imaginar.

É uma trabalheira tremenda querer ter uma aventura amorosa quando se está à beira dos trinta e dois anos; é impossível que a falta de compromisso não seja logo esmagada pelo peso das perguntas iminentes sobre filhos, casamento e preferências políticas. Mas ela não tem medo de Húnbogi. Confia nele. Essa é mais uma consequência do episódio com Daníel: ter medo dos homens, enxergar logo uma coisa feroz neles, e não apenas ter medo dos homens, mas também ter medo de sofrer um ataque cardíaco e de ter câncer e dos carros e aviões, ter medo pelos familiares e amigos, ter medo de receber más notícias sempre que o telefone toca, de alguém ter sido diagnosticado com alguma doença ou sofrido um acidente. Isso não combina com a imagem que tem de si mesma. Ela é mais despreocupada, mais boba que isso.

Ela olha à sua volta. Um ano atrás essa mesma sala estava banhada de sol. Agora as persianas amarelas filtram a luz da tarde. Vetur sente um nó na garganta. Fecha os olhos e chora pela sua vida de antes, quando não se sentia vigiada a cada passo; mas se ela se concentra, aquela sensação volta — liberdade, a infinita liberdade da infância. Recentemente, Vetur havia parado de sair com uma beldade que deu o fora nela, e se sentia aliviada, pois soube desde o início que aquele não seria o destino final, e então começara por estratégia a mostrar seu pior lado, para que a beldade perdesse o interesse nela, o que felizmente aconteceu, e assim que conseguiu o novo emprego, ela de pronto começou a esquadrinhar seu redor em busca da nova presa. O emprego novo era temporário, um ano como folguista enquanto a professora titular de sociologia ia dar à luz e amamentar uma criança. Vetur nunca tinha dado aulas antes, nunca tivera nenhuma experiência relevante com adolescentes; tentou durante um ano sobreviver como eticista, mas, para sobreviver como eticista, é preciso ter o diploma de doutorado para conseguir financiamentos e projetos de pesquisa e uma vaga de professora assistente; ela, porém, não queria fazer doutorado nem ter uma carreira acadêmica, queria fazer algo prático. Participar de conselhos de ética, escrever artigos, emitir pareceres, influenciar diretamente a nova sociedade. Apesar de conseguir algum projeto aqui e acolá e de seu currículo se tornar cada vez mais consistente, muitas vezes ficava dura no banco; assim, quando a escola publicou o anúncio, aquela vaga de folguista pareceu ser uma oportunidade perfeita para juntar um dinheirinho durante um ano, fazendo um desvio cômodo e tranquilo numa rua secundária, temporariamente.

Poucos dias depois ela já estava de olho no professor de informática. Ele era magro e taciturno, vestia roupas sem qualquer personalidade, exibia uma barba desgrenhada e cabelos que começavam a rarear. Ele não se apresentou para ela, nunca aparecia nas reuniões nem nas festas dos professores e ligava religiosamente três vezes por mês para avisar que estava doente. Ela havia conhecido rapazes assim na faculdade de filosofia, nerds que escondiam o jogo, e alguma coisa em seu subconsciente ansiava por um homem desse tipo naquele momento, por atenção exclusiva e admiração sincera, depois que o relacionamento com a beldade acabou indo para o brejo como sempre acontecia, depois de se tornar cômodo e insosso como sempre acontecia, quando a vitória estava no papo e a euforia passava, depois de terminar de roer até a raiz a fantasia inerente a conhecer alguém novo.

Não foi preciso muito esforço, bastaram uns olhares para surpreendê-lo, uma pergunta aqui e outra acolá para fazê-lo falar no decurso de algumas semanas, e um punhado de conversas em frente à máquina de café até convencê-lo a tomar umas depois do trabalho. Ele tinha olhos escuros, era bem informado sobre política, filmes e música. Tinha uma tendência a (sor)rir de repente, com timidez — algo além de um sorriso e um pouco aquém de uma risada —, e quando isso acontecia, apareciam rugas bonitas nos olhos e nos cantos da boca. Quando eles transavam, na casa dela, ele ficava perfeitamente passivo e retraído, era ela que tinha que beijá-lo, levá-lo até o quarto, tirar as roupas dele, tirar as suas roupas, buscar o preservativo, perguntar Que posição você prefere, e na manhã seguinte ela podia contemplar aquilo por que sempre tinha esperado. Ela observava o rosto de um homem que não acreditava no que tinha acontecido, não acreditava nos seus próprios olhos, e aquilo produzia um tipo especial de euforia que ela não experimentava fazia muito, muito tempo.

2

ELE DIZ O NOME DELA. Duas vezes.

A voz a acalma. Grave e determinada. Engraçada, tendo em vista a frequência com que essa determinação tentou pisar nela. Tentou! Mas não conseguiu.

"Você pode vir?", ela pergunta.

Ele responde contando alguma bobagem.

"Não perguntei se você vai acordar cedo. Perguntei se você pode vir", ela diz.

Ela tenta ligar a câmera, mas não funciona. Tenta outra vez. Ele está lhe perguntando alguma coisa.

Olá, ouve ele dizer. Ele fala o nome dela pela terceira vez.

"Sim, sim, sim, sim, sim. Estou aqui. Por que você não quer me ver?", ela pergunta.

Ele responde que eles já estavam se preparando para dormir, com um sussurro sério e bastante grave para dar a entender que ela tinha aprontado alguma.

Ele diz que não dá mais.

"Eu sei", ela responde.

Ele diz que vai bloqueá-la.

"Breki. Não. Eu não consigo parar", ela retruca. "Eu te amo."

"Eyja", ele retruca então. "Que porcaria, Eyja."

Ele conta que não quer mais participar disso.

"Por favor. Eu não consigo", ela diz.

Ele responde algo dramático. Alguma coisa sobre plantar e colher. Alguma coisa a respeito do que ela é.

"E você sabe o que você é?", ela pergunta. "Você é um coturno, Breki. Uma coisa que só sabe pisar. E pisar e pisar e pisar."

Ela ouve a voz da vaca no fundo. A vaca está dizendo para ele desligar.

"É a vaca?", ela pergunta e dá uma gargalhada. "VACA. VOCÊ É UMA VACA", grita, aproximando o microfone da boca.

Breki fala alguma coisa e outra e depois desliga.

Ela tenta ligar outra vez. Ele não atende. Ela gira o pulso para si e grava um holo:

"Lembre disso, querido Breki: vacas não têm filhos. Elas têm outras vaquinhas."

Ela manda Zoé ligar para Thórir.

A ligação cai sem ser atendida. Mas nem é tão tarde assim.

Que horas são?

São apenas onze. E quarenta e cinco.

Ela deixa um holo para ele também.

Ela sabia exatamente o que ia acontecer tão logo o encontrou mais cedo no escritório.

Ela não precisou de nada além de uma fração de segundo para ler a feição arrependida da boca, aquela quase careta, o constrangimento no tom de voz.

E ele ainda tinha a coragem de olhar nos olhos dela.

Disse que estavam dando um aviso prévio de seis meses para ela. Podia repetir o teste depois de seis meses, mas até lá ela seria monitorada.

Monitorada.

Ela.

Sim, ela tinha que entender que essa era uma situação delicada para *ele*.

Que aquilo era muito custoso para *ele*.

Que ele iria mexer os pauzinhos para que ela recebesse o melhor tratamento psicológico disponível.

Que pelo que ele sabia o tratamento dava bons resultados. Que aí então ele iria reverter a demissão.

Que se ela não passasse de novo no teste eles fariam a coisa de um jeito que parecesse que ela havia pedido demissão.

A maneira como esfregou as palmas das mãos e disse que se a decisão coubesse a ele isso não teria consequência para os funcionários. Mas que ela própria tinha visto as últimas pesquisas. Que não restava nenhuma opção a não ser a marcação da empresa.

Ela ficou só olhando para ele, os cantos frouxos da boca e as pálpebras caídas, o brilho cinzento dos cabelos escuros.

Imaginou-o na cama com a esposa, mas pensando nela.

Ela sabia que ele a desejava dessa maneira. Mas não ousava chegar nela dessa forma.

Não da forma devida. Não se não estivesse caindo de bêbado em alguma viagem de negócios no exterior.

Assim eram as coisas. Tão logo ela o rejeitou cabalmente, ele marcou o teste.

Tão logo ela lhe pediu, pela fresta da porta do quarto do hotel, que ele a deixasse em paz, ele marcou o teste.

Ele ficou agitado quando ela o lembrou disso.

Levantou da cadeira e disse o nome dela e que ela não deveria fazer esse tipo de jogo, que ela sabia muito bem que as coisas não tinham se dado dessa forma. Olhou para ela com um olhar que tinha algo de súplica. Um olhar que queria dizer que ele não queria partir para a guerra.

"Não é de estranhar que a gente não passe nesse teste depois de trabalhar sob essa violência emocional por anos a fio", ela disse. "É pura e simplesmente síndrome pós-traumática", prosseguiu.

"Causada pela violência psicológica", disse enfim.

"Por parte do chefe", terminou.

Thórir levou as mãos à frente como se ela fosse um touro furioso.

Disse estar do lado dela.

Disse que iria ajudá-la como pudesse.

A superar essa doença.

Cada vez que ele usava a palavra "doença", ela tinha ganas de desfigurar o rosto dele.

Ela lhe disse o que ele era.

Ela lhe disse o que iria fazer.

E ele se esquivou para trás como se ela fosse uma vespa prestes a lhe dar uma picada, e ela percebeu que havia levantado de sua cadeira. Ele disse algo sobre a empresa ser excelente e que ela devia pensar duas vezes antes de partir para a briga e piorar as coisas, ainda mais partindo para represálias.

"Represálias", ela disse então.

"Represálias", repetiu. "Apesar de você raciocinar em termos de vingança, traição e mentira, Thórir, não venha projetar a sua natureza reles em mim e nos demais."

Thórir baixou a cabeça e, por isso, houve ali um breve instante em que ela achou que havia vencido. Mas então sua cabeça começou a sacudir e ela viu que ele estava rindo. Rindo como se ela fosse engraçada, de fato engraçadíssima. Ela pegou o porta-canetas dourado e o jogou na parede, e Thórir lhe gritou algo enquanto ela saía de cabeça erguida.

Ela percorre a sua lista de amizades. Para no nome de um sujeito que certa vez tentou convencê-la a subir ao seu quarto de hotel.

Gylfi.

É isso.

Ela escreve a ele.

Zoé emite um som positivo quando a mensagem é enviada. Ela examina a foto de perfil. Fecha um dos olhos para enxergar melhor. A foto em preto e branco foi tirada em estúdio, ele está de terno, e o rosto mostra *vestígios* de uma barba rala.

Seria fácil lamber aqueles vestígios de barba. Bastante fácil.

"Próxima."

A próxima foto o mostra com sua família.

Três filhos!

Loiros, como a mãe. Ele tem cabelos escuros.

Ela levanta e serve mais vinho na taça. Senta outra vez. Zoé emite um som amigável.

Ele diz que está numa festa de aniversário de cinquenta anos. Diz que pode vir em uma hora.

Ela veste roupas íntimas mais caprichadas e um vestido azul-escuro e dá uma retocada na maquiagem. Ela se paquera no espelho.

Ainda é gostosa. Ninguém pode lhe tirar esse mérito.

Esconde a garrafa vazia, mas deixa sobre a mesa a que está pela metade.

Os olhos dele estavam vidrados quando entrou na antessala. Um cheiro adocicado de loção pós-barba, alguns botões da camisa desabotoados, ela conta os botões, um, dois, três, desabotoa o quarto, o quinto botão.

A língua dele é úmida demais.

É como um polvo viscoso.

Desvia a cabeça dele da sua e faz com que a beije em outro lugar.

Ele é ruidoso demais, respira chiando, geme e diz coisas entre os beijos. O que a deixa um pouco desorientada naquela situação.

Por exemplo, só agora ela tinha definitivamente se dado conta de que eles estavam no sofá.

"Xiu!", ela exclama.

Ele ri. Ela cobre a boca dele com a mão.

Ele diz algo por entre os dedos e a mão dela fica úmida do bafo dele.

Ela seca a mão na camisa dele. Levanta e vai para o quarto.

Ele a segue e senta na cama.

"Tire a roupa", ela ordena.

Ela tenta desabotoar e tirar o vestido, mas tropeça atabalhoada na soleira da porta.

Ele já tirou a roupa e está esperando. Ela lhe pede ajuda.

Ele desabotoa e tira o vestido dela por baixo. Ela se vira e o observa sentado na cama.

Todo rechonchudo de certa forma, com o membro apertado pela barriga, vermelho e duro.

Nada daquilo combina com os pelos do peito e com a camisa desabotoada que tanto prometiam. Ele pega um dos seios dela como se fosse um brinquedo. Desajeitado. Descarado. A língua dele está por toda a parte.

"Minha Nossa Senhora. Sossega o facho."

Ela o derruba de costas na cama e fica se perguntando se valeria a pena amarrá-lo, mas na verdade não quer lhe dar esse prazer.

Ela monta em cima dele e puxa a beira da calcinha para um lado.

Então eles começam.

Em menos de um minuto ele já está ofegando.

"Espere. Pare. Falei pra parar."

Ela desce de cima dele e o mantém afastado quando ele tenta se colocar em cima dela.

Ele ri. Tira a calcinha dela. Pergunta qual é o problema enquanto ela o mantém afastado com um dos pés.

"Você precisa se segurar", ela diz.

Ele se faz de ofendido. Ou talvez tenha ficado ofendido. E depois de se acalmar um pouco, ela o puxa novamente para si e ele expira, ofega e goza dentro dela.

Ela o deixa sozinho no quarto úmido.

A noite está vazia. Ela manda o carro ir na direção leste pela avenida Sæbraut, passando ao largo do dique. Dobra no bairro de Laugarnes.

Está de sapatos, sem meias.

Segura firme o vidro de perfume e as chaves enquanto anda aos trambolhões na frente do prédio.

O nome da vaca já está na maldita caixa de correspondência. Como se eles fossem uma família.

Como se Breki não tivesse *acabado* de deixá-la.

A separação recém-formalizada.

A tinta ainda fresca nos malditos documentos.

Nunca lembra em qual andar ele mora.

Primeiro andar, segundo andar, primeiro andar, segundo andar.

Primeiro andar.

Ela deixa as chaves caírem na escadaria. Abaixa para pegá-las do carpete. Aperta os olhos para conseguir encontrar a chave certa. Enfia a chave na fechadura.

A porta não abre: segundo andar.

Tateia no escuro até o andar de cima e a chave desliza macia na fechadura.

A maçaneta da porta é daquelas antigas. Daquelas bolas douradas que giram.

Ela abre bem devagar. Bem devagar.

Enfia-se na antessala onde os casacos ficam pendurados.

Posiciona o vidro de perfume bem acima da gola do casaco e borrifa. Depois volta a fechar a porta. Devagar. E sai se esgueirando.

Ela estaciona junto à Barca do Sol ao voltar para casa e sai do carro.

Do lado de lá da parede de acrílico ouve-se o marulhar das ondas. A maré alta chega até os joelhos. O acrílico curva-se sobre a calçada com a rebentação.

Thórir. O desgraçado do Thórir, diretor-geral da empresa.

A nulidade do Thórir. O asqueroso do Thórir.

Que ficou olhando para ela.

Feito um troféu.

Feito uma guloseima.

Com uma gula infantil a lambeu toda.

Rindo de tudo que ela dizia.

Que a recomendava, a protegia na empresa.

A convidava para o almoço.

O jantar.

Outra bebida.

Que se apoiou no encosto do sofá de couro e falou: eu gostaria de não ser casado.

Ela lhe pediu para não fazer a marcação da empresa.

Alli e Fjölnir também. Eles não queriam fazer a marcação.

Mas não. As empresas verdes preferiam investidores marcados.

O que era bobagem. Apenas uma empresa tinha preferido um investidor marcado em vez deles.

Uma.

E isso bastou para Thórir entrar em pânico. E convencer o restante da diretoria.

E não havia nada a fazer a não ser se submeter ao teste.

Qualquer outra coisa teria sido estupidez.

E agora queriam aniquilá-la.

Agora querem asfixiar a raposa até ela sair da toca.

Ela olha direto para a câmera em seu pulso direito, grava outro holo e o envia a Thórir.

Observa a massa envolta na escuridão do outro lado do golfo, a massa que ela sabe que é a montanha Esja. Ela espera que o polvo já tenha ido embora quando chegar em casa. Então ela bate o olho na pichação com tinta preta feita no dique, bem na frente dela. Ela dá um passo na direção do acrílico transparente e aperta os olhos.

VAMOS MARCAR A ELES!

3

NA QUINTA-FEIRA, MAIS UM RAPAZ DEU CABO DA PRÓPRIA VIDA. Vinte e dois anos. Na sexta-feira, tudo está uma loucura. Parentes e amigos afirmam que o garoto estava totalmente desesperado quanto às suas perspectivas de futuro. Não passou no teste quando tinha dezoito anos e desde então a vida dele ficou marcada pelo uso de drogas e pela depressão. No sábado, tem início a desordem mais dramática até aqui. Cerca de cinco mil pessoas se reúnem em frente à sede do Althingi gritando em coro o nome do rapaz. A maioria pacificamente, mas a linha de frente da manifestação é formada por homens jovens, alguns com holomáscaras, outros não. Uns estão armados com coquetéis molotov, outros, com fogos de artifício. Primeiro eles cospem nos escudos defensivos da tropa de choque e os golpeiam, depois tentam invadir o Parlamento. Quando fracassam nessa tentativa, a violência se intensifica, o vidro das janelas dos prédios vizinhos é quebrado, carros ardem em chamas em pleno dia. Alguém é visto se aproximando da área numa camioneta enorme com um tanque de combustível de cem litros e garrafas vazias. A polícia o detém imediatamente. Cerca de cinquenta pessoas são presas. Seis pessoas acabam gravemente feridas, entre elas um policial que foi parar no pronto-socorro com o crânio fraturado.

No domingo, o país se encontra em estado de choque. O primeiro-ministro condena a violência. Na segunda-feira, o policial não resiste aos ferimentos e morre. O diretor da polícia nacional presta uma homenagem ao falecido fazendo um minuto de silêncio durante a transmissão ao vivo no rádio e na TV. Na manhã de terça-feira, Óli passa de carro em frente a um cartaz publicitário com a sua foto, na qual fizeram um X em seus olhos. Na manhã de quinta-feira, haviam furado os pneus de seu carro. Ele fica parado diante do carro, telefona para Himnar e pede que ele lhe dê uma carona. Ele não sente nada a não ser uma gélida tensão pelo corpo. Pensa: o carro está intacto. Pensa: pneus são apenas pneus. Porém, alguns minutos depois, vê que recebeu uma ameaça de morte naquela madrugada:

da próxima vez vou enfiar a porra da cabeça da filha de vocês na porra de uma sacola e fazer vocês verem ela sufocar e depois vou foder a tua mulher vou esganá-la e dar um tiro na tua cabeça seu bosta !!

Vem de uma conta falsa que várias vezes já tinha lhe enviado todo tipo de coisa asquerosa, mas dessa vez a mensagem vinha acompanhada de fotos do carro e dos pneus. Foi isso que ele interpretou como um verdadeiro ataque. Ele fala com Salóme, Salóme fala com a polícia. A polícia promete Acompanhamento Plus para toda a família até o plebiscito. Ele não sabe bem o que isso significa, além do fato de que se ele teclar três vezes o número nove — nove nove nove — a polícia entra em contato. Além disso, a polícia recomenda que eles vão e voltem juntos do trabalho e não fiquem sozinhos em nenhum momento.

Sólveig não dá uma palavra enquanto o assistente os ajuda a configurar o sistema naquela noite. Óli sente a raiva dela em cada célula do corpo. Ele lhe pede desculpas depois que o assistente vai embora. Ela vai cuidar de Dagný, como faz com frequência quando não quer ver a cara dele.

A sede da PSI fica na rua Borgartún, portanto, naturalmente, não está num bairro marcado, tampouco dispõe de estacionamento no subsolo, o que quer dizer que entre o carro e o prédio os funcionários da PSI estão completamente indefesos. O mesmo se pode dizer da casa dele. Sólveig se nega a mudar-se para o bairro de Viðey, não importa o que ele diga, seus argumentos não a conseguem persuadir. Ele agradece quando Himnar sugere que se alternem em dar carona um ao outro até o trabalho.

Fora uma ou outra visita como representante da entidade, ele deixou de circular publicamente. Sempre que pode evitar, sequer sai para fazer compras. Quando busca Dagný na creche, as mães e os pais das outras crianças sorriem para ele com simpatia. Uma única vez alguém tentou bater boca com ele. Era o avô de uma das crianças, que não era visto com muita frequência ali. Imediatamente, outro pai intercedeu em defesa de Óli, que se apressou em sair o mais rápido possível com Dagný no colo. As botas dela ficaram para trás.

Himnar vem buscá-lo sexta-feira de manhã e rói as unhas, depois as esfrega no assento do motorista. Óli fecha os olhos e tenta relaxar, mas cada esfregada é como um pontapé em seu sistema nervoso. O expediente diário começa com uma reunião do comitê de campanha. Formado por seis pessoas. Salóme está em pé na outra extremidade da mesa, Óli conta cinco cabeças. Ele pergunta quem está faltando. Himnar dá uma olhada para ele, claramente achando graça.

"Você?"

Óli esfrega os olhos, balança a cabeça e ri com os colegas. Nos últimos tempos, tem feito coisas assim com frequência. Fica procurando algo que ele mesmo tem na mão. Esquece nomes e palavras. Diz *copo d'água* quando queria dizer *voto dado*.

Deixa as frases pela metade. Ele anota tudo o que faz, pois no dia seguinte não lembra se fez ou não tal coisa. Está esgotado.

"Apesar dos pesares, há algo positivo nessa tragédia. Sessenta e cinco por cento a favor nessa manhã, segundo as últimas pesquisas, vinte e um por cento contra. Um aumento de nove por cento em uma semana. As pessoas estão se dando conta. Estão vendo o que deve ser feito. Fora isso, Magnús Geirsson se manifestou hoje cedo", diz Salóme.

Ela projeta a matéria do noticiário na tela. O presidente do LUTA, movimento contrário à marcação, aparece diante de uma enorme torre de apartamentos no bairro de Skuggahverfi, com o semblante abatido e pesaroso. A morte do policial pegou a todos desprevenidos, os integrantes do LUTA estão completamente desolados.

"Esse tipo de violência não vem do nada. Esses garotos não possuem uma voz na sociedade. Esse é o jeito que eles têm de assumir o controle e se vingar. É lamentável. Não é nenhuma coincidência que uma onda de arrombamentos assole o país inteiro ou que todos os recordes de consumo de drogas sejam batidos constantemente. A sociedade está materializando o perigo que acredita estar prevenindo", ele diz para o repórter, que não aparece na imagem.

O presidente do movimento menciona uma nova pesquisa que revela que dois entre cada três jovens afirmam sofrer preconceitos morais. Os garotos são tratados com menos tolerância, sendo encaminhados diretamente para o tratamento após o ensino fundamental, e são menos contratados para cargos de responsabilidade do que as moças. O que confere a essas jovens uma enorme vantagem no mercado laboral. É só lá pelos vinte e cinco anos que a diferença salarial entre os gêneros se equipara — quando os homens apresentam um aumento da inteligência emocional e as mulheres chegam à idade de ter filhos. Cerca de um quinto dos rapazes até vinte e cinco anos nem estuda nem trabalha. As desordens do último sábado são uma consequência evidente da discriminação estrutural.

Eles passam o resto da manhã burilando uma resposta para a imprensa. Em primeiro lugar, não falarão de *morte*. Vão mencionar o fato com o nome correto: *assassinato*. Um policial foi assassinado no sábado. Em segundo lugar, dirão que a baderna no sábado demonstra e comprova que aqueles jovens precisam de ajuda e que a marcação compulsória é uma solução necessária. Em terceiro lugar, dirão que os índices de criminalidade não aumentaram, mas, pelo contrário, baixaram. Eles tampouco têm conhecimento de alguma onda de arrombamentos, que seguem ocorrendo com a mesma frequência há muitos anos. Por outro lado, os cenários da criminalidade efetivamente mudaram. Cinco anos atrás, os arrombamentos ocorriam em toda a região metropolitana, porém, depois que os bairros e os prédios marcados se tornaram comuns, os arrombamentos naturalmente aumentaram nos bairros desmarcados, cujos moradores são apoiadores do LUTA.

"Himnar, você prepara as estatísticas de arrombamentos, e Óli, você cuida da resposta?", Salóme pergunta.

"Sim", os dois respondem num coro.

Duas horas depois, Himnar lhe envia a resposta revisada, incluindo as estatísticas corretas fornecidas pela polícia.

"Você recebeu?", ele pergunta.

Eles estão sentados de costas um para o outro.

"Recebi", Óli responde sem tirar os olhos da tela.

Ele escuta o roçar ritmado dos pés de Himnar, que não param de tremer. O que significa que Himnar tomou café demais. O que significa que Himnar está fazendo um trabalho descuidado. Óli tenta não se irritar com isso, mas acaba ficando irritado. Himnar sempre ultrapassa os próprios limites. Óli não vê a hora de ter uma folga dele depois do plebiscito. Eles têm trabalhado tanto juntos que tudo que o seu melhor amigo faz lhe dá nos nervos: o déficit de atenção, a desorganização e os assobios. Por outro lado, pode-se dizer com certeza que os nervos de Óli estão como um velho sistema de esgoto nesses dias. Não é preciso muito para ele entupir e tudo ficar alagado.

Ele tenta ignorar a repercussão ruidosa suscitada pela publicação da sua resposta. Tenta não ler o que as pessoas estão escrevendo. Porém, assim que chega em casa, sucumbe e lê tudo que cai em suas mãos. Os apoios, os contrapontos e os xingamentos. Disseram-lhe que se acostumaria com a barulheira, mas ele não se acostuma. A cada vez que recebe uma mensagem com uma voz suplicante pedindo que ele se coloque no lugar de seu filho, precisa convencer a si mesmo de novo. Lembrar a si mesmo do motivo de fazer o que está fazendo.

Já na adolescência, ele sabia que as coisas podiam ser feitas de um jeito melhor. Ele via os seus amigos cerrar os punhos e socar as paredes. Via os músculos do queixo deles se crispar quando tentavam controlar o seu humor. Sabia como eles se sentiam. O mesmo tipo de cólera costumava fermentar dentro dele também. Sua caixa torácica poderia se avolumar como o magma nos limites das placas tectônicas. Ele entendia aquela sensação — sentir que a raiva não cabia no peito. Às vezes, cerrava os dentes e apertava os lábios para que o que havia no seu âmago não escapasse, pois ele sabia que seria incontrolável. Que seria impossível voltar atrás.

Ele observava enquanto seu pai inundava sua mãe com argumentos. Observava a mãe se calar e balançar a cabeça quando acabava ficando sem resposta. Ele disse ao pai para não falar assim com ela e então o seu pai perguntou Assim como? Só estamos conversando sobre um assunto. O pai dele não cerrava os punhos nem batia portas. Mas interrompia as pessoas enquanto elas falavam, balançava a cabeça insistentemente e afirmava que aquilo não estava certo — que as coisas não funcionavam assim, mas assado, e ponto final. Ele transformava suas conjecturas em afirmações; seus tropeços em explicações; e suas incertezas em convicção.

Numa sociedade democrática, a revolução não é um corpo gigantesco deitado de costas que então se vira para um lado. A revolução numa sociedade democrática ocorre em ondas e vem de dentro para fora, infiltra-se na esfera pública e vai em direção ao Parlamento, feito a água através do telhado. O cerne da questão não é a água da chuva, mas sim o telhado. O telhado não goteja, salvo se for preciso trocá-lo: o telhado antigo gotejava a cântaros. No semestre em que Óli começou o liceu, um novo capítulo se iniciou na sociedade islandesa quando o governo incorporou o atendimento psicológico no sistema de saúde mental. Óli tinha direito a consultas com o psicólogo às terças-feiras, entre as aulas de francês e de biologia, e foi assim que aprendeu a identificar a agitação. O psicólogo lhe forneceu ferramentas para que ele conversasse com o pai e lhe explicasse como o abuso causava sofrimento à família. *Quando você fala assim, a gente se sente assim. Quando você usa esse tom de voz, passamos à defensiva.*

Ele observou seu pai menosprezar e maldizer todo aquele chororô sentimental. A irmã fez xiu para o pai e lhe disse para não continuar com aquela agressividade, que se ele quisesse participar da conversa deveria então se portar como uma pessoa civilizada. Que aquilo não era um cabo de guerra ou uma disputa. Ele observou seu pai vociferar que eles podiam ficar à vontade para demonstrar delicadeza e respeito ou como eles quisessem chamar essa retórica de ecos, essas chorumelas do tipo Entendo o que você quer dizer, mas discordo, porém ele jamais agiria assim. Ele acreditava na liberdade de expressão e na discussão saudável.

Óli aprendeu a ler os políticos da mesma forma que lia o pai. Aprendeu a ser gentil e ponderado. Envolveu-se na política estudantil na faculdade e aprimorou a frase de seu pai. O Você simplesmente não tem razão se tornou Sim, entendo o que você quer dizer, mas isso não seria assim? Ele se juntou à juventude do PSI, que lutava para que a empatia — colocar-se no lugar dos outros — fosse ensinada no ensino fundamental a partir dos seis anos de idade. Naquela época, o teste de empatia era oferecido apenas a um grupo restrito da sociedade: o sistema de saúde mental usava-o para avaliar o sucesso de reintegração de criminosos condenados ou de outros pacientes que sofriam de deficiência moral.

Mas então aconteceu o grande vazamento de dados. Óli tinha vinte e dois anos, tinha acabado de se apaixonar por Sólveig. Eles eram autorizados a sair antes das aulas acabarem para se juntar a milhares de outros na praça Austurvöllur e exigir demissões de parlamentares, dia após dia. Ele se lembra dos dias frios de novembro, que se alternavam entre os de céu limpo e os nublados. Ele se lembra de ter se pavoneado diante de Sólveig com palavras como narrativa, critérios e pós-estruturalismo, e se lembra do sorriso dela ao perceber que ele estava se exibindo. Ele se lembra de estar parado no meio da multidão e de ter pensado que, se a história da humanidade tivesse um coração, nesse momento eles estariam na batida. No ponto em que o pêndulo para por um instante no ar antes de voltar a oscilar, de um lado para o outro.

Não há consenso a respeito da origem da ideia. Alguns dizem que o político que mais sofreu com as consequências do vazamento havia sugerido fazer o teste de empatia para refutar a psicopatia clínica na tentativa de melhorar a sua imagem. Alguns dizem que a ideia teria surgido no seio da população. De qualquer modo, a coisa foi crescendo. Uma das políticas divulgou o resultado do seu teste nos jornais e foi seguida por outra. Um partido anunciou que todos os seus integrantes seriam submetidos ao teste, e, logo, outro partido fez a mesma coisa. Três semanas depois, a maioria do Althingi aprovou o teste compulsório para os parlamentares, na esperança de recuperar a confiança da população na instituição. Óli sentiu o mesmo alívio que o restante do país quando sete daquelas pessoas se viram forçadas a renunciar. Uma nova página na história do país foi escrita quando os parlamentares fugiram do edifício no dia em que os resultados foram revelados.

Os anos seguintes foram dedicados ao reforço da infraestrutura do sistema de saúde mental. O novo governo passou a seguir o exemplo dos países vizinhos, oferecendo testes gratuitos à população e criando alternativas de tratamento para indivíduos com resultados subpadrão.

"Estamos investindo em saúde mental. Isso trará um enorme retorno para a economia nacional", afirmou a ministra da Saúde, uma enfermeira de sessenta e três anos que trabalhou durante três décadas e meia no Landspítali, o Hospital Nacional e Universitário da Islândia. Ela contou aos colegas o resultado do seu teste meio que de brincadeira durante uma troca de turno. O resultado se espalhou de boca em boca e, na sequência, lhe foi oferecido o cargo de ministra técnica, ou seja, fora do Parlamento.

O governo reagiu às demandas da população de que o teste fosse compulsório nos poderes legislativo, judiciário e executivo. Logo em seguida, a Prefeitura de Reykjavik decidiu que os cuidadores municipais também precisariam mostrar o resultado de seu teste, o que redundaria em aumento salarial. Um mandato parlamentar e meio mais tarde, começou a fermentar na sociedade a demanda por um prontuário público no qual os indivíduos poderiam se registrar voluntariamente após fazer o teste. Resultados falsos começaram a se espalhar como erva daninha, normalmente quando as pessoas se candidatavam a um emprego ou alugavam um imóvel. Só se começou a falar em *marcação* ou em *marcar-se* depois que a PSI permitiu à população o acesso ao Prontuário, quatro anos antes. Então as pessoas passaram a poder consultar umas às outras e ver quem realmente tinha passado no teste.

Óli observava o pai ficar cada vez mais taciturno fora das quatro paredes de casa. Primeiro, ele se vangloriava de não ser marcado, depois parou de se vangloriar por isso. De quando em vez, ele surpreendia o pai ao telefone falando com seus amigos à meia-voz sobre a situação. Como tudo tinha se tornado terrível. Absolutamente terrível.

Tão terrível que agora se via na imprensa todos os dias como a marcação havia salvado pessoas comuns das pessoas prejudicadas e como as pessoas prejudicadas ou deixaram o país ou fizeram o tratamento e se curaram. A cada vez, Óli sente o mesmo alívio: de que mais uma pequena maranha foi desfeita na enorme cabeleira da sociedade.

Ele estava desligando Zoé para começar a cozinhar quando bateu o olho na caixa postal, que estava piscando.

seus malditos vendilhões de sentimentos, nós vamos matar vocês seus bostas

4

PORRA DE UM CARALHO DO DEMÔNIO. Tristan tenta pular. Tenta parar. Mas aquela é mais uma porra de um vídeo que Zoé força a gente a assistir. Ele tenta respirar até aquilo passar, mas as palavras se enfiam na cabeça dele, estupram a porra dos ouvidos dele, dizendo-lhe que a vida não precisa ser difícil, que ele não precisa carregar o fardo sozinho, quando são *eles* que fazem a sua vida difícil, quando são *eles* que produzem aquele fardo. Num instante a gente está jogando *CityScrapers* na linha S e então de repente o jogo para e o anúncio aparece e as vozes deles são tão altas no ouvido da gente e do nada a gente fica morrendo de raiva estragando a porra do dia.

Como num dia desses: ele estava só voltando para casa depois do trabalho e tinha acabado de receber mais um não de alguma empresa que não deu a ele sequer a porra de uma oportunidade de fazer uma entrevista, e então o rosto de Ólafi Tandri apareceu dizendo-lhe para fazer o teste e ele só perdeu as estribeiras, foi para casa o mais rápido possível, escreveu tudo o que lhe veio à cabeça, simples e literalmente *tudo*, enviou, depois esperou que o relógio marcasse meia-noite e saiu levando uma pequena faca de cozinha.

A linha S para na praça Lækjartorg. Ele desce. Tudo é um caos depois dos protestos, lixo e restos de fogos de artifício e cacos de vidro. Ele ouve um ruído de saltos ao seu lado. Uma mulher que trazia na cabeça, como é o nome daquilo, um chapéu de pele, olha em seus olhos e desvia o olhar para outro lado, rápido demais pro seu gosto, porra, aperta o casaco um pouco mais e será que é imaginação ou ela agora está andando mais rápido? Com certeza sim. Essas velhotas têm muito mais medo dele depois que ele raspou a cabeça e ficou parecendo um kiwi. Ajustam os relógios de forma que, se ele se aproximar, sirenes barulhentas soarão e antenas parabólicas começarão a filmá-lo e alguma inteligência artificial monitorará o seu trajeto e depois informará aos tiras. Pelo menos foi o que Eldór contou. Talvez nem seja verdade. Como é que a inteligência artificial conseguiria enxergar através dos telhados? Com detectores de calor? Seria típico do Eldór só dizer algo assim sem ter a mínima ideia se era verdade ou não. Só dizer alguma bosta de ficção científica que ele achava que podia soar provável.

Como daquela vez que ele disse que os tiras conseguiam ver se a gente tinha estourado os limites de velocidade porque os carros novos mantêm um registro da velocidade, então a gente dirige e depois os dados são enviados a eles. E que os tiras pagam a indústria automobilística para fazer isso.

Ele simplesmente retrucou É mesmo? e começou a repetir essa bobagem do amigo pela cidade inteira. Eles estão sempre ouvindo falar de caras que do nada são parados pelos tiras que chegam de repente numa viatura e flagram os caras em seus carros. Mas Viktor e os outros riram na cara dele, é claro, como se ele fosse burro pra caralho, e ele respondeu Mas é verdade, não estou de onda, é assim mesmo, e quando mais tarde ele perguntou a Eldór de onde ele tinha tirado aquilo, Eldór respondeu que ele achava que era assim porque recebeu uma multa por alta velocidade na sua conta digital outro dia, mas tinha certeza absoluta de não ter passado por nenhuma câmera, nenhuma mesmo, no trajeto.

Ele tentou procurar alguma resposta na internet, tentou a tal de lei geral de proteção de dados, pediu que Zoé lhe explicasse a lei, mas os tiras criam de propósito umas porras de umas leis incompreensíveis, às vezes é legalmente permitido examinar as imagens de antenas parabólicas e às vezes não, de maneira que ele está morrendo de dor no estômago desde que cortou a bosta daqueles pneus, ele passa na frente da casa de Ólafur Tandri todos os dias e, em vez de ficar contente ao ver o carro danificado no pátio, se sente como se alguém devorasse o seu estômago a colheradas, como se esse fosse uma casca de ovo cozido ou algo assim, e ele fica constantemente imaginando que é possível resgatar algum vídeo no banco de dados e ver que ele mora a dois minutos dali.

Ele que vinha ralando e trabalhando feito louco e poupando ao máximo e contando cada coroa islandesa há mais de um ano, trabalhando como um louco filho da puta todos os dias no porto das nove às cinco, comendo porcarias congeladas e dormindo num colchão no piso e olhando todo santo dia o extrato da sua conta no aplicativo do banco e tendo crises de pânico e arrombando e depenando algum apartamento e arranjando uma grana e comprando comida de verdade por uns dias além de Trex e às vezes outros comprimidos, que só fazem a sua úlcera piorar terrivelmente, com certeza porque ele está tão angustiado na dúvida se os tiras estão de olho nele e então ele jura para si que nunca mais vai arrombar, nunca mais, e volta a poupar ao máximo e a comer porcarias congeladas e a ficar obcecado em ver o extrato da conta no aplicativo do banco até ter outro ataque de pânico e depenar mais um apartamento.

Então não mais que de repente, quando ele já estava quase jogando a toalha, quando ele estava praticamente convencido de que não ia conseguir: grana. Depois do pior ano da vida dele, depois de ter desistido do ensino médio e de ter ido trabalhar para comprar um apartamento para se garantir, depois de ter visto o que podia acontecer, no que a sua vida podia se tornar, não mais que de repente: grana.

Ele vê o letreiro do quiosque na rua Hverfisgata. O quiosque fica no térreo do prédio onde Eldór mora.

"Para Eldór. Cheguei. Pode descer", ele diz.

Ele estava com a boca seca pra cacete. Decide tomar algo antes de os dois irem à reunião. Assim que dá um passo em direção à porta corrediça, ouve-se BIP BIP BIP. Ele olha para o vidro e vê que ali agora tem um adesivo da PSI.

"Que porra é essa?"

Ele olha lá dentro e a moça no caixa olha para ele com cara de peixe morto.

"Tá zoando da minha cara, né!", ele exclama, apesar de a moça não o ouvir, é claro.

Esse estabelecimento não estava marcado na semana passada. Instalaram outra porta depois da porta corrediça da entrada, formando um pequeno compartimento de vidro onde fica o capacho. Um cara de meia-idade passa por ele e a porta corrediça se abre. Tristan sente de repente uma vontade tremenda de seguir o cara, entrar naquele compartimento de vidro, reclamar, esperar os tiras chegarem ali mesmo, pois a porta interna não se abre a não ser que o cara esteja sozinho lá dentro, mas não faz isso, apenas fica olhando a porta engolir o cara, e o cara fica parado uns dois segundos, então a porta interna o devora e ele está dentro do estabelecimento. Tristan se afasta um pouco da porta de entrada. Várias outras pessoas passam por ele, fingindo não vê-lo. Ouve-se um clique baixinho atrás dele e Eldór sai.

"Porra, já tava demorando, mano".

"Desculpa aí", responde Eldór, apertando a mão dele e o abraçando.

"Tá frio, cara."

"Tá mesmo, desculpa aí, eu só tava cuidando dumas paradinha."

"E isso daí?", Tristan pergunta, apontando para o quiosque.

"Algum assaltante com faca, os dono mandou marcar. Eles abriu uma janelinha, ali ó, para atender os desmarcados", Eldór diz, apontando para a janelinha na parede.

Eles dobram na avenida Sæbraut na parte onde ficam aqueles hotéis grandes. A moça da recepção olha para eles como se aprontassem alguma e quando vê aquele semblante ele tem vontade de gritar para ela parar de encarar e julgar e para dar às pessoas a porra de um tempo. Ela é loira e tem os cabelos arrumados num coque bem apertado e espinhas nas bochechas.

"Bom dia. Temos uma reunião com Magnús Geirsson. Você pode nos autorizar a subir?", Eldór pergunta.

Ela olha para um, depois para o outro, como se tivessem dito alguma barbaridade, e Tristan observa o pescoço dela e o pescoço o faz lembrar de Sunneva, que não responde às suas mensagens faz uns três meses ou por aí, e de repente Tristan tem vontade de dizer alguma coisa para deixar a moça menos desconfortável e então cochicha com Eldór bonitinha essa enquanto ela faz a ligação, mas cochicha alto o suficiente para que ela ouça com certeza.

"O escritório dele é no sexto andar", ela diz e vai fazer outra coisa atrás do balcão de atendimento sem voltar a olhar para eles.

"Essas bruaca, mano", Eldór diz assim que a porta do elevador se fecha.

"Pois é."

"É uma dessas mina que odeia os mano, tá ligado? *Odeia* os mano. Mas no fundo ela gostou. Eu percebi."

"Do que eu falei?"

"É, fez um esforço para não sorrir."

"Ah, sei lá. Essas mina tudo se pela de medo de mim. Ainda mais depois que raspei a cabeça feito um kiwi", ele diz, apontando para a própria careca.

"Você só precisa ser gentil com elas."

Eldór faz uma suposta cara de gentil.

"Também não tô nem aí pra ficar atrás de uma bruaca com espinha nas bochecha."

"Espinha nas bochecha?", Eldór pergunta.

"É, você não viu, ela tinha umas espinha enorme nas bochecha. Assim ó, uma em cima da outra."

"Mano, ninguém repara."

"Eu reparo."

Eles sobem até o sexto andar, onde um cara os recebe e diz para eles se sentarem no sofá ao lado da janela.

"Já estão terminando."

"Certo", Eldór diz.

Tristan sente o cheiro de suor do próprio corpo. Agora que ele está aqui, não adianta nada ter tomado um Trex inteiro, o coração dele dispara dentro dele como um rato fugindo de uma porra de um gato. Zoé diz que os batimentos cardíacos por minuto estão elevados demais. Ele se lembra da frase que Rúrik lhe disse há muito tempo. *De um xeito ou de outro em tudo se dá um xeito.** Ele, aquele autor, o que tem um sobrenome,** escreveu essa frase. Uma frase muito bacana.

---

* Referência equivocada a um trecho conhecido de um dos grandes romances europeus do século 20, *Sjálfstætt fólk* [Gente independente], de Halldór Laxness, publicado em quatro volumes entre 1933 e 1935, "Þegar öllu er á botninn hvolft þá *fer allt einhvern vegin*, þótt margur efist um það á tímabili" [No fim das contas, *em tudo se dá um jeito*, apesar de muitos duvidarem disso em algum momento].

** O comum na Islândia são os nomes seguidos de patronímico, por exemplo: Jón Einarsson (Jón, filho de Einar), María Önnudóttir (Maria, filha de Anna), sendo raros os islandeses com sobrenome.

Ele nunca tinha dado uma entrevista antes. Não sabe falar na frente de uma câmera. Eles tinham comparecido a uma tal de reunião dos jovens do LUTA no fim de semana anterior porque o cara que vende Trex disse que davam grana para quem comparecer à primeira reunião de jovens, então eles compareceram naquela mesma noite e ambos receberam grana e um jantar e depois se sentaram numa roda e ouviram os outros caras contarem toda a merda que tinha acontecido na vida deles por culpa do tal teste. Foi muito estranho ouvir eles falando, primeiro ele achou muito burro da parte deles confessar todas as coisas ilegais que estavam confessando e ficou com a impressão de que alguém devia estar gravando aquilo para mandar aos tiras ou algo assim, mas então ele esqueceu daquilo de algum xeito, pois as coisas que eles contaram era algo que Tristan também poderia ter contado, eles poderiam só estar falando dele mesmo, era incrível como muita coisa era só exatamente igual, porra, então, quando chegou a sua vez de falar, ele tinha a sensação de que eles o entenderiam.

Então, ele contou sobre o dia em que a mãe dele avisou que eles iriam se mudar para um bairro marcado e ele disse O quê, você pretende me deixar para trás, porra, e ela respondeu Não, claro que não, você só faz o teste, como se não fosse problema nenhum, e ele disse que aquele teste tinha acabado com a vida do irmão dele e então ela disse Tristan Máni Axelsson, você vai fazer o teste e vamos nos mudar e eu não quero ouvir nem mais uma palavra a respeito do assunto. Então ele só disse Tchau, vaca, e saiu noite afora vestindo um casaco fino demais, e ligou para Rúrik e o irmão dele disse que ele tinha feito uma burrice e que era para ele voltar para casa e então desligou. Então ele chegou até a ligar para quatro amigos da sua antiga turminha e todos disseram Não, desculpa quando ele perguntou se podia ficar na casa deles. Isso aconteceu quando fazia pouco tempo que ele estava viciado em Trex e não estava trabalhando, então sempre pedia grana emprestada aos amigos e jamais devolvia e uma vez quando estava deseperado ele roubou uma grana de um amigo e então eles pararam de falar com ele.

Ele telefonou para o seu pai, que estava morando na Espanha e disse apenas Sei que é difícil, amigo, mas você deve voltar para casa, então ele finalmente ligou para o cara que sempre descolava Trex para ele, e o cara disse para ele aparecer em Sundahöfn e Tristan foi até lá a pé. O cara morava num depósito velho que com certeza tinha sido abandonado porque a água do mar tinha alagado o lugar várias vezes. No andar de cima havia uma série de quartinhos e ao passar pelo corredor ele viu um monte de manos com a mesma idade dele, todos muito esquálidos, alguns quartos tinham cama e sofá e mesa, mas a maioria tinha apenas colchões e lixo e pilhas de roupas. Quando ele bateu na porta do seu parça, outros dois caras também estavam lá, e o parça dele lhe emprestou um Trex e disse que ele podia dormir no sofá, que era asqueroso e fedia a bosta de pato, e depois que os caras pegaram no sono ele continuou acordado porque tinha certeza de que iam lhe roubar se ele caísse no sono, e por várias vezes ele esteve quase a ponto de se levantar e ir embora e concordar em fazer a porra daquele teste e se mudar para aquela porra de bairro, mas assim que imaginou a si mesmo conversando com a sua mãe, ficou tão puto da vida pelo fato de ela ser sempre tão fraca, caralho, então ele continuou ali deitado repassando o mesmo filme na sua cabeça de hora em hora e assim conseguiu atravessar a madrugada até pegar no sono ao amanhecer.

Quando ele acordou, alguém tinha levado tanto seu fone como seu relógio, então ele ficou sem Zoé e não sabia que horas eram. Ele devia estar na escola e pensou em ir à aula, mas em vez disso acordou o seu parça e perguntou se ele sabia de algum emprego ou se ele também não poderia começar a vender ou algo do tipo, então o parça disse que Viktor estava sempre procurando caras, e ele foi até o porto naquele mesmo dia e encontrou Viktor, que disse Tudo bem, e à noite algum cara aleatório veio buscá-lo e depois um terceiro cara e eles depenaram uma casa nos cafundós do município de Mosfellsbær, levaram literalmente tudo, roupas e porcarias de cozinha e instrumentos musicais e aparelhos domésticos, e quando eles devolveram o carro, Viktor lhe pagou imediatamente e perguntou se ele voltaria no dia seguinte e Tristan respondeu que sim. Ele pôde dormir outra vez no depósito naquela noite e escondeu na cueca a grana que recebeu de Viktor.

Naquela segunda noite, ele prometeu a si mesmo que trabalharia como um corno varrido para comprar um lugar só seu onde morar para não terminar de jeito nenhum como aqueles manos. Ele dormiu durante um mês e meio naquele sofá e escutou todo tipo de coisa asquerosa através das paredes e, quando finalmente conseguiu juntar o suficiente para a caução de três meses, encontrou um apartamento para alugar. A primeira noite no bairro de Kirkjusandur foi a melhor noite da sua vida. Durante uma semana inteira, ele se sentiu como se estivesse garantido e começou a procurar empregos normais e foi até mesmo à escola para verificar se podia continuar o semestre letivo. Mas então a porra do projeto de lei foi aprovado e todos os manos no YouTube começaram a dizer que a gente tinha que comprar um apartamento para se garantir senão a gente acabaria no olho da rua quando a marcação se tornasse compulsória e então ele começou a entrar em pânico e tentou conseguir um emprego um milhão de vezes e perguntou a Viktor se ele sabia de algum emprego e então Viktor conseguiu uma vaga para ele no porto onde ele trabalhava no mesmo turno que Eldór. Então passou um ano inteiro em que ele não parou nenhum instante e faltavam seis semanas para o plebiscito e ele ainda não tinha conseguido juntar a grana para comprar o apartamento e achou que não conseguiria mesmo e passava todos os dias morrendo de dor no estômago e o Trex não era mais suficiente para acalmá-lo.

Então ele ergueu a cabeça e os manos ali naquela roda todos concordavam com a cabeça e diziam entendê-lo e ele sentiu que se dissesse mais uma palavra começaria a chorar na frente de todos aqueles garotos e engoliu e continuou engolindo para segurar o choro e alguém lhe agradeceu e perguntou a Eldór se ele queria contar a sua história e assim Tristan se livrou de ter que continuar falando. Depois da reunião, Magnús Geirsson foi até eles e os convidou para a entrevista.

A porta finalmente se abre e Magnús Geirsson aparece inflando as bochechas como se fossem balões. Ambos se levantam e apertam a mão dele.

"Olá, meus rapazes. Como vocês se sentem?", Magnús Geirsson pergunta.

"Eu estou bem", Eldór responde.

"Eu também, talvez um pouquinho nervoso", Tristan diz.

"Não tem por que ficar nervoso. É um prazer recebê-los e somos extremamente gratos a vocês, rapazes. Né? Não há nada mais corajoso que isso. É exatamente isso que as pessoas precisam ouvir. O lado de vocês. Como essa loucura está afetando as possibilidades e o futuro de vocês. Qual dos dois quer começar?", ele olha para Eldór e para Tristan alternadamente.

"Eu", Tristan responde.

"Excelente. Vamos demorar mais ou menos uns vinte minutos, Eldór", explica Magnús Geirsson, depois entra na sala antes de Tristan.

"De um xeito ou de outro em tudo se dá um xeito, mano", Tristan fala para Eldór.

Eldór ri. Tristan segue Magnús até o estúdio onde dois outros caras estão em pé atrás de uma câmera enorme direcionada para um banquinho preto diante de um fundo branco. Ao sentar, ele se lembra do nome do autor: Hafþór Laxness, cacete!*

---

* Tristan troca aqui o primeiro nome do escritor islandês Halldór Kiljan Laxness.

5

VETUR SONHA QUE DANÍEL CONSEGUIU ENTRAR NO BAIRRO. Ela acorda às quatro da madrugada e não consegue mais pegar no sono até de manhã, gelada de suor, com dor de cabeça de cansaço. Leu tudo o que conseguiu encontrar. A internet diz que *assediadores rejeitados* são os mais perigosos, pois são os que apresentam a maior probabilidade de levar suas ameaças a cabo. De invadir a casa de seus alvos, cometer violência física, assassinar. Quando ela faz uma busca a respeito de desfechos ou soluções e do destino das vítimas, a internet diz que a maioria abandona as redes sociais, troca de trabalho e por fim muda de bairro. Mudam-se para bairros onde podem se sentir de novo em segurança. A maioria absoluta das vítimas sofre de síndrome pós-traumática, exatamente como ela. A maioria absoluta das vítimas jamais se recupera por completo. Não termina como nos filmes. Não há finais felizes. Há apenas derrota, capitulação.

A equipe responsável pelo teste está instalando os equipamentos numa salinha que fica na parte da escola onde ela dá aula. Ela não suporta quando os outros professores ou mães e pais de alunos enfiam a cabeça pela porta entreaberta e lhe assistem dar aula, mas dessa vez ela mesma não consegue se conter, para na soleira e conta quatro pessoas — um técnico no meio da sala movendo a cadeira com dificuldade, uma enfermeira perto da janela, e um homem e uma mulher sentados à escrivaninha que fica perto da porta. Tanto ele como ela observam as telas grandes que se projetam à frente deles. Vetur imagina que o homem seja o psiquiatra e a mulher a neuropsicóloga. O homem tira os olhos das telas e olha para ela, e por um átimo de segundo ela se vê com os olhos dele, uma professora obtusa envolta num blusão quentinho, e ela quase mostra a língua para ele, só para rasgar aquela imagem de si mesma em pedacinhos, mas em vez disso ela diz bom dia, com um tom de voz até delicado, depois segue andando corredor afora.

O relógio bate as nove horas. Os adolescentes começam a entrar na sala e se jogam com mais ou menos vontade em seus assentos, alguns tiram da mochila uma maçã e a colocam sobre a carteira diante de si. Vetur observa a classe inteira e então dá bom dia. Depois, ela comunica que o teste será aplicado nessa semana.

"É o tal teste de empatia?", Anna Sunna pergunta.

"Não, não, de forma alguma."

"Então o que é?", Tildra pergunta.

"Apenas uma avaliação de capacidade de identificação, só para ter uma ideia. Uma coisa interna da nossa escola."

A porta da sala se abre, Naómí entra sorrateira e senta em sua cadeira num silêncio teatral. Myrkvi se debruça na carteira e levanta a mão discretamente.

"Ahn, mas o que vamos realmente fazer nessa avaliação?"

"Vocês vão sentar na cadeira e receberão um capacete para colocar na cabeça. A seguir, o capacete lhes mostrará uma série de vídeos e medirá a atividade cerebral, a dilatação das pupilas, os batimentos cardíacos e a produção de suor. No total, isso leva em torno de vinte minutos."

"Foi exatamente o que eu fiz no meu psicólogo no ano passado e ele me disse que aquilo era um teste de empatia", diz Anna Sunna, erguendo as mãos abertas no ar como se não estivesse entendendo nada.

"Bem, é um pouco parecido com o teste, a não ser pelo fato de que ninguém precisa passar", Vetur explica.

"Mas então vão marcar a gente?", Ylfa Sóley pergunta da última fileira.

Vetur hesita. Apesar de nesse momento ser ilegal tornar público o resultado do teste dos alunos, não se sabe se isso continuará assim no futuro, e se há algo que ela aprendeu como eticista é que o futuro é com frequência divergente do passado, e isso é praticamente uma regra.

"Não. Ninguém vai marcar vocês", ela responde.

Ela está trancando a sua sala quando Húnbogi sai da sala dele com uma xícara de café vazia.

"Olá", ele cumprimenta.

"Olá."

Os cabelos castanho-claros estavam penteados para cima na parte da frente, descabelados atrás. Eles caminham juntos em direção à sala dos professores.

"O que quer dizer a palavra 'alienação'? Etimologicamente falando", ela pergunta.

"'Alienação'? Não sei. Mas posso pesquisar", ele repete, esfregando os olhos.

Ele olha para ela e pergunta:

"Como você está lidando com isso?"

"Podemos colocar assim: a convicção é um recurso natural que está se esgotando na minha vida."

Húnbogi sorri de orelha a orelha. Os colegas deles se aglomeram junto à máquina de café, grudados nela feito cabelos carregados de eletricidade. Eles reduzem o passo antes de entrarem no campo de audição dos colegas.

"O que mais temo é a minha própria reação", ela acrescenta.

"Como assim?"

"Suponha que algum aluno seja diagnosticado como subpadrão. Eu poderia tratá-lo de forma diferente ou me surpreenderia comigo mesma por sentir medo dele, ainda que não fosse minha intenção. Percebo quando as pessoas estão com medo de mim. Começo a achar que há algum problema comigo."

"Eu tenho um pouquinho de medo de você", Húnbogi diz então.

"Eu sei muito bem disso. Você treme até os ossos", ela responde.

O sorriso de Húnbogi se abre ainda mais e, quando ele toma uma bicada de café, ela observa sem querer como o antebraço dele é bonito. Então, ele fica encabulado de repente, olhando para dentro da xícara, e ela sente que ele realmente treme na presença dela, e ele olha para ela de soslaio e sente que ela sente aquilo, e ambos sentem ali, parados cada qual com sua xícara de café, que a verdade vibra entre eles.

"Bem...", ele diz.

"O quê?", ela pergunta.

"Tenho que preparar a próxima aula", ele responde.

Ela dá uma boa olhada nele, as mangas da camisa levantadas, os tendões e as veias no braço e o cabelo penteado para trás, enquanto os batimentos cardíacos dela se acalmam.

Ela se apaixonou muitas vezes por rapazes assim: altos e com cara de sabichão, óculos e camisa para dentro da calça. Observava-os de longe, beijava-os, dormia com eles, até mesmo começava a namorá-los, terminava com eles, sentia saudade, esquecia-os, lembrava-se deles, se arrependia de haver terminado, esquecia-os novamente. A princípio, achou ridículo como Húnbogi levava a si mesmo a sério, com aquelas mangas levantadas e aquele jeito de sabichão. Depois começou a se sentir atraída pela energia com a qual ele encarava os desafios, uma energia que antigamente ela também possuiu, antes de começar a hesitar e a duvidar, antes de começar a calar em vez de expressar a sua opinião. Mas ela não é a única. Muitos além dela passaram a calar. Calar e escutar, ponderar, entender os dois lados e não ousar se posicionar, pois posicionar-se é generalizar e a generalização é uma violência, por isso é melhor escutar e entender em vez de discutir e tentar ter razão.

A semana passa e Húnbogi toma minuciosamente a precaução de não olhar para ela, de conversar com outras pessoas, de sentar-se com outras pessoas, mas às vezes ela o flagra a olhando de soslaio ou com o rabo do olho apesar de estar no meio de uma conversa com outras pessoas, e ela toma minuciosamente a precaução de não o encarar, mas sim lavar a tigela na pia ou se servir de mais café na xícara e se apressar a fazer o que ela precisa fazer.

Na quinta-feira, os professores recebem um holo da diretora da escola. Ela pede que eles cheguem vinte minutos mais cedo na manhã de sexta-feira, sem dar quaisquer explicações mais detalhadas.

Na manhã de sexta-feira, a diretora diz no refeitório dos professores:

"Obrigado por terem chegado mais cedo apesar do aviso de última hora. Ontem recebi uma moção do conselho de mães e pais, que se reuniu na noite de quarta-feira e solicitou que o conselho tenha acesso a um prontuário específico dos alunos da nossa escola. Talvez seja melhor que eu leia a moção para vocês."

Ela projeta o texto à sua frente:

Viðey é um bairro novo e progressista, com valores fundamentados na responsabilidade social, no diálogo e na solidariedade. Desde que a nossa escola começou suas atividades há quatro anos, nós, mães e pais aqui do bairro, temos participado de forma ativa da elaboração das políticas e dos valores da escola de Viðey, em colaboração com o excelente corpo docente da instituição. Somos extremamente gratos por isso e esperamos que a direção continue nos proporcionando o privilégio de influenciar as atividades letivas. Na reunião do conselho de mães e pais da escola de Viðey realizada na última quarta-feira, 19 de abril, surgiu um consenso entre mães e pais quanto à importância da transparência e do diálogo na nossa nova sociedade. Nesse sentido, solicitamos à direção da escola a criação de um prontuário específico para os alunos da escola que seja de fácil acesso às mães e aos pais, permitindo que possam responder de modo adequado aos desafios inevitáveis decorrentes do fato de algum aluno da escola ser diagnosticado como subpadrão na avaliação da capacidade de identificação.

Mui respeitosamente,

Sara Bergdís,
presidenta do conselho de pais e mães

A diretora pigarreia e depois continua:
"Nós da direção da escola nos reunimos ontem e decidimos acatar esse pedido do conselho de mães e pais. De nossa parte, seria uma mensagem tão contraditória quanto nociva calar a respeito dos casos de reprovação ou tratá-los como tabu. Temos que ter muito cuidado e cautela quanto à maneira como falamos das coisas, especialmente quando nos dirigirmos às

crianças com resultado subpadrão. Uma boa solução que me deram é conversar com as crianças como se elas estivessem com carência de vitamina. Não é nada de que devemos sentir vergonha. É só uma questão a resolver."

A escrivaninha de Vetur fica perto da janela que dá para o campo de futebol. Ela observa uma criança chutar uma pedra pelo caminho que leva à escola. No fundo, a sociedade está tentando definir se a probabilidade estatística de se cometer crimes justifica uma revogação do direito à inviolabilidade do indivíduo, se é legítimo se proteger contra *prováveis* criminosos, o que é uma questão impossível de responder a não ser dividindo-a em milhares e milhares de pequenas questões: de que forma a probabilidade é calculada, o que é crime, o que é revogação do direito à inviolabilidade? Ela mesma fez uma tentativa de responder a uma questão desse tipo durante seus estudos de ética. Sua dissertação de mestrado foi feita dentro de uma equipe interdisciplinar formada por um rapaz que estudava psicologia e uma senhora que estudava ciências sociais; a pesquisa pretendia estabelecer se seria eticamente correto por parte dos meios de comunicação tornar pública a reprovação de indivíduos *à luz do interesse dos próprios indivíduos*, pois essa era outra discussão: as respostas divergiam completamente e nunca permitiram afirmar se seria prejudicial ou necessário àqueles indivíduos ser desmascarados e arcar com as consequências.

Portanto, eles investigaram os efeitos midiáticos do desmascaramento, chegando a conclusões complexas: grande parte dos indivíduos afirmou vivenciar um isolamento intenso ou absoluto após a revelação nos meios de comunicação; outra parte igualmente grande afirmou que a revelação nos meios de comunicação retardou sua recuperação e teve efeitos negativos em sua saúde mental; metade da amostra fez terapia no mesmo mês em que ocorreu a revelação nos meios de comunicação; um quinto se mudou para o exterior; dois deram cabo da própria vida.

O que mais surpreendeu Vetur foi o fato de que ambos os polos, ou seja, tanto o LUTA como a PSI, aproveitaram as conclusões de sua dissertação de mestrado — quando o LUTA precisava de estatísticas, reportava-se aos setenta por cento que afirmaram ter vivenciado isolamento, e quando a PSI precisava de estatísticas, reportava-se aos cinquenta por cento que fizeram terapia. Ninguém estava em condições de tomar uma posição, nem Vetur e sua equipe multidisciplinar nem a sociedade como um todo.

Entretanto, com relação às crianças e aos adolescentes, indivíduos numa delicada idade formativa e com um sistema nervoso que ainda não se desenvolveu inteiramente, como diabos é possível correr esse risco, quando não existem estatísticas quanto a essa faixa etária, como é possível que os colegas dela, aquela gente sensata, não fiquem com uma pulga atrás da orelha quando uma ideia dessas vem à tona? Que uma pessoa que nem sequer é especialista nessa área possa dizer Vamos fazer isso, e essa segunda pessoa diria Sim, senhor, sem ao menos pestanejar, e iria correndo até o cais e daria um pulo para embarcar cegamente no mesmo barco. Mas Vetur sabe o que teria acontecido se ela dissesse Alto lá, se dissesse Espera um pouquinho, vocês têm certeza?; todos teriam olhado para ela e respondido Sim, claro que temos certeza, temos certeza por causa Disso e Disso e Disso, e ela teria retrucado Mas e quanto às consequências, à vida social, à autoestima, ao comportamento? A rejeição leva à disputa por poder, que leva à violência. Esse tipo de coisa se espalha, estamos falando de crianças que olham para os desmarcados como as personagens malvadas dos desenhos animados, como feras selvagens, bestas que devem ser legitimamente abatidas. As crianças nessa idade não percebem nada além de contornos, manchetes: Um homem desmarcado de trinta anos, Um casal desmarcado de origem estrangeira, martelam e voltam a martelar que os desmarcados são uma gente perigosa, uma gente com valores diferentes dos deles, uma gente que explora, mente e trapaceia. Uma gente que machuca, estupra e assassina.

Então alguém teria dito: Não podemos nos dar ao luxo de discutir internamente, não podemos perder tempo, e apesar de a hesitação ser sinal de sensatez, e ter certeza ser sinal de burrice, apesar de a nova retórica louvar a dúvida e condenar a convicção inquebrantável, mesmo assim ela teria ido de arrasto, a contragosto, até o cais, colocado um dos pés na beirada do barco, balançando-o para ver se não estava furado, antes de pular a bordo, pois assim funcionam as sociedades: concordar no geral mas discordar dos detalhes, ou não seria uma sociedade.

6

ALGUÉM ESTAVA LIGANDO. Eyja sente dor de cabeça e de ouvido e se lembra vagamente de que na véspera Zoé tentou lhe dizer para tirar os fones de ouvido e os relógios dos braços quando ela estava para apagar.

Ela sente na boca um gosto de fruta azeda.

É Thórir. É terça-feira e já é quase meio-dia. Ela devia estar no trabalho. Pigarreia e responde como se estivesse com pressa.

Thórir pergunta se ela acabou de acordar. Ele está furioso.

"Não. Estou fazendo uns exercícios de ioga", ela responde.

Thórir pergunta se ela acha que ele é idiota. Que ele não pode adivinhar que foi ela quem começou com aquela história.

"Comecei com que história?"

Ela sabe, Thórir responde. Ele está buzina da vida. Ela precisa se controlar para não rir. Se ela risse, não conseguiria disfarçar em sua voz.

"Comecei com que história, Thórir? O que foi agora?"

Será que ela pretende lhe dizer que não tem participação alguma no boato que ele acabava de ouvir, segundo o qual ele se vangloria de negociações feitas por outros funcionários da empresa? Como na ocasião em que ele se gabou por ter conseguido fechar o contrato com o Japão quando todo mundo sabe que foi Kári e também quando ele teria salvo por pouco o contrato com a Finlândia quando todo mundo sabe que foi Fjölnir?

"Alguém disse que eu espalhei isso?", ela pergunta, incrédula.

"Não", ele diz furioso, mas ele sabe que foi ela.

"Mas que grosseria é essa?", ela pergunta. "Não tenho tempo para esse tipo de asneira."

"Você devia ir se consultar com o psicólogo do prédio, Thórir. Me recuso a participar dessa histeria."

Ele tenta balbuciar alguma coisa, mas ela fala que precisa responder a uma ligação da Holanda e desliga na cara dele.

Ela liga para Natalía.

Ela liga para Inga Lára.

Ela pensa em ligar para Eldey, mas decide não fazê-lo. Eldey anda tão difícil ultimamente. Sempre com algum comentariozinho.

Natalía diz que ela deveria dar queixa. Imediatamente. Solicitar uma consulta de avaliação e psicoterapia, contar a respeito da terrível separação e do assédio moral por parte do seu chefe. Obviamente, não é fácil passar em algum teste quando seu marido acaba de a deixar para ter filhos com outra mulher.

Inga Lára suspira e diz Cristo, pergunta como ela está.

Diz Querida amiga, e que ela não acredita naquilo e que isso mostra e prova que o novo sistema é terrivelmente falho.

"O pior é que Thórir tirou todas as armas que eu tinha na mão. Eu não sou mais uma pessoa digna de confiança. Não importa que ele tenha me assediado sexualmente tantas vezes, ou se apropriado das minhas ideias. Eu não tenho mais voz", declara Eyja.

Inga Lára tenta reconfortá-la. Diz que ela é uma boa pessoa e que ela não merece isso e que isso não é justo.

O que é verdade.

Inga Lára diz que ela é a pessoa mais forte que conhece. Promete dar um depoimento a respeito disso nos jornais, se for o caso. O mundo precisa saber que ela é a líder que é. Que ela é alguém que carrega a tocha. Que deixa que seus atos falem por si.

"Sim", Eyja assente.

"Eu *sou* alguém que carrega a tocha", ela diz.

"Eu *deixo* que os meus atos falem por mim."

Ela liga para Breki, e Zoé diz que aquele número de telefone foi cancelado.

Ela conversa com as pessoas. Toma pé da situação.

Ela veste o seu melhor traje para a reunião de diretoria.

Observa a expressão corporal de seus colegas.

Ela conta sobre a nova empresa emergente de que suas fontes lhe falaram.

A empresa é norueguesa, fabrica motores de filtragem para navios e traineiras. O filtro captura dióxido de carbono do mar duas vezes mais rápido que as técnicas semelhantes hoje disponíveis no mercado, ao mesmo tempo que o aproveita como combustível.

Uma onda de entusiasmo perpassa seus colegas.

Ela observa Thórir avaliar o grupo e calar. São duas coisas que ela tem que fazer:

Ela tem que mostrar à diretoria que ele não é um bom administrador.

Ela tem que mostrar à diretoria que marcar a empresa acarretaria prejuízos financeiros.

São sete diretores. Alli e Fjölnir estão do seu lado. Ela só precisa de mais um voto.

Esse voto é o de Kári.

Eles votam e ela recebe sinal verde para dar início às negociações.

Depois da reunião, ela encontra Kári no elevador.

"Não se preocupe com aquilo da startup sueca. Essas coisas acontecem", ela diz.

Kári não entende. Pergunta por que ele não deveria se preocupar. Afinal, ele não tinha participado em nada da tal negociação com a empresa sueca.

"Ih", ela hesita. "Me disseram que você estava encarregado do assunto", continua.

Kári diz que ficou atolado até o pescoço o mês inteiro com a usina japonesa.

"Então fui eu que entendi errado", ela diz.

Algum cretino buzina quando ela está saindo do estacionamento no subsolo. Ela olha para trás e vê que é Fjölnir.

Que não vem trabalhar no dia seguinte.

Nem no dia seguinte àquele.

Então finalmente ela o encontra ali.

Ele olha para ambos os lados do corredor e sussurra que Thórir o demitiu. Ele não tinha passado naquele diabo de teste de choramingas.

Conta que aquele traíra maldito se nega a cair na real, diz que está *limpando os piolhos dos cabelos da empresa.*

"Ai! Querido amigo", ela lamenta.

"Logo você que dá tanto lucro à empresa."

"Que horror."

Fjölnir diz que já conversou com Alli. Eles pretendem partir para a briga e questionar os demais integrantes da diretoria se acham que Fjölnir realmente é um sacrifício necessário e aceitável por causa daquele diabo de selo de choramingas.

Ele pergunta se pode contar com o apoio incondicional dela.

"Claro", ela responde.

"Me diz se há algo que eu possa fazer para ajudar", completa.

Ela liga para um advogado e pergunta sobre os seus direitos.

O advogado lhe diz que tudo está sendo feito da forma correta. Que ela tem direito ao tratamento, basta apresentar os resultados do teste: duas sessões por semana com um psicólogo, se desejar. E a um reembolso do fundo de pensão se ela preferir procurar uma clínica de reabilitação.

O advogado se mostra cauteloso.

Conversa com ela como um médico conversaria com um paciente.

Ela agradece, envia algumas mensagens e outro advogado lhe é recomendado.

O cérebro-padrão apresenta manchas vermelhíssimas em várias áreas. No exame dela, as manchas não são manchas, mas, sim, pontos. Como formigas abandonando o formigueiro.

Contágio emocional, alegria: reação mínima.

Contágio emocional, compaixão: reação mínima.

Contágio emocional, dor: ausência de reação mínima.

Dor alheia, indivíduo do mesmo sexo: ausência de reação mínima.

Dor alheia, indivíduo do sexo oposto: ausência de reação mínima.

Dor alheia, indivíduo da mesma etnia: ausência de reação mínima.
Dor alheia, indivíduo de outra etnia: ausência de reação mínima.

Resultado: padrão mínimo não alcançado.

Ela lê aquelas palavras e sabe que, apesar de tudo, não importa o que a sociedade diga, aquela é exatamente a sua força.
É o que a coloca num patamar acima dos demais.

Gylfi, o polvo, a convida para jantar na sexta-feira.

Ele também trabalha num fundo multinacional de investimentos. Um fundo conhecido por receber de braços abertos indivíduos que perderam o emprego devido à marcação.

Ele agradece pela outra noite. Seu risinho é como uma medalha.

Diz que não conseguiu pensar em mais nada o resto da semana.

Diz que ficou sabendo há algum tempo que ela e Breki tinham terminado.

Ele pergunta o que aconteceu.

"Me traiu com uma colega de trabalho", ela conta.

"Ela está para parir a qualquer momento."

Gylfi diz Não, que diabos. Como se o seu time tivesse levado um gol.

"Você não é nem um pouco melhor", ela diz.

Então ele faz uma careta e inclina a cabeça para um lado, falando que há muito as coisas terminaram entre ele e a mulher. Que dormem em quartos separados há muitos anos. Mas que continuam juntos pelas filhas. A mais nova vai fazer a confirmação na primavera e a do meio vai começar a Escola Técnica de Comércio no semestre de outono.

Ele projeta no meio deles uma foto de três garotas loiras.

"Elas são muito lindas", ela diz.

Sim, ele concorda. São mesmo. Mas como ela está se sentindo? Depois do divórcio? Deve ser totalmente diferente no caso dela do que é para ele. Ele não vê a hora de se divorciar. As coisas simplesmente foram esfriando entre eles ou aconteceu do nada, feito um raio em céu azul?

Ela pensa um instante.

"Um raio em céu azul", responde. "Mas estou tratando disso com um psicólogo e as coisas estão melhorando. Pouco a pouco."

Ele diz que fica contente de ouvir isso. Não seria de estranhar se ela levasse a coisa às últimas consequências. É evidente que deveria ser obrigado por lei avisar a gente. Acostumar a gente com a ideia. Não simplesmente bum, vou embora, tchau, tchau.

Ele fica satisfeito consigo mesmo a cada vez que ela ri. Comprime os lábios para disfarçar o sorriso.

"Só me sinto aliviada de ter me livrado disso", ela diz.

Ela mexe no guardanapo com uma das mãos.

"Só me dei conta de como eu havia encolhido nesse casamento depois que ele me deixou e eu recuperei o espaço para voltar a crescer até chegar ao meu tamanho natural."

"Breki é o tipo de homem que diz desejar uma mulher que o provoque."

"Uma mulher de igual para igual."

"Mas assim que eu o superei, ele começou a tentar me jogar para baixo."

"Ele me recriminava por eu ser determinada. Por eu bancar as minhas escolhas. Muitas vezes, ele me recriminava só por causa do tom da minha voz."

"Eu comecei a duvidar de tudo o que eu mesma dizia."

"Assim que eu passei a ganhar mais do que ele, começou a falar em ter filhos."

"Ele me disse que se eu não quisesse ter filhos, deveria dizer isso a ele de uma vez."

"Se eu não quisesse ter filhos, então ele iria encontrar outra mulher."

"Respondi a ele que eu ainda não podia ter filhos, não antes de me tornar sócia da empresa."

"Então ele começou a falar em congelamento de óvulos."

"Ele não parava de falar em congelamento de óvulos."

"Eu era promovida, congelamento de óvulos, eu recebia alguma premiação como executiva, congelamento de óvulos. Quando as coisas saíam bem para mim, era como se os olhos dele só enxergassem óvulos congelados."

Gylfi fica bonito quando ri. Ele não se reprime.

Claro que é um homem bonito.

Ele não teria chegado aonde chegou se não tivesse aqueles bastos cabelos escuros e aquele rosto anguloso e marcante. Se não tivesse aquela autoridade na voz.

Se ele não lembrasse algum animal do topo da cadeia alimentar. Um urso. Um leão.

"Você fica bonito quando ri", ela diz.

Ele olha para os lábios dela. Ela toma um gole de vinho.

O prato principal é servido e ele pergunta como vão as coisas no trabalho. De que forma Thórir está lidando com a situação.

"Ele nos mandou fazer o teste na semana passada", ela responde.

A faca para na metade do prato e Gylfi olha para ela. Pergunta se está falando sério. Xinga. Ele não acredita que Thórir tenha feito isso. Achava que ele fosse mais duro na queda do que isso.

"Não, que diabos", ele acrescenta, largando os talheres na mesa. Com o pedaço de assado ainda no garfo. Se acomoda para trás na cadeira e deixa o olhar vagar pelo restaurante. "Ele já demitiu alguém?"

"Não que eu saiba", ela responde.

"Isso acabou de acontecer."

"Mas eu já comecei a sondar as possibilidades. Não estou com paciência para isso."

Gylfi a observa por uns dois segundos. Depois diz que ela devia vir trabalhar com eles, assunto encerrado.

"Com vocês?", ela retruca.

"Você quer que eu vá trabalhar para vocês?"

Ele assente convicto com a cabeça, as sobrancelhas bastante erguidas.

"E o que eu faria na empresa de vocês?", ela pergunta.

Ele responde que ela poderia continuar fazendo a mesma coisa que já faz atualmente. É nisso que está o dinheiro gordo, é claro, ele também trabalha com debêntures de catástrofes climáticas. Quando as pessoas estão desesperadas, compram qualquer coisa.

"Mas que coisa", ela diz.

"Bem", pondera.

"Vou pensar no assunto."

"Primeiro tenho que ver se passo ou não passo no bendito teste."

Ele diz que o teste não importa. Ou melhor, importa sim: se ela não conseguisse passar, isso seria uma excelente recomendação. Um selo de qualidade, por assim dizer. Apenas demonstraria que ela é capaz de fazer negócios de verdade.

Ela conta a respeito dos motores de filtragem. Que é um pecado que Thórir lucre em cima disso. Os olhos de Gylfi brilham. Quando ela conta que determinado investidor internacional havia comprado debêntures, ele começa a se mexer em seu assento.

Eles chamam um táxi e vão para o apartamento dela. Ele fica entusiasmado no trajeto, continua prometendo isso e aquilo. Tagarela e fica falando do que ela poderia fazer na empresa dele. Onde ela começaria e onde poderia terminar.

Ela arde inteira. Ela o deseja, apesar de tudo.

Ele não é um bom amante.

A cama dela não tem um encosto para amarrá-lo.

A maneira como ele se acabou em cima dela da última vez, feito uma velha bomba de encher pneus de bicicleta. A língua dele que parecia... parecia o que mesmo?

Um gancho de misturar massa na batedeira.

7

TRISTAN NÃO CONSEGUE parar de conferir o saldo da sua conta, só para ver o valor, só para sentir a porra da euforia ao ver aquele valor. Pela primeira vez nessa semana inteira ele não sente como se tudo se desfizesse dentro dele. Ele sente como se Magnús Geirsson e os caras da entrevista o tivessem aberto de alguma maneira, puxado para baixo um fecho no seu rosto como se ele fosse uma jaqueta de moletom com capuz. Ele achou que apenas fosse dizer a mesma coisa que disse na reunião dos jovens, que ele precisou sair de casa e parou de ir à escola e coisa e tal. Mas então eles lhe perguntaram a respeito do pai, da mãe e do irmão, e então a respeito de Sölvi, e da irmã dele. Porra, ele não estava nem um pouco preparado para aquelas perguntas, então contou tudo, que Sölvi dava a eles brinquedos, pizza e guloseimas e era muito mais legal que o pai deles (torcendo para que o pai não visse isso) e que Sölvi sempre ficou do lado dele e de Rúrik quando a mãe deles estava chata, e como ela não aguentava aquilo, gritava que ele estava tentando colocar os filhos contra ela, que ela via muito bem o que ele estava fazendo. Ele explicou que sua mãe costumava colocar essas caraminholas na própria cabeça, coisas que envolviam estranhas guerras psicológicas entre as pessoas (ele *não* devia ter dito aquilo, porra) e que ela e Sölvi batiam boca todos os dias, e que de repente ele e Rúrik começaram a se portar mal, de repente eles começaram a só desrespeitar as regras e era fácil desrespeitar as regras e eles nunca tinham sido bons em nada. Eles não eram bons de cabeça e não eram bons de futebol e não eram bons de jogos eletrônicos, pois não tinham os computadores adequados, e essas três coisas eram basicamente tudo em que alguém podia ser bom.

Eles queriam que ele falasse mais a respeito de Rúrik e ele ficou um pouco nervoso e tentou mudar de assunto, mas sempre voltavam ao irmão dele, então acabou contando que Rúrik tinha sido reprovado no teste quando tinha dezoito anos (ele não devia, porra, não devia de jeito nenhum ter dito aquilo) e encaminhado a um psicólogo e forçado a tomar remédios, do contrário ele não poderia continuar morando com eles, e agora, quando pensa no assunto, Rúrik era muito jovem naquele momento, ele ainda tinha o rosto cheio de espinhas e nem tinha um bigode de verdade ou coisa assim. Até mesmo os psicólogos diziam que provavelmente ele era jovem demais, que garotos como Rúrik, hiperativos e agitados assim, muitas vezes precisavam aguardar até os vinte e cinco anos ou mais para conseguir passar no teste. Mas Rúrik recebeu todas aquelas porras de remédios que deveriam estimular uns hormônios, a Oxima com certeza, depois o Trex, que levou Rúrik, é claro, a ficar trexado já depois de um ano, e um dos caras perguntou o que a palavra "trexado" queria dizer e Tristan explicou que era se tornar dependente do Trex, mas esqueceu de explicar que era uma palavra como "fissurado", que um trexado é alguém fissurado por Trex, ou pelo menos era assim que ele entendia a parada. Depois ele contou que Rúrik abandonou o ensino médio e de fato quase nem aparecia mais em casa, pois tinha uma namorada ou coisa assim e então um certo dia ele foi pego com um saco enorme do Trex, após o Trex ter sido declarado ilegal, e cumpriu pena durante um ano ou coisa assim e uma semana depois de sair da cadeia ele se envolveu naquela briga, naquela porra daquela bosta de briga por causa de uma ninharia, e foi denunciado por lesão corporal e agora já cumpriu metade dessa pena.

"Sæbraut, Sægarðar", diz a voz sintética na linha S. Ele desce e começa a caminhar o mais rápido que pode na direção do porto.

Eles perguntaram a Tristan a respeito do futuro e de suas oportunidades, se ele tinha sido vítima de preconceito e discriminação etc., então ele contou sobre a corrida para comprar um apartamento para não acabar parando na porra daquele depósito ou no olho da rua ou algo pior, mas de fato não tinha a mínima ideia do que gostaria de fazer, que não era bom de cabeça, talvez ele pudesse ser pedreiro, carpinteiro, alguma coisa desse tipo, ele não podia ser encanador nem eletricista ou algo parecido, profissões em que a gente tem que atender as pessoas em domicílio, pois naturalmente agora todos estavam marcando suas casas. Mas, sim, ele gostaria de trabalhar em outro lugar que não no porto de Sundahöfn (por que caralho ele foi dizer isso? Viktor ia ver aquilo), mas não conseguia trabalho em nenhum outro lugar e cada vez mais locais começavam a excluir os desmarcados, por exemplo, se ele quisesse comprar algo para comer, ele tinha que encomendar tele-entrega, pois os comércios já não confiavam mais na gente desmarcada, e alguns bares e boates não queriam mais saber de clientes desmarcados e algumas academias também não queriam.

Então eles perguntaram sobre o apartamento que ele pretendia comprar, se alguém o ajudaria, se ele tinha algum tipo de... rede de apoio... ele teve que perguntar o que era uma rede de apoio, disse que achava que era uma rede na qual a gente se deitava para dormir, e então os caras começaram a rir, especialmente Magnús Geirsson, que ria como a porra de um trol.

"Há alguém que pode te apoiar financeiramente?", Magnús perguntou.

Tristan respondeu Não, e então alguém disse: Ninguém? e aquilo fez com que Tristan se sentisse tremendamente triste, ele teve que engolir duas vezes antes de dizer Não, ninguém, e os caras ficaram num silêncio constrangedor e lhe agradeceram por sua participação.

Quando ele chega ao trabalho, Eldór já tinha começado a descarregar lá embaixo no V1. Eldór dá um soco no ombro dele, com certa força, e Tristan diz Mano mas Eldór não ouve. Ele está olhando para a torre lá em cima onde o mano da Supervisão está sentado coçando a porra do seu saco. Do outro lado, no V2, estão Wojciech e Oddur. Zoé lhe diz que um novo vídeo foi carregado no YouTube por um mano que ele segue e ele escuta enquanto começa a conduzir o contêiner na direção certa.

Más notícias. LOiD virou a casaca. Vi hoje de manhã. A gente naturalmente já começava a suspeitar disso lendo os holos dele. Mas agora já está dizendo que pode ajudar a gente e que a gente não deixe de entrar em contato. Mas as coisas são assim. Primeiro eles dizem que querem te ajudar a voltar à sociedade, a aprender sobre si mesmo e a conhecer os seus próprios limites. Depois dizem que você deveria tentar ir a uma sessão com um psicólogo. Depois com outro. Tentam convencer você a começar a tomar remédios e então dizem que você está pronto para fazer o teste e que isso irá mudar tudo. Foi assim que convenceram o meu melhor amigo e agora ele passou por uma lavagem cerebral completa. Ele precisa fazer o teste todos os anos e não vai mais a locais desmarcados e deixou de sair com pessoas desmarcadas. A namorada dele também está marcada e eu sei que ela insiste que ele corte relações comigo porque não sou mais uma boa companhia ou algo assim. Fomos o melhor amigo um do outro desde garotinhos, mas nas poucas vezes que o vejo, ele diz que eu preciso fazer o teste e fazer sessões com um psicólogo, que isso muda absolutamente tudo. É como se ele, tão logo tenha entrado e sido aceito nessa seita, tivesse se esquecido de tudo de ruim que aconteceu. Ele se esqueceu de que um dia ele também não teve acesso ao comércio ou a restaurantes. Ele perdoou o sistema tão logo se sentiu à vontade nele. Apesar de o sistema ter lucrado às custas dele ou o humilhado antes. Apesar de o sistema o ter feito sentir-se péssimo consigo mesmo.

Depois de uma hora, Viktor vem falar com eles.

"Hoje vamos receber um contêiner do interior", ele diz.

"A que horas?", Eldór pergunta.

"Quinze para as quatro. Mando uma mensagem uma hora antes e um de vocês avisa o suco de peido", diz Viktor.

Eles riem. Eles sempre riem quando Viktor chama o cara da Supervisão de suco de peido. Eles trabalham até o meio-dia e almoçam no refeitório. Depois continuam conduzindo um monte de contêineres a bordo do navio azul com destino à Dinamarca ou à Espanha ou a outro lugar por aquelas bandas. Às quatro, Eldór liga para o cara da Supervisão, que chega e abre um contêiner aleatório e fiscaliza o conteúdo. Depois, ele volta à torre para ficar coçando o saco. O contêiner chega do interior e eles o empilham em algum lugar no meio. Tristan fez isso milhões de vezes, mas a cada vez fica encharcado de suor do caralho debaixo do macacão, e Zoé pergunta se está tudo bem porque o coração dele está batendo muito rápido.

Ao final do expediente, Viktor pergunta se eles querem carona e os rapazes aceitam, Oddur, Wojciech e Eldór.

"Vou encontrar um mano aqui pertinho", Tristan avisa.

"Onde? Eu te dou uma carona", pergunta Viktor.

"Obrigado, mas, no duro, é logo aqui ao lado. Nos vemos amanhã", ele diz.

Então se despede levando dois dedos à frente como um soldado e caminha na outra direção antes que eles tenham tempo de retrucar. Ele observa o carro desaparecendo. Sempre que aceita carona de Viktor, ele diz alguma coisa que Tristan não gostaria de ouvir, cacete. Alguma coisa a respeito de alguma vaca que ele diz ter catado no centro e fodido quatro vezes, ou que eles precisavam ferrar algum mano porque o mano teria dito alguma coisa a alguém que não deveria ter dito. Tristan se sente como se essas palavras fossem uma supercola. Quando ele era pequeno, sempre usava supercola para se vingar de Rúrik ou de sua mãe. Primeiro, ele colou uma pedrinha no sapato deles, mais tarde viu um vídeo na internet no qual um cara botava supercola no gel de um amigo e o cabelo ficava duro e então o amigo tentava pentear o cabelo e a mão ficava grudada no pente e o pente grudado no cabelo. Tristan tentou fazer o mesmo duas vezes, mas a cola endureceu antes de Rúrik usar o gel, e na segunda vez Rúrik descobriu apenas olhando a cara de Tristan e torceu o braço dele até ele começar a chorar e a mãe deles gritou com Rúrik e o proibiu de sair para ver os amigos durante uma semana inteira, então Rúrik quebrou o espelho da antessala e a mãe prolongou o castigo para duas semanas, agora sem computador, e Rúrik não falou com Tristan durante todo aquele tempo. Ele lembra que aquele meio mês lhe pareceu infinito.

Às vezes Viktor pede algum favor a ele. Às vezes liga de noite e pede a Tristan para ser o motorista da vez e ele não tem outra saída a não ser dizer que sim. Porém, depois do que aconteceu em novembro, ele tem tentado se manter afastado de Viktor o máximo possível, porra, mas não muito, pois Viktor perceberia e tentaria apertar o cabresto ainda mais. Tristan observou isso acontecer. Por exemplo, com Wojciech, que disse que precisava de um tempo porque tinha acabado de ter uma filha e a namorada dele não queria que ele ficasse tanto tempo longe da família à noite, e Viktor respondeu que entendia cem por cento e desejou-lhe felicidades, mas então o porra não deixava Wojciech em paz um instante, ligava para ele todas as noites para mandar ele fazer qualquer coisa, Wojciech tinha que fazer isso e Wojciech tinha que fazer aquilo, e quando Eldór e Tristan diziam poder fazer essas coisas, Viktor sempre dizia Não, Wojciech é quem tinha que fazer isso ou aquilo. Depois, certa noite Wojciech veio até o carro e falou que não podia ir, pois a namorada tinha ameaçado botá-lo para fora de casa se ele não desse prioridade à filhinha deles e Viktor só ficou olhando para frente em silêncio e Eldór e Tristan também ficaram em silêncio e Wojciech ficou paralisado um instante, mas depois entrou no carro e Viktor deu a partida.

Tristan sabia que teria de fazer algo parecido quando deixasse o trabalho no porto de Sundahöfn. Assim que ele conseguir um emprego noutro lugar, Viktor apertará o cabresto ainda mais durante algumas semanas como fez com Wojciech e depois soltará um pouco e tomara que Tristan só precise dirigir uma ou outra vez e talvez Viktor comece a se esquecer dele pouco a pouco quando outros manos vierem a substituí-lo. Se é que ele algum dia vai conseguir uma porra de emprego. Essas empresas do caralho nem sequer nos dão uma chance de fazer uma entrevista. Ele já tentou milhares de empregos durante meses a fio, até que ele viu como Viktor era perigoso pra caralho daquela vez em novembro, fazendo com que ele metesse os pés pelas mãos com Sunneva, que desde então não respondia mais às mensagens dele, só uma vez quando estava bêbada em alguma festa em janeiro.

Ele toma meio comprimido de Trex depois de se sentar na linha S e um novo holo toca no YouTube.

Vocês já notaram que quando uma pessoa desmarcada faz uma coisa errada sempre mencionam que a pessoa é desmarcada, mas quando uma pessoa marcada faz uma coisa errada isso não é mencionado? Por exemplo, no fim de semana passado, a polícia da região metropolitana divulgou que um homem de trinta e poucos anos foi detido por dirigir embriagado. Quando uma pessoa é marcada, ela desrespeita a lei porque é humana, mas quando uma pessoa desmarcada desrespeita a lei é porque ela é desmar —

O vídeo é interrompido e uma música de propaganda entra no lugar. Tristan fecha os olhos para não ter que ver a cara de Ólafur Tandri.

Na Islândia, os jovens rapazes na faixa dos dezoito aos vinte e cinco anos apresentam uma probabilidade de cometer suicídio quatro vezes maior do que as jovens moças na mesma faixa etária. Suicídio é a causa mortis *mais comum entre os jovens rapazes islandeses. As coisas não precisam ser assim. Há ajuda à disposição. Falemos a respeito dos nossos sentimentos.*

O comercial termina e o vídeo a que ele estava assistindo continua. Ele faz uma pausa e pede a Zoé para o acalmar e Zoé toca música para piano e lhe mostra uma foto de uma pradaria verde com árvores e água e sei lá mais o quê. Ela diz para ele se concentrar na respiração, inspirar em quatro etapas e expirar em oito etapas.

Ele vai conseguir juntar a grana para dar entrada no apartamento. Ele vai conseguir. Fecha os olhos e respira em quatro etapas e expira em oito etapas, mas o ódio vai crescendo cada vez mais a cada respiração. Aquele Ólafur Tandri do caralho ousa se dirigir a eles como público-alvo. Garotos de quem ele próprio está tirando a vida, porra. Eles não vão ter a mínima oportunidade depois do plebiscito. Não vão conseguir crédito habitacional nem emprego nem ter uma porra de uma vida normal e ele desce da linha S e está tão furioso que poderia matar alguém, cacete, destruir algo, e ali está a casa do bosta do Ólafur Tandri, no bairro dele, bem próxima à sua casa. Ele vai até a casa e passa de um lado para o outro pela calçada e poderia com toda a facilidade tocar a campainha e mostrar a ele como é sentir medo o tempo todo, caralho, como é não conseguir pegar no sono sem sentir que ratos estão te devorando por dentro. E ali está ele, o porra daquele psicólogo vendido, com a sua esposa loira e perfeita no caralho da sua cozinha branca e perfeita. Tristan respira pelo nariz e conta até dez como Rúrik lhe ensinou a fazer. Ele ergue o braço e tira uma foto deles com o seu relógio e então pega a tinta spray que usa no trabalho e faz um X enorme na porta da frente para que Óli saiba que ele também é um alvo e depois vai andando encapuzado para casa e ao chegar escreve tudo que lhe passa pela cabeça, tudo, e a cada palavra é como se ele se sentisse um pouquinho melhor e continua até que acaba com as palavras de dentro de si.

8

NA TERÇA-FEIRA, Óli recebe uma nova ameaça de morte. Ou melhor, um novo ensaio: o autor da carta descreve em pormenores como cortará as pálpebras dele e a garganta da família dele. Em anexo envia uma foto dele e de Sólveig na noite anterior, tirada pela janela da cozinha. Eles estão de costas um para o outro, absortos ou cabisbaixos. Sem dúvida uma das duas coisas. Ele entra em contato com uma policial que diz que examinarão as imagens que possuem.

Ele olha pela janela e vê que Himnar estacionou na frente da casa. Quando ele entra no carro, Himnar está assistindo a algo em modo privativo, Óli só vê lampejos amarelos e rosa ao se inclinar na direção do ombro do amigo. Himnar desliga a projeção e dá bom dia, e de repente fica olhando fixamente para alguma coisa atrás de Óli. Óli segue o olhar do amigo. Sobre a porta da entrada da casa tinha sido pichado um enorme X vermelho.

"Estão me marcando", diz Óli.

"Que ralé dos infernos é essa?", pergunta Himnar.

Ele desliga o motor do carro e ambos saem e vão até a porta. Himnar passa o polegar na pintura e esfrega.

"Sim, sim. Isso sai", ele diz, mostrando a Óli o polegar vermelho.

"Talvez Sólveig não tenha visto. Talvez ela tenha passado direto ao sair de casa", pondera Óli.

Himnar faz uma careta de solidariedade.

Óli tira fotos da porta e liga de novo para a polícia para denunciar aquele vandalismo. Enquanto fala, vai ao andar de cima para pegar um pano e uma esponja e enche um balde com água quente não potável. Depois, desce e passa o pano para Himnar.

"Não, me dá a esponja."

"Ai, Himnar", diz Óli, irritado.

"Que foi?", Himnar retruca com um risinho mal dissimulado.

Óli passa a esponja para ele e começa a limpar a porta freneticamente.

Eles levam dez minutos para tirar a tinta. Quando finalmente chegam na sede da rua Borgartún, a diretoria está mergulhada até o pescoço na pauta do dia. Dois indivíduos foram denunciados pela morte do policial. Uma parlamentar mudou de opinião de ontem para hoje, era contra, mas agora é a favor. A aprovação ainda está por volta de sessenta e cinco por cento. Tudo está se encaminhando para a direção certa. Por volta das cinco da tarde, ele envia um holo a Sólveig para avisar que ela não o deve esperar para jantar. Ela não responde nada. Ele espia a cada tantos minutos para ver se ela respondeu e a cada vez vai ficando um pouquinho mais mal-humorado. Caso ela tenha visto o X, o mais honesto seria que ele mencionasse o ocorrido a ela. Mas talvez ela não tenha visto e nesse caso seria absolutamente desnecessário colocar lenha na fogueira de suas brigas.

Ele não consegue manter a concentração. Por fim escreve:

"Não sei se você viu aquilo de manhã. Mas o fato é que alguém pichou um X na porta da frente da nossa casa. Eu e Himnar limpamos a pichação imediatamente. Já telefonei para a polícia. Me desculpe se eu não te avisei logo. Eu só precisava de um tempo para digerir o assunto. Me desculpe também por eu aparecer tão raramente para jantar. Isso tudo já está quase acabando. Agora só falta um mês. Te amo."

Passam-se dez minutos. Ele escreve:

"Devo comprar algo no caminho para casa?"

Por fim acrescenta:

"Algum doce? Guloseimas?"

Nenhuma resposta. Ele tenta trabalhar. Desconcentra-se do texto, fica chateado com aquele silêncio. Depois também fica bravo. Ele não escolheu isso. Como poderia saber que sofreria ameaças e ataques? Espera mais uns minutos pela resposta. De repente, tem a sensação de que Sólveig está em casa ensaiando o discurso para pedir o divórcio. Se vira e pergunta a Himnar se ele vai para casa em seguida. Himnar balança a cabeça sem tirar os olhos da tela. Óli chama um táxi e pega o seu casaco na chapelaria. Quando o táxi chega, ele pede ao motorista para levá-lo primeiro ao mercadinho do bairro.

Ele sabe o que tem de fazer. Tem de dar o braço a torcer. Não importa como começam as conversas deles, sempre acabam discutindo por causa da marcação, feito riachinhos que apenas conseguem confluir para o mesmo rio caudaloso. Sólveig repete sem parar que um sistema centralizado de psicologia não é a solução. Que a empatia é um fenômeno mais complicado que isso, que os criminosos podem estar cheios de empatia e que os psicopatas podem ser inocentes feito um cordeiro. E ainda que fosse possível chegar a alguma conclusão a partir da frequência e da correlação entre esses fatores, a vergonha e as adversidades decorrentes da reprovação no teste pesam mais do que a ajuda proporcionada.

Não importa que argumentos Óli traga à baila. É claro que ele sabe que aquela não é nenhuma solução mágica, que a marcação compulsória não irá resolver todos os problemas nem erradicar o crime e a violência. É claro que ele sabe que o assunto não é preto no branco. Por outro lado, Sólveig não pode ignorar fatos e estatísticas inquestionáveis: os índices de criminalidade caem de modo considerável nos bairros marcados. Nove em cada dez condenados penalmente no último ano eram indivíduos desmarcados. Um em cada quatro presidiários foi reprovado no teste. Digamos que a sociedade pegasse esses indivíduos, um quarto de todos os que hoje cumprem pena, e lhes proporcionasse tratamento adequado *antes* de que praticassem algum crime. A marcação não é uma punição, e sim uma prevenção. Mas Sólveig considera isso um ideal infantil que não resiste a uma análise mais profunda e assim eles continuam ad infinitum. Ele tenta se colocar no lugar dela, diz entendê-la. Ela é uma pessoa empática e é da natureza das pessoas empáticas ver o que há de humano nos outros. Porém, ela tem de entender que o um por cento de psicopatas se aproveita exatamente disto: da cumplicidade dela.

Sólveig começa a virar os olhos, puxa a respiração com calma e diz a ele para parar de falar com ela. Ela faz isso com frequência, também quando ele está falando apenas de coisas habituais. Se ele faz algum comentário inocente sobre algo perfeitamente normal, sobre o lixo doméstico, Himnar ou o seu pai, ou sobre o vizinho que nunca fecha o portão do pátio dos fundos, e que assim fica batendo para frente e para trás, rangendo a madrugada inteira, ela diz Ai, Óli.

Ai, Óli, como se ele fosse um velho ranheta. Quando ela faz isso, ele tem um sobressalto. Ele vê à sua frente o pai sentado à mesa de jantar afogando a sua mãe em argumentos. Vê a mãe a sua frente, guardando alguma coisa na cozinha para não ter que olhar na cara do pai. Mas ele *não* é como o pai. Não sobe o tom de voz. Não a atropela quando Sólveig está falando. Aprendeu a falar de modo calmo. Aprendeu a ser educado e ponderado e a ouvir o lado dela. *Quando você fala assim, nós nos sentimos assim.*

Ela tenta colocar limites nele, mas, a um só tempo, ela mesma passa dos limites. Essas reações são como batatinhas que evidentemente têm raiz na marcação, a batata-matriz, que está enterrada tão fundo na relação que eles não conseguem arrancá-la.

Da última vez, ela pediu que ele parasse absolutamente de falar de política. Ela não mudaria de opinião, aquilo estava começando a ter efeitos sérios na família. Eles haviam deixado de fazer sexo e de estarem juntos depois da jornada de trabalho. Dagný começava a se comportar feito uma palhaça em volta deles para desviá-los da discussão.

"Ela tem três anos, Óli, e já começou a manifestar esse desgaste emocional, *com três anos de idade*", ela disse.

Então, pessoalmente, ela não podia mais compactuar com aquilo.

"Isso não é um meio-termo", disse Óli então.

"Nada do que eu faço é um meio-termo. Você usa a psicologia como instrumento de coerção no nosso relacionamento", ela responde, erguendo as mãos.

Ele se sente vulnerável no mercadinho. As pessoas olham para ele, mas desviam rápido o olhar. Uma mulher elegante lhe agradece pelo trabalho que está fazendo, enquanto outra mulher desleixada torce o nariz. Ele já pagou e pegou a nota fiscal quando um homem baixinho com cabelos ensebados e barba de três dias dá com os olhos nele.

"Espera, você não é aquele psicólogo?"

"Sou", Óli responde calmamente, quase sem pensar.

"Você e a sua laia de ortodoxos são realmente uma coisa", acusa, chegando perto de Óli com um dedo em riste.

Alguém de dentro do mercadinho diz para o homem deixar Óli em paz.

Óli tenta desviar, apressado, mas o homem põe a mão nele.

"Nove nove nove", diz Óli e sirenes ensurdecedoras soam no mercadinho, todos ficam parados imóveis. O homem foge do local, gritando algum impropério ao sair. A polícia liga e pergunta se ele precisa de ajuda, mas ele diz não ser necessário.

Ele caminha depressa para casa.

Sólveig não tem nenhuma expressão no rosto quando ele passa pela soleira com as sacolas de compras, mas aceita que a beije na boca.

"Mas veja só, realmente", ela fala quando ele tira as coisas das sacolas.

"Tenho saudades de vocês", ele diz.

Ele cozinha um *bourguignon* de cogumelos com batatas. Sólveig não faz qualquer menção ao X vermelho. Ele esmaga uma concha cheia de bourguignon para fazer um molho de acompanhamento dos bolinhos fritos de legumes para Dagný. Oferece uma taça de vinho para Sólveig, que de início agradece e diz que não, mas durante a refeição acaba aceitando. Ambos levam Dagný ao seu quarto depois do jantar e Sólveig fica sentada em silêncio na ponta da cama enquanto ele lê uma historinha para a filha. Depois que Dagný adormece, os dois sentam na sala e ele pede a Zoé para tocar música da época dos tempos de faculdade e de repente eles começam a relembrar do passado e riem. Abrem outra garrafa de vinho tinto. Ele acompanha a linha acentuada em torno da boca dela enquanto ela fala.

"Você notou a porta hoje de manhã?", pergunta.

Sólveig olha para dentro da taça, girando-a.

"Sim."

"Desculpa."

Ela fica calada.

"Quando você não respondeu hoje, tive certeza de que você estava se preparando para me deixar", ele diz.

O formato da boca de Sólveig se altera.

"Cheguei a pensar nisso."

"Em me deixar?"

"É."

"Sólveig. Vou pedir demissão da PSI depois do plebiscito. Quero consertar as coisas entre a gente", ele diz.

Ela finalmente dirige o olhar para ele e se encaram nos olhos por alguns segundos.

"Faz muito tempo que você diz que vai pedir demissão", ela diz.

Quando ela toma um gole de vinho tinto, o longo pescoço se empertiga no ar.

"Eu já me decidi. Vou pedir demissão depois do plebiscito, independentemente do resultado."

"Então por que você não se demite amanhã?"

"Salóme não daria conta disso amanhã. Dará conta depois do plebiscito. Ela já está desconfiando. Está sempre me lembrando de que tenho sintomas de estafa."

Sólveig não diz nada. Ela termina a taça de vinho, levanta do sofá e vai deitar. Quando ele entra no quarto, ela já está embaixo do cobertor, virada de costas como de costume. Mas quando ele deita, ela se vira e o encontra no escuro, pela primeira vez em muitas semanas, provavelmente em meses.

Óli tenta sair do trabalho em horários mais razoáveis nos dias seguintes. Ele explica a situação para a diretoria e eles se mostram compreensivos. No meio de uma entrevista na sexta-feira, ele recebe uma mensagem da policial. Lê apenas um trechinho, mas é o suficiente para que perca o fio da meada e fique olhando para a repórter com olhar de peixe morto e a repórter precise repetir as próprias palavras dele para que retome a concentração.

Depois da entrevista, ele liga para a policial, que conta ter examinado todas as imagens que a polícia possui das duas noites. Todas as probabilidades são de que se trate do mesmo indivíduo: em ambas as ocasiões, pode-se ver um homem encapuzado parado em frente à casa. A aparência e o semblante sugerem idade entre os vinte e os quarenta anos, na primeira ocasião ele vai diretamente aos pneus do carro, mas na segunda parece ter a intenção de esmurrar a porta, porém hesita e acaba mudando de ideia. Ele é visto tirando uma foto e pichando a porta. Depois disso, é possível rastrear seu trajeto descendo a rua, até chegar a um prédio no bairro de Kirkjusandur. Seria um desses prédios de apartamentos concebidos à época para indivíduos solteiros, quitinete em cima de quitinete. No prédio, cerca de trinta homens nessa faixa etária têm seu domicílio registrado. É impossível obter um mandado de busca e apreensão para averiguar todos eles.

"O que você sugere que a gente faça? Essa pessoa evidentemente é alguém desequilibrado", diz Óli.

"Vocês teriam como se mudar temporariamente, até o plebiscito? Para a casa de familiares ou amigos?", a policial pergunta.

"Possivelmente sim", Óli responde.

No entanto, ao chegar em casa, ele não conta nada para Sólveig. Ele sabe que qualquer conversa a respeito de uma mudança afetaria o relacionamento deles. Ele empurra com a barriga um dia. Depois empurra com a barriga mais um dia. Então decide que provavelmente aquele sujeito não representa uma ameaça concreta e na verdade seria egoísta da sua parte deixar a esposa e a filha mais alarmadas do que o necessário.

9

DEPOIS DO FIM DE SEMANA, a diretora da escola envia uma circular às mães e aos pais de alunos informando que a escola adotará um prontuário interno. Vetur está preparada para responder a perguntas e holos manifestando dúvidas, mas não recebe nada disso em sua caixa de entrada. No meio da semana, em seu horário costumeiro de atendimento a mães e pais, uma cabeça de mulher espia pela porta da sala de reunião que estava entreaberta. Ela tem cabelos oxigenados, os cachos mais baixos são como fibras que varrem seus ombros, e Vetur percebe na hora que se trata de uma mãe que quer conversar sobre o teste.

"Com licença, olá. Sou a mãe da Naómí. Estou atrapalhando?", a mulher pergunta.

"De forma alguma", Vetur responde.

Ela fecha o holo à sua frente e convida a mulher a se sentar. A mãe agradece e senta, cansada, usando roupas largas, tem cerca de cinquenta anos e exibe um topete saliente na testa parecendo uma lambida na cobertura de um bolo. Se apresenta como Alexandria.

"Talvez o pai da Naómí tenha te falado a meu respeito?"

"Não, infelizmente. Não que eu saiba."

"Ele adora dizer às pessoas que sou uma mãe imprestável. Achei que talvez tivesse falado para você também", conta, dando uma olhada no pátio da escola.

"Na verdade, eu comecei não faz tanto tempo", Vetur explica.

"Sim, eu sei. Quando nos mudamos para cá, ele ligou para a diretora da escola e alegou estar preocupado com o bem-estar da nossa filha, disse que eu não sabia tomar conta dela. A diretora nos convocou para uma reunião, à qual o pai da Naómí, é claro, não compareceu. Ele inventou alguma desculpa de última hora. Então eu tive a oportunidade de contar a verdade para a diretora."

Vetur tenta formar um ponto de interrogação em seu semblante: franze as sobrancelhas, inclina a cabeça para um lado.

"Ele não pode entrar no bairro. É desmarcado", Alexandria diz.

"Entendo", diz Vetur.

"Nos mudamos para cá no verão passado. Naómí também começou nessa escola no semestre de outono, como você. Enfim, eu passei as duas últimas noites em claro, depois que fiquei sabendo dessa história de prontuário escolar. Me mudei para esse bairro porque eu e Naómí precisávamos fugir do pai dela e achei que de algum xeito estaríamos a salvo aqui. Nós duas praticamente nunca precisamos sair pelo portão duplo. Aqui tem tudo de que precisamos. Naómí faz aulas de dança aqui mesmo no bairro com suas amigas e, se elas precisam ir ao cinema ou ao centro da cidade, dou carona a elas. Mas agora fico acordada sem pregar o olho de madrugada, matutando o que irá acontecer depois que a Naómí fizer o teste", ela diz.

Alexandria olha para as próprias mãos, engole o choro. Depois sussurra:

"Ela é tão difícil. Eu não consigo dar conta dela. E se ela for reprovada e todas as demais mães e pais ficarem sabendo, o que vai acontecer? E se as novas amigas a enjeitarem, e se o regulamento do bairro mudar? E se a idade mínima do teste eventualmente baixar dos dezoito anos para dezesseis ou catorze? E se o pai dela ficar sabendo? Nesse caso, ele poderia talvez usar isso para abrir um novo processo de poder familiar."

Ela funga, uma, duas vezes, e depois começa a soluçar. Vetur rapidamente se aproxima e, com um braço, enlaça os ombros roxos dela, inchados de edema.

"Se me permite a pergunta, você se consulta com um bom psicólogo? Vocês duas já fizeram terapia juntas?"

"Eu não vou mais a nenhum psicólogo", Alexandria responde meio-tom acima do que adotara antes, como se tivesse uma bolha de ar presa na garganta.

Então pigarreia antes de continuar:

"Fiz terapia por muito tempo com uma psicóloga chamada Gréta, mas depois não consegui mais me consultar com ela."

Alexandria enxuga os olhos na manga do blusão e tenta controlar o tom de voz, continuando:

"Ela começou a falar comigo de forma desrespeitosa. O tempo todo, como uma irmã mais velha ou uma velha amiga que tem intimidade demais com você para ainda ser capaz de respeitar os limites normais. Às vezes ela puxava a minha orelha como se eu fosse uma criança. No fim das contas, eu disse simplesmente Quer saber, não permito que ninguém me trate desse jeito. Mas depois que parei de me consultar com ela um ano atrás, sofro muito preconceito quando as pessoas ficam sabendo disso, eu simplesmente sinto a forma como a conversa muda. Como se eu fosse relapsa com tudo na minha vida porque não estou trabalhando o meu psicológico. As coisas estão totalmente de cabeça para baixo."

"Mas então como você lida com essa situação?"

Alexandria suspira, numa segunda tentativa de conter as lágrimas, seu lábio inferior treme:

"De vez em quando eu ligo para as minhas amigas. Quando elas têm vontade de atender as minhas ligações. Elas estão todas no mercado de trabalho, é claro, e não podem ficar batendo papo no telefone comigo desse jeito, como eu. Bem, mas é verdade, tenho de fazer alguma coisa para resolver essas minhas questões. Eu sei muito bem disso."

"Naómí se consulta com um bom psicólogo?"

"Sim, sim. Ela leva as nossas conversas à psicóloga e as distorce, e depois volta para casa e grita comigo porque a Silla disse isso e a Silla disse aquilo, que eu sou gorda e burra e nunca deveriam ter deixado eu me responsabilizar pela criação de ninguém."

Ao pronunciar a última palavra, uma gota de saliva salta de sua boca e aterrissa na mesa. Ambas olham para a gota.

"Me desculpe por despejar tudo isso dessa forma em cima de você. É que eu simplesmente não consigo mais dormir. Fico deitada por horas a fio entre o sono e a vigília, imaginando como isso pode acabar", diz Alexandria, enrugando os lábios numa carinha triste de quem está para chorar.

Vetur se levanta, volta para o outro lado da escrivaninha e então diz:

"Vai dar tudo certo. No caso muito improvável de Naómí não passar no teste, será melhor ficar sabendo disso agora do que quando ela já tiver dezoito anos. Em situações psicológicas difíceis, é uma reação normal do cérebro defender-se construindo barreiras emocionais, isso não é nenhum motivo para sentir vergonha."

"Com certeza isso não é verdade", diz Alexandria.

Vetur leva um susto ao ouvir aquele tom de voz, agora tão duro.

"Me desculpe, mas eu simplesmente não aguento essa frase. *Não é nenhum motivo para sentir vergonha.* É como uma caixa de leite vazia dentro da geladeira. A gente acha que pode contar com ela, mas então, quando a pega na mão, não há nada lá dentro."

Depois ela com certeza vê algo no semblante de Vetur que a desencoraja.

"Me desculpe. Claro que não é culpa sua. É só uma frase que a gente ouve com muita frequência", diz.

Alexandria fica mexendo nos próprios dedos.

"Eu mesma fui reprovada dois anos atrás. Foi tanta coisa que aconteceu."

"Entendo", diz Vetur.

Então ela sente como os contornos da mulher assumem outra forma: as presilhas do cabelo, a falta de terapia e os edemas. Um pensamento espontâneo: ela tem que se livrar daquela mulher. Fazer com que ela saia daquela sala. Vetur tenta resistir àquele sentimento. Tenta arrancá-lo de seu âmago. Alexandria diz alguma coisa, Vetur tenta escutar, mas a onda está arrebentando em cima dela, o pavor a inundando, e então aquilo acontece: Daníel entra na sala, com as mãos nos bolsos da calça de brim, e olha para ela, ele é capaz de qualquer coisa. A sala se transforma numa matéria gelatinosa.

"Está tudo bem?", ela ouve Alexandria perguntar.

"Sim", ouve a si mesma responder.

Ela se agarra firme à mesa à frente. Concentra-se olhando para um nozinho na madeira clara, espera o tempo necessário até que volte à realidade. Até que ele saia da sala. Ao erguer os olhos, ela não sabe se se passaram alguns segundos ou minutos. Alexandria está sentada do outro lado da mesa em estado de alerta, preocupada.

"Desculpe. É que eu estou menstruada", ela explica.

"Ai, ai", diz Alexandria, fazendo uma careta.

"Recomendo que Naómí faça o teste. Se você decidir não deixar que ela faça, vai parecer muito pior do que se ela fosse reprovada. Se ela não atingir o padrão mínimo, vamos marcar uma reunião com a diretora da escola para definir conjuntamente os próximos passos", explica Vetur.

Ela levanta para dar a entender que a conversa acabou e Alexandria fica perplexa, levantando também.

"Muito obrigada pela conversa", diz Vetur.

"Imagina. Obrigada a você", diz Alexandria.

Assim que ela deixa a sala de reunião, Vetur tranca a porta, vai até a janela e perscruta o estacionamento, apesar de saber que Daníel não tem como estar lá, é impossível.

Os remédios fazem com que ela se sinta esquisita. Mais solta, de certa forma. A psicóloga está sentada à sua frente, dentro do capacete aparece um ponto violeta que vai para um lado e para o outro numa linha horizontal e depois para cima numa linha vertical. Vetur segue o ponto com os olhos.

"Onde você travou?"

"Faz duas semanas desde que Daníel invadiu o meu apartamento. Eu havia voltado para casa depois de passar uma semana na casa da minha mãe e do meu pai e estou lavando a louça do jantar quando me deparo com a Mercedes-Benz preta. Ele estacionou do lado de lá do gramado enorme que fica nos fundos do prédio. O vulto borrado de Daníel mal se vê no banco do motorista. Eu congelo. Não sei por quanto tempo ele está me observando. Várias horas? Vários dias? A sensação de segurança que consegui reconquistar com muito esforço depois da medida protetiva proibindo que ele se aproximasse de mim virou pó num instante. Ele tomou a precaução de estacionar a uma distância de mais de cinquenta metros de mim, para que o Rastreio não o denunciasse. Tiro algumas fotos do carro e envio à polícia, que chega logo depois e expulsa Daníel do local. Disseram-me que ele vai receber uma advertência. Pergunto aos policiais se é possível aumentar o raio de proibição de aproximação de cinquenta metros para duzentos metros, mas me respondem que para isso eu teria de dar queixa outra vez.

"Nessa mesma noite eu tenho meu primeiro ataque de ansiedade. Vou ao pronto-socorro e digo à recepcionista que estou tendo um ataque cardíaco. Me receitam tranquilizantes, volto para a casa da minha mãe e do meu pai e peço aos meus vizinhos para irem ao meu apartamento de vez em quando para desligar e ligar as diversas lâmpadas da casa, na esperança de engambelar Daníel. Três dias depois, a Mercedes-Benz preta aparece atravessada na frente da casa da minha mãe e do meu pai, parcialmente escondida atrás de um arbusto. O meu pai vai correndo até a rua para falar com Daníel, mas assim que ele se aproxima do carro, Daníel acelera e vai embora. A polícia faz um termo circunstanciado do ocorrido e nos informa que Daníel foi incluído no registro de reincidentes e irá receber uma multa. Na terceira vez, estou fazendo compras com a minha mãe, alguns dias depois, estamos no estacionamento em frente à loja quando eu o vejo. Ele está mais perto do que das outras vezes. Distingo o rosto dele à distância. A minha mãe pergunta o que foi, a Mercedes-Benz acelera e desaparece na primeira esquina."

Ela se concentra em acompanhar o ponto violeta se mover no eixo vertical do capacete.

"Aprendi a identificar um ataque de ansiedade. Sei que quando sinto uma dormência nas extremidades das pernas e dos braços é porque falta pouquíssimo para eu começar a hiperventilar. Não consigo mais dormir normalmente. Acordo vinte, trinta vezes de madrugada sempre sentindo como se ele estivesse à espreita ao lado da cama. Então recebo a resposta de que passei no teste e que posso me marcar se quiser. A escola não exige isso, para a escola basta saber que fui aprovada. Até aquele momento, eu via a marcação com ceticismo, escrevi artigos sobre os efeitos colaterais para a sociedade, sobre a vergonha decorrente da reprovação, questionei se seria realista a sociedade oferecer uma imagem positiva do teste às pessoas diagnosticadas como subpadrão. Porém, nessa situação, não penso duas vezes, me cadastro no Prontuário e espero sinceramente que Daníel seja reprovado e talvez assim procure ajuda. Verifico de hora em hora se a situação dele mudou de desmarcado para marcado.

"Quando o gerente de departamento me conta que Daníel teve que pedir demissão por motivos de saúde, um alívio toma conta de mim. Ele deve ter sido reprovado, pensei com meus botões, e isso significa que existem áreas da cidade onde estou segura, onde ele não pode entrar. Logo depois o vejo pela quarta vez nas minhas proximidades, outra vez em frente à casa da minha mãe e do meu pai. Foi então que registrei queixa. Informei à polícia que ele havia pedido demissão por motivos de saúde logo depois que a escola decidiu exigir o teste, e a postura da promotora de justiça imediatamente foi outra. No dia seguinte, o tribunal da comarca expediu uma nova medida protetiva proibindo que ele se aproximasse de mim. Ele não pode chegar perto de mim nos próximos doze meses e, em vez de cinquenta metros, agora a distância mínima que deve manter de mim é de duzentos metros, além disso fui informada de que lhe foram oferecidas tanto reabilitação como terapia com um psicólogo, o que ele aceitou."

A psicóloga examina a atividade cerebral de Vetur, projetada à sua frente, e diz:

"Excelente. Foi apenas no começo que a memória de curto prazo acendeu. A maior parte passou para a memória de longo prazo. Estamos quase lá."

O campo de visão de um ser humano normal é de duzentos e dez graus. Cada posicionamento, cada mínimo posicionamento que você adota depende de onde você se encontra, com quem você está falando, o que você viu. No frigir dos ovos, um posicionamento não é nada além de uma decisão a respeito do lugar para onde você pretende olhar, daquilo para o qual vai virar as costas. Talvez Vetur fosse mais tolerante antes de conhecer um homem com deficiência moral que foi reprovado no teste, talvez ela não teria enxergado nada demais na insolência puberal de Naómí um ano atrás, mas agora ela precisa lutar consigo mesma para não ler coisas demais nas expressões faciais daquele rosto que agora lhe parece mais egoísta que antes, mais feio, mais perigoso que antes, ela precisa lutar consigo mesma para não analisar o fato de Naómí chegar todos os dias — sem exceção — com uma maçã e ser tão ruidosa como é, e tão insolente que cada movimento dela é encenado, cada palavra, dramatizada.

À noite ela vai jantar na casa da mãe e do pai. Depois de passar um bom tempo atirada no sofá, em parte conversando, em parte assistindo a um seriado policial, ela pede ao pai para lhe dar uma carona para casa, e ele o faz, ela se deita na cama ainda de roupas, por cima da coberta, e tenta se preparar para o dia seguinte, para acalmar preocupações, abraçar crianças e ser uma fortaleza para aqueles inocentes que fingem saber tudo, mas apesar disso perguntam Onde fica o México e Onde fica Akureyri, como filhotes nos ninhos com bicos ainda muito escancarados, permanentemente ávidos por algo, entretenimento, reconhecimento, independência, e que tiram caca do nariz e correm pelos corredores da escola brincando de pegar e puxando o próprio membro.

Não é questão de convicção, ela diz a si mesma no dia seguinte, quando um garoto da oitava série se inclina sobre a carteira e os ombros dele começam a chacoalhar com os soluços.

É questão de maximizar a felicidade total, ela diz a si mesma quando começam a circular os primeiros boatos sobre duas reprovações, ambas entre os alunos mais velhos. Ela tenta o máximo possível não dar na vista quando a turma da qual é professora regente comparece num silêncio fora do comum à aula de inteligência emocional, responde às perguntas deles como se aquilo não fosse nada.

"Sim?"

"O que é desumanização?"

"Desumanização?"

"É."

"Por que você está perguntando isso?"

"Ouvi o meu pai dizer isso ontem."

Vetur pondera um instante.

"É quando você acha que outra pessoa é tão diferente de você que você já não sente qualquer empatia por ela."

Então as aulas até que enfim terminam (até que enfim!) na sexta-feira e Sim, ela adoraria ir junto com eles ao 104,5 e Sim, obrigada, ela realmente prefere o sofá a uma cadeira, e quando se joga pesadamente no sofá com uma taça de vinho tinto sente o estresse escorrer pelo corpo, gotejando da região lombar para a cintura.

"Descobri o que a palavra alienação significa...", diz Húnbogi, sentando ao lado dela. "O étimo 'alien' quer dizer 'estranho', o pospositivo 'ação' quer dizer 'fazer algo', então 'alienar-se' é 'fazer-se estranho'. Aí está."

"Aí está."

Ambos fazem de conta que nada aconteceu, como se não soubessem que ele havia tomado de modo consciente a precaução de não conversar em absoluto com ela desde a semana passada, provavelmente porque sem querer ele havia deixado ela entrever as suas intenções da última vez e agora ele provavelmente não sabe se a paixão dele por ela é correspondida ou se ele apenas está tendo um comportamento inapropriado e a assediando no local de trabalho, de fato nem ela mesma sabe com certeza se está apaixonada por ele ou se apenas está carente daquela boa e velha euforia do reconhecimento. Ao menos ela está consciente disso, não está tentando se esmerar demais.

Ele conta a ela como a sua turma lidou com o teste e Vetur está cansada demais para ficar nervosa na presença dele, bebe duas taças de vinho tinto rápido demais e logo em seguida decide ir para casa, tem a impressão de ver a decepção no sorriso dele quando ela se despede do grupo sem aviso prévio.

Ela acorda no dia seguinte com um monte de coisa em cima da cama e ainda com a maquiagem de ontem no rosto. Desliga a luminária de cabeceira e fica deitada um tempão no quarto escuro. Será que passaria no teste quando tinha catorze anos? É bem provável que não. Ela roubava guloseimas e mentia, chafurdava na puberdade e no drama, ultrapassava os limites dos outros reiteradamente e só uma década depois (no mínimo) começou a se lembrar dessas coisas e se arrependeu, sentiu vergonha.

Um ano atrás, quando a outra escola mandou todos fazerem o teste, ela ficou deitada nessa mesma cama por dias a fio, angustiada com a possibilidade de ser reprovada. Jazia na cama feito um carro atolado e patinava nos mesmos pensamentos. Sim, ela ia às lágrimas diante do sofrimento de outras pessoas e sentia compaixão quando os outros não estavam bem, mas não era nenhum anjinho — era especialista em burlar o sistema de ônibus e mentir aos professores para conseguir mais prazo para entregar os trabalhos; aos vinte e um anos chifrou o namorado com um garoto que a tinha rejeitado antes (a pior roubada que ela já fez na vida), muitas vezes pegava a maior fatia de bolo se saísse impune (e ainda sai) e tinha plena consciência de que não se sentia à vontade com ninguém. Dependia das informações, das circunstâncias e de seu próprio estado se ela se importaria ou não com o sofrimento das outras pessoas. E esse conhecimento de si mesma fazia com que ela concordasse com as críticas dos eticistas que afirmavam que, apesar de a empatia ser um excelente indicador da probabilidade de alguém cometer ou não crimes contra os demais, estava longe de representar um parâmetro perfeito.

Ela fecha os olhos e tenta deixar o corpo relaxar.

Nós duas praticamente nunca precisamos sair pelo portão duplo.

Tanto ela como Alexandria se refugiaram. Ambas estão trancadas por dentro. Ela se vira para o lado e vê à sua frente o espanto tranquilo no rosto de Daníel, em parte afundado no travesseiro, na manhã depois que eles transaram pela primeira vez. Ela, por sua vez, enterra o próprio rosto na cama e sente vergonha por mais uma vez ter cedido ao seu ego, por ter sido assim tão necessitada de reconhecimento, por não ter sido mais safa.

Tea,

Obrigada por me explicar o voo em formato de V, novamente. Venho aguentando as suas explicações desde que tínhamos vinte e poucos anos. Já estou na casa dos quarenta e não consigo mais aguentar como você fala comigo, como se eu fosse criança. Não é seu papel me educar nem me criar. Como sempre, você já firmou a sua versão de como aquela nossa conversa se deu: eu sou a mulher das exclamações, a que a chamou de "loba em pele de cordeiro" e a colocou contra a parede. Sou a única responsável por nossas conversas não serem "especulações ideológicas civilizadas", pois sou movida por ortodoxias cegas e guerra de trincheiras.

Você parte do princípio de que o tema da conversa tenha sido a razão de nossa briga, que eu não aguentei ouvir os seus contrapontos e por isso tudo terminou em "ferro e fogo, brasa e cinza", mas se esquece muito convenientemente de levar em conta de que maneira aqueles contrapontos foram ditos. Isso importa, Tea, isso afeta a maneira como as coisas progridem. Você desdenhou de mim e das minhas opiniões. Você riu quando falei da nova retórica, de perguntas e escuta.

Mas você quer saber por que eu mencionei a nova retórica? Porque durante muitos anos você nunca me perguntou a respeito do que quer que seja. Você chega na cafeteria e fala pelos cotovelos sobre você e os seus problemas e as suas vitórias e eu sempre tenho que contar o que está acontecendo na minha vida mesmo que você não me pergunte. Sempre. Há muitos anos isso me deixa magoada, pois interpreto o fato de você nunca perguntar sobre mim como uma mostra de absoluto desinteresse de sua parte. Porém, depois que o debate a respeito da nova retórica foi ganhando mais destaque na sociedade islandesa, finalmente entendi que você de fato acha que conversar é isso. Afirmações. Que você deve dizer algo a respeito da sua vida e eu algo a respeito da minha e assim a conversa avança pouco a pouco com afirmações. Mas o problema é o seguinte: acho difícil falar a respeito de mim mesma sem ser perguntada. Isso faz eu me sentir como se fosse espaçosa e egocêntrica. Por que é que eu não mencionei isso antes? Porque é difícil, Tea. Isso não é algo que a gente queira pedir a uma amiga, que ela tenha interesse na gente. Que ela pergunte a respeito da vida da gente. Por isso, mencionei a nova retórica, para sugerir isso de forma indireta, na esperança de que você se identificasse com o conceito geral. O que é claro que não aconteceu. Você simplesmente riu, como sempre faz quando quer deixar o adversário inseguro a respeito de suas próprias ideias.

Muitas vezes tive pena de você por isso, Tea. Muitas vezes tive pena de você por não prestar atenção nas opiniões dos outros, em situações em que você está tão determinada a ter razão. Imagina o quanto você poderia crescer se simplesmente começasse a perguntar, ouvir e ponderar. Se você simplesmente baixasse a sua bolinha e pensasse nos motivos por que as pessoas não falam mais em sociopatas, mas sim em "indivíduos com transtornos morais". Porque não se trata de uma coisa patológica. Uma coisa patológica implica que um indivíduo não teria jeito, que seria incorrigível. Já os transtornos morais são tratáveis. Além disso, é óbvio: temos que abolir do dicionário esses substantivos caracterizantes: sociopata, negro, sapatão, loira. Pois reduzem a pessoa a uma única característica. As pessoas são complexas, com milhões de características, não apenas uma. Elas nunca são apenas sexualidade ou etnia ou doença.

Enfim. Várias vezes pedi a você para não falar comigo com desdém. Mas isso parece não querer dizer nada para você. Então agora vou tentar algo novo: fale comigo como se eu fosse você. Fale comigo como você falaria consigo mesma.

Essa é a única saída se quisermos continuar sendo amigas por mais vinte anos.

LAÍLA

10

THÓRIR LIGA NO DIA SEGUINTE. Puto da vida.

Pergunta como ela se dá o direito de ser assim tão idiota.

Pergunta se a burrice dela não tem fim.

"O que foi dessa vez, Thórir?", ela pergunta.

Ele diz que se ela acha que pode ficar mandando essas ameaças a ele, noite após noite, sem que haja consequências, está redondamente enganada.

"Do que você está falando, Thórir?"

"Dos holos". Dos holos que ela lhe manda todas as noites. Ontem ela ameaçou levar a startup norueguesa consigo em caso de demissão. Os motores de filtragem.

"Ah, quer saber, Thórir, eu não tenho mais tempo para isso."

"Antes eu teria aceitado que você me ligasse num sábado para me acusar disso ou daquilo", ela diz.

"Mas agora eu digo basta."

"Não havia absolutamente nada naquele holo que pudesse ser interpretado como uma ameaça. Eu só estava te informando de que as negociações com a EcoZea estão indo bem."

Ele repete o que ela disse no holo. Como se lesse de um papel.

Ele diz que ela pode trabalhar em casa nas próximas semanas. Ele não tem o menor interesse em ver a cara dela.

Ela liga para uma empresa de serviços de limpeza e uma hora depois uma mulher vem limpar a casa. Enquanto isso ela se aninha no escritório, encontra o seu local preferido de alimentação saudável e envia o pedido:

três *smoothies* por dia, às sete e meia da manhã.

um jantar e uma garrafa de vinho tinto, às sete e meia da noite.

Inga Lára diz que ela e Fjölnir devem falar com a diretoria.

Natalía diz que ela deve esperar um pouco, que talvez o assunto se resolva por si mesmo. Não há motivo para vir a público de imediato. Thórir tem a obrigação de manter sigilo.

"Mas se esse demônio desse plebiscito for aprovado, de qualquer maneira eu serei condenada à morte."

Natalía diz que não há risco nenhum de a consulta popular ser aprovada. O percentual de eleitores a favor está em queda livre. E mesmo que a marcação compulsória seja aprovada, ela absolutamente não estaria *condenada à morte*.

Elas repassam a lista dos funcionários da empresa. Especulam quais outros também poderiam ter sido reprovados.

Do nada, Inga Lára diz que agora elas deviam parar de falar pelas costas. Que está se sentindo desconfortável.

"Falar pelas costas? Falar pelas costas?", Eyja pergunta.

"Estamos criticando a forma de trabalhar da empresa."

Passados dois segundos, elas explodem numa gargalhada.

Ela observa no portal de comunicação interna que Kári vai trabalhar em casa essa semana por motivos de saúde.

"Oi, liguei o mais rápido que pude. Ele demitiu você, aquele descarado?"

"Ahm?", exclama Kári e nega, pergunta o que está acontecendo.

"Uhm", ela resmunga.

"Eu achei que talvez...", e hesita.

"Ai, Thórir comentou algo a respeito do contrato com o Japão e depois eu vi o aviso no portal e fiquei preocupada."

Kári pergunta o que foi que Thórir comentou sobre o contrato.

"Nada concreto. Foi apenas o contexto e o tom em que ele falou. Comentou a respeito desse contrato e, depois, que agora que os resultados do teste haviam chegado ele podia finalmente começar a *limpar os piolhos dos cabelos da empresa.*"

Kári fica em silêncio.

Mas ele passou no teste. Recebeu o resultado um pouco depois que eles se falaram na semana anterior.

Ele disse que realmente estava em casa por razões de saúde, que está com uma infecção urinária.

"Ah, menos mal", Eyja diz animada.

"Fico mais tranquila de saber disso."

Gylfi aparece ao meio-dia e a cobre de agrados como se ele fosse um filhote grande de cachorro.

Ele tenta falar e despi-la ao mesmo tempo. Abre a braguilha da calça e ergue a camisa enquanto diz que ela precisa vir trabalhar com eles e convencer a empresa holandesa a vender uma participação a eles, e não aos outros.

Ele já fez algumas ligações. Vão cobrir a proposta de Thórir. Ela ganhará uma comissão tão polpuda que também poderá comprar debêntures, se quiser.

Ele bota o pinto roxo para fora e a coloca sobre a bancada

de centro da cozinha e tenta se posicionar em pé, mas o móvel é alto demais.

Ele tenta levá-la no colo até a sala, mas a deixa cair.

Quando chegam ao sofá, ele fica empolgado outra vez e começa a escancarar a boca e a enfiar a língua na boca de Eyja. Ela move a cabeça para trás e o mantém afastado com os joelhos.

Aí ele fica ainda mais excitado e tenta separar os joelhos dela com os quadris até que ela o deixe entrar. Assim que ele começa, ela comprime as coxas, e ele fica possesso e tenta enfiar um pouco mais, e ela só precisa segurar e soltar, proibir e permitir umas duas vezes até que ele comece a fazer aqueles ruídos terríveis, como se estivesse sufocando com a própria laringe.

Assim que ele vai embora, ela projeta as notícias à sua frente, mas com a cabeça em outro lugar.

A primeira coisa que vê é um retrato enorme de alguém que conhece.

Por um momento, tem a sensação de que é ela mesma naquela foto. De tão bem que conhece aquele rosto.

Até que se dá conta: é o rosto de Fjölnir.

O retrato aparece numa montagem com uma imagem da sede da empresa ao fundo.

Demissão sem justa causa.

Thórir vazou aquelas informações.

Fjölnir deve ter ficado furioso. Deve ter esperneado.

Ela tenta ligar para ele, mas a linha está desconectada. Ela deixa um holo.

Ela liga para Kári. Kári diz que Fjölnir e Alli conversaram com Thórir antes do fim de semana e colocaram as cartas na mesa. Alli também não ficaria se Fjölnir fosse demitido. Eles listaram todos os clientes que haviam captado para a empresa.

Clientes que eles levariam embora consigo, se fosse o caso.

Thórir disse então que já havia conversado com aqueles clientes, informando-os do andamento da situação.

Os clientes sabiam das mudanças internas da empresa. Sabiam que a empresa queria ficar do lado certo nos livros de história.

Ela toma um *smoothie* atrás do outro, anda de lá para cá.

Maldito Thórir.

Inferno.

Demônio.

Inferno.

Ter que aguentar ver como aqueles cretinos oportunistas não perdem tempo.

Ter que aguentar ler o que as pessoas têm a coragem de escrever.

mandem essa laia direto para esterilizacao para que naum se reproduzao

Antigos colegas de escola afirmam que Fjölnir sempre foi assim.

Um colega de trabalho atual *que pediu para ter o seu nome preservado* afirma que Fjölnir ainda é assim.

Ela procura na internet tudo o que talvez possa ajudá-la a passar naquele teste dos infernos.

Medicação.

Terapia cognitivo-comportamental.

Ela baixa um miniaplicativo que impossibilita rastrear as ligações telefônicas, distorce a voz e liga para o primeiro que aparece quando pede para Zoé indicar um psicólogo.

Ela diz que está ligando pela irmã. Que foi reprovada no teste. Pergunta se seria possível a irmã pular a terapia e ir direto para a medicação.

O psicólogo diz não ser recomendável fazer isso.

Ele comenta que a medicação ajuda, mas que é necessário fazer o dever de casa. Que a irmã dela deve se preparar para fazer um enorme esforço pessoal para conseguir viver uma vida normal e satisfatória.

"Vida normal?", ela repete.

"Quem foi que disse que ela não vive uma vida normal?"

"A minha irmã com certeza vive uma vida duzentos por cento mais normal do que todos os pró-marcação da Islândia juntos, incluindo você."

O psicólogo não diz nada.

"Obrigada pelas informações", ela diz.

"Passar bem", prossegue e desliga.

Ela faz três ligações e uma hora mais tarde um jovem aparece em frente à torre residencial onde ela mora trazendo vinte comprimidos.

Ao voltar ao apartamento, ela examina o conteúdo da cartela. Oxima.

Toma um comprimido com um gole de vinho tinto quando o jantar é entregue.

Ela envia um holo a Breki pedindo que a desbloqueie.

Então ela cria uma conta falsa.

Ele acrescentou uma foto desde que a bloqueou.

Uma foto de grávida da vaca dos infernos.

Que tem aquela expressão na cara, aquela expressão melosa que diz: *olhem como eu sou linda.*

Ela serve mais vinho na taça e olha o perfil da vaca.

Subitamente, imagina o local de trabalho de Breki e da vaca, o refeitório iluminado.

A vaca estava fuçando na máquina, Breki precisava usar a pia.

Ele encostou nela sem querer.

Uma coisa acendeu nela. Certa agitação. Eyja se sente esquisita.

Esquisita como... não, ela não sabe como o quê.

Ela entra no carro sem saber aonde vai.

Passa de carro pelo bairro de Viðey. Pelo porto de Sundahöfn.

Até chegar ao seu local de trabalho.

Enquanto está no elevador, observa a si mesma no espelho e começa a sorrir.

Depois começa a rir.

Ela se sente tão leve.

Tudo é tão leve!

A sala de Thórir não está trancada.

Ela passa a mão na mesa dele. Nos móveis dele.

Estranho!

Ela sente... como se uma coisa tivesse arrancado a camada superficial de sua pele.

Abraça a si mesma e sente um bem-estar profundo, profundo.

Seu olhar vai parar no porta-canetas dourado que tinha jogado na cara de Thórir.

No dia em que ele a demitiu. É.

Canetas.

Thórir ama suas canetas. Compra-as na internet. Canetas de cem, duzentos anos.

Ela pega uma na mão e a leva aos lábios. Fareja.

Ferro e tinta.

Ela desfila pelo local de trabalho.

Então vê a sala de Kári no final do corredor.

Tudo perfeito e organizado naquela sala. Um homem organizado, Kári.

Opa!

Ela deixa a caneta de Thórir cair no chão.

Opa! Ela a move um pouquinho com o dedo do pé.

Observa-a.

Agora está visível debaixo da mesa.

Feito uma minhoca na chuva.

11

"MAL CONSIGO ACREDITAR que você ainda não tenha tomado uma atitude para resolver isso", diz seu pai, olhando para o carro no pátio.

"Ora, só faz duas semanas."

"Sem dúvida você ia esperar até o Natal, se eu te conheço bem."

O pai dele baixa o primeiro pneu da traseira da camioneta e Óli o leva rodando até seu carro.

"Que gentalha dos infernos é essa, cortar os *pneus* do carro das pessoas?"

"Sem dúvida alguém que tem algum interesse a zelar."

"Quer dizer, todos nós temos interesses a zelar, mas convenhamos."

Seu pai balança a cabeça. Depois que todos os pneus foram baixados ao pátio, vai pegar o macaco e a chave de roda no bagageiro. Óli fica parado ao lado do pneu traseiro esquerdo, esperando. O pai olha para ele e lhe entrega a chave de rodas.

"Eu é que não vou fazer isso por você."

Óli começa a afrouxar as porcas uma por uma. Seu pai observa encostado no carro.

"Você viu a pesquisa mais recente hoje de manhã? Cinquenta e seis por cento a favor. Vocês estão perdendo o quê, seis pontos percentuais de apoio em uma semana?", ele pergunta.

"Essa pesquisa foi encomendada pelo LUTA. Impossível levar esses resultados a sério", responde Óli, empurrando a chave de rodas com o pé.

"Não importa quem encomendou a pesquisa se a amostra é aleatória. Isso jamais vai ser aprovado. Não corremos o mínimo risco de que isso aconteça. As pessoas dizem agora que pretendem votar nessa sandice, mas assim que entrarem na cabine de votação não terão coragem. Isso é radical demais", seu pai diz.

Óli passa ao próximo pneu.

"Quer dizer, há algo que prove que esse bendito teste realmente funciona? Os tais psicopatas não podem simplesmente ligar e desligar a empatia num piscar de olhos?", o pai dele pergunta.

"Não dizemos mais 'psicopatas'."

O pai faz cara feia e reclama:

"Ai, não comece com isso outra vez, por favor. Até que aquele teu clube de psicólogos revogue a liberdade de expressão, vou continuar chamando psicopatas de psicopatas, pervertidos de pervertidos e pinéis de pinéis."

Óli não fala nada, começa a soltar o pneu do outro lado. Seu pai nunca na vida chamou ninguém de pervertido. Aquelas são apenas palavras que ele diz para provocar as pessoas, que aprendeu com seu próprio pai, que também dizia aquelas palavras para provocar as pessoas.

O pai dele prossegue:

"Enfim. Um dos mais importantes psicólogos russos, um psicólogo de renome mundial, publicou um artigo no fim de semana, você leu?"

"Não."

"Ele afirma que o teste é totalmente furado porque põe à prova apenas o aspecto emocional da empatia, e não o aspecto intelectual. Ele diz que há uma diferença abismal entre sentir compaixão por alguém e ser capaz de se colocar no lugar de alguém."

"Ah, é mesmo, é?"

"É. Por conseguinte, é impossível falar de *teste de empatia* porque a empatia é feita de ambos esses aspectos", seu pai diz, observando Óli levantar o carro com o macaco.

"Interessante."

O pai olha para Óli e balança a cabeça com um semblante de desgosto. Óli continua afrouxando por completo as porcas com a chave de roda.

"Isso é pura sandice, Óli. Isso é pura e simplesmente disputa de poder e nada mais. A probabilidade de que isso vá de alguma forma tornar a nossa sociedade melhor é de zero por cento, eu lhe garanto."

Ele abana uma das mãos quando Óli começa a tirar o pneu.

"Vai para o próximo", diz.

Ele assume o lugar de Óli, puxa o pneu danificado, coloca o novo e rosqueia as porcas com as mãos. Óli vai até o próximo pneu. Eles seguem trabalhando em silêncio.

"Pronto!", seu pai exclama quando terminam.

Óli baixa o macaco e termina de arrochar as porcas o mais rápido possível.

"Pode deixar que eu cuido disso", o pai diz, apontando para os pneus velhos.

"É mesmo? Tem certeza?"

"Sim, sim, fica no meu trajeto."

Na verdade, o centro de reciclagem fica na direção oposta. Seu pai pega dois pneus e os joga na carroceria da camioneta. Óli joga os outros dois.

"Bom, então acho que já vou indo. Dagný já foi para a creche? Ou ainda está lá em cima?", pergunta o pai.

"Sólveig a levou mais cedo."

"Bem, pensei que eu talvez pudesse deixá-la na creche."

"Ela com certeza teria adorado."

O pai dele faz que sim com a cabeça e entra no carro. Baixa o vidro da janelinha e dá marcha a ré.

"Obrigado pela ajuda, pai."

Seu pai se despede erguendo a mão e depois vai embora.

Sólveig está assistindo a um vídeo quando ele entra. Ele nem tira o casaco. Himnar logo virá buscá-lo.

"Você já viu isso?"

Ela amplia a tela movimentando o dedo. Ele se aproxima e acaricia as costas dela, abraça-a, beija-a na bochecha.

Inicialmente, ele crê estar assistindo a um vídeo da PSI. O fundo, a paleta de cores e a montagem são as mesmas. O garoto não deve ter mais do que vinte anos, o rosto coberto de espinhas. A boca pende entreaberta, conferindo a ele um aspecto obtuso. Ele fala um islandês lamentável e parece estar consciente disso, pois repete certas palavras duas, até três vezes, como se a língua islandesa fosse uma barra de sabão escorregadia que escapulisse o tempo todo de suas mãos. O garoto começa contando sobre a sua criação e as dificuldades em casa, diz que os especialistas receitaram Trex ao irmão dele para aprimorar a sua capacidade de identificação e que isso resultou no uso intenso de drogas, que também o levou a usá-las. Ele diz que as sequelas de se usar Trex são horríveis. Que ele, por exemplo, já estaria com a visão prejudicada.

A voz por trás da câmera pergunta ao garoto como ele enxerga o seu futuro. Que planos ele tem.

O garoto diz que os moradores do prédio onde ele vive já fizeram um abaixo-assinado para marcar o prédio, e que o senhorio já denunciou o contrato de aluguel dele. Ele vai ser despejado em poucas semanas e por isso tem que comprar um apartamento, para se garantir. Se ele for reprovado no teste, nenhum banco lhe dará um empréstimo, tampouco alguém lhe alugará um apartamento.

O vídeo acaba e alguém liga. É Salóme.

"Começou a ladainha", Sólveig diz.

"Parece um dos vídeos produzidos por nós."

"É, mas por quê?"

"Para que as pessoas achem que se trata de um garoto que fez tratamento. E então acabam assistindo ao vídeo."

"O público-alvo deles deve ser as pessoas marcadas."

"Com absoluta certeza."

"Eles devem ter produzido outros."

"E o que vamos fazer?"

"Não vamos dar a mínima bola para isso. Simplesmente vamos usar uma verba maior para reforçar a nossa própria narrativa."

"Quando você bate na porta por um tempo xis e ninguém vem abrir, e quando finalmente a sua ficha cai que ninguém vai te deixar entrar, aí você simplesmente acha a primeira janela para arrombar e invadir. É assim que a banda toca", diz um garoto num vídeo novo do LUTA publicado na quarta-feira.

"Passei por um trauma na infância. Os médicos dizem que essa é a razão. Faz dois anos que estou fazendo tratamento, sem o resultado esperado. A PSI se nega a me conceder uma isenção. Isso arruinou completamente a minha vida. Fui demitida do trabalho e como resultado acabei tendo problemas com alcoolismo. O meu casamento não suportou o desgaste e o meu marido foi embora. O meu filho mais jovem me pergunta com regularidade se um dia vou acabar na cadeia", declara uma senhora elegante de cerca de cinquenta anos.

"Essas são histórias de pessoas reais. Não são pessoas más. Não são pessoas de segunda categoria. São simplesmente pessoas como você e eu, pessoas que merecem as mesmas oportunidades e acessos que todos nós", diz Magnús Geirsson.

Óli explica as circunstâncias para Sólveig. Que ele precisa fazer serão nos próximos dias.

"É sempre a mesma ladainha", ela diz.

"Só mais um mês, aí termina", ele implora.

Dagný grita do banheiro que ela terminou, e Sólveig deixa Óli sozinho na cozinha.

Na sexta-feira, uma nova pesquisa de intenção de voto é divulgada. Sessenta por cento a favor.

"Vocês acham que esses números já refletem os vídeos?", Himnar pergunta.

"Não necessariamente quer dizer alguma coisa. Essa é apenas uma pesquisa entre tantas. Na próxima semana, podemos estar na casa dos sessenta e cinco outra vez", diz Salóme.

Todos os modelos estimam que o percentual de aprovação deverá cair conforme o plebiscito se aproximar. Eles vinham projetando sessenta por cento na semana do plebiscito propriamente dita.

Óli senta e apresenta o plano para a semana que vem, agenda visitas e entrevistas. Himnar assovia uma canção atrás dele, a mesma melodia uma vez atrás da outra atrás da outra atrás da outra.

"Você pode parar de assoviar?", Óli pergunta com a maior calma possível.

"Desculpe", diz Himnar.

Óli levanta, busca uma água com gás e esfrega o rosto tentando espantar o cansaço. Ele nunca quis se envolver na política. Relacionava a política com o pai. Fugia quando o pai e seus companheiros de partido começaram a convidá-lo para juntar-se a eles à mesa de jantar, onde concordavam em coro que seus adversários eram seres insignificantes e imprestáveis. Ele sentia desgosto sempre que o elogiavam. Diziam que ele era promissor pra cacete, aquele garoto.

"Quando as mulheres falam mal de outras pessoas, chamam isso de intriga. Mas quando os homens falam mal de outras pessoas, chamam de política", sua mãe disse uma vez.

Quando Óli entrou para a política estudantil nos seus anos de faculdade, o pai ficou todo faceiro, apesar de a sua única reivindicação ser uma oferta maior de atendimento psicológico para os universitários. Todas as noites, seu pai lhe perguntava a respeito das eleições estudantis, incentivando Óli como um pai que treina futebol com seu filho. Óli ouvia o pai falar a seus companheiros de partido que, quando se pensava bem no assunto, era óbvio que aquilo era algo necessário, afinal, os jovens de hoje eram tão desgraçadamente ansiosos, com o peso do mundo em seus ombros.

Eles estavam bastante defasados quanto à questão da saúde mental. O atendimento psicológico andava bem, mas a coisa da marcação, fazer um teste para provar a própria excelência, era tratada como um modismo efêmero. Eles não perdiam uma oportunidade de fazer troça da marcação, até que aquele modismo chegou ao Althingi, e foi então, demasiado tarde, que pisaram no freio. Subitamente, os sermões do pai à mesa de jantar passaram a ter Óli como alvo. Já fazia muito tempo que Óli havia parado de se contrapor ao pai e que ele não entendia como a sua irmã ainda tinha saco de bater boca com ele noite após noite. Era impossível argumentar com o pai: ele simplesmente interrompia a fala ou debochava da opinião dos outros. Porém, apesar disso, Óli começou paulatinamente a se aproveitar das opiniões de seu pai para fortalecer as suas próprias. Ele ficava calado escutando, esgravateava os argumentos do pai e examinava-os sob a luz; assim, ao se deparar com os mesmos argumentos alhures, estava pronto, respondia com precisão e sem hesitar.

O mediador se apresenta, mas Óli não fixou o nome dele. Uma câmera pequena gira em torno de ambos e depois fica parada no ar ao lado deles, como se fosse o terceiro interlocutor naquela conversa.

"Qual é a posição de vocês quanto aos novos vídeos que o LUTA veiculou na semana passada? Pode-se afirmar que esses vídeos pedem mais empatia para com as pessoas que o teste parece francamente excluir da nossa sociedade?"

"É evidente que essas pessoas precisam de ajuda. E essa ajuda está à disposição deles, permanentemente. Por isso, eu não usaria palavras como 'excluir', mas sim palavras como 'integrar'. Na minha visão, esses indivíduos não participam da nossa sociedade. Entretanto, esse tipo de tratamento não é um passe de mágica que resolve tudo da noite para o dia. Esse tipo de tratamento leva tempo: meses ou anos. Muitas vezes são pessoas solitárias com um senso de identidade estilhaçado, que não dispõem de ferramentas adequadas para trabalharem em si mesmas. Não queremos apenas reforçar o nosso sistema de saúde, mas também reforçar a nossa sociedade como um todo. Queremos curar as pessoas frágeis e oferecer a elas um futuro salubre", responde Óli.

"Mas e se essas pessoas não quiserem ajuda?"

"Então elas não recebem ajuda. Ninguém quer forçar alguém a fazer o que quer que seja. Porém, é importante que a ajuda seja colocada à disposição delas. A qualquer momento, gratuitamente e sem qualquer compromisso. No entanto, acredito ser uma exigência razoável que aqueles que desejam participar desse projeto chamado sociedade mostrem que são capazes de fazê-lo. A marcação compulsória não é apenas uma forma de criar uma sociedade mais segura, mas também é uma medida financeiramente vantajosa para o Estado. Como bem podemos ver tanto na Islândia quanto nos países vizinhos. A criminalidade implica um custo elevado para a sociedade. Um indivíduo disfuncional pode cometer crimes contra outros dez indivíduos num espaço de tempo relativamente curto. A violência acarreta custos ao sistema de saúde e à previdência social na forma de benefícios por invalidez. E não temos mais como arcar com esses custos."

Himnar lhe dá carona na saída do trabalho. Ambos estão cansados e calados. Óli repassa a entrevista em sua mente, rememora cada frase. Como ele as pronunciou, se pareceu arrogante. Ele projeta o vídeo à sua frente e Himnar espia de revesgueio aqui e acolá.

Sim, ele foi educado e sereno. Ele tinha um sorriso neutro no rosto e conseguiu de alguma forma parecer humilde e determinado ao mesmo tempo.

Depois abre as notícias e vê o rosto de Magnús Geirsson.

"O que é que ele disse?", Himnar pergunta.

"Nada de novo, me parece. Apenas uma coisa sobre *os coitados daqueles garotos.*"

"Você não acha poético que o sujeito que colocou em circulação o conceito de *ética do coitadismo* agora se preocupe com os coitados? Lá atrás, durante um ano ou algo assim, ele não dizia mais nada além de que a sociedade estaria exaltando completos coitados que se lamuriavam por tudo", diz Himnar.

"Pois é."

"Na verdade, teríamos que publicar um dicionário específico para pessoas como Magnús Geirsson, para explicar o que eles querem dizer em cada situação. Para explicar que 'sentimentalismo' significa 'inteligência emocional', 'lamúria' quer dizer 'crítica', e 'histeria' quer dizer 'consequências'."

Óli acompanha o amigo na risada. Ele reclina a cabeça no encosto do banco e fecha os olhos.

Himnar chega à casa dele e Óli sai do carro.

"Você quer, quem sabe, assumir, na segunda-feira?", Himnar pergunta.

"Sim, claro. Busco você lá pelas nove", Óli responde.

Ele bate a porta do carro e imediatamente vê o garoto de soslaio. Vestindo um moletom com capuz, meio escondido detrás de um jipe um pouco adiante na mesma rua. Tem uma das mãos erguida, como se tirasse uma foto ou fizesse um vídeo com o relógio.

Himnar acelera e vai embora. Óli faz de conta que não aconteceu nada, sobe a escadaria impassivo e entra em casa. Assim que chega, liga para a policial e descreve o garoto. Ela diz que vai mandar uma viatura imediatamente. Ele espia pela janela com a maior discrição possível. O garoto continua lá sentado com os joelhos dobrados mais alguns segundos e então vai embora furtivo, olha para ambos os lados e ajeita a mochila sobre os ombros. Por um instante, Óli cogita segui-lo. Mas depois se lembra dos pneus. O garoto poderia andar com uma faca no bolso. Ele anda de um lado para o outro, passa as mãos pelo cabelo sem pensar, deixando-as lambuzadas de gel. Entra no banheiro e lava as mãos. Depois espera.

12

TRISTAN PEDE QUE ZOÉ LOCALIZE a casa no mapa e o oriente, coloca uma música animada e caminha no ritmo dela. Direita, diz Zoé por cima da música quando ele tem que dobrar à direita, esquerda, quando ele tem que dobrar à esquerda. Assim que entra no bairro, ele começa a dar uma olhada em volta. Aqui há árvores enormes, pequenas passagens entre as ruas, nada de ruas movimentadas e barulhentas ao lado da janela do quarto. É um apartamentinho minúsculo no térreo de um edifício que fica numa encosta, o que significa que metade do apartamento fica completamente no subsolo, sem janelas nem nada. Mas o lado que não fica no subsolo é supermaneiro. Tem um jardim enorme que o corretor de imóveis diz que dá para o sul e uma vista da hora, pois a encosta continua descendo, então a gente vê direto o telhado da casa que fica embaixo, e também tem um canto azulejado ao lado da porta da sacada que o corretor de imóveis diz que fica perfeitamente abrigado do vento.

Algumas das pessoas que foram lá ver o imóvel parecem ter um xeito um tanto cruel. Caras e minas que a mãe dele chamaria de *desafortunados*, pois acha que é melhor que eles, apesar de ser tão pobre como eles, porra, e passar por tanta dificuldade quanto eles, caralho. Alguém pergunta ao corretor de imóveis Tudo bem fazer uma proposta um pouquinho abaixo do valor anunciado?

"Uhm. No momento há uma enorme demanda por esse tipo de imóvel. A maioria desses apartamentos é vendida por um valor acima do anunciado, normalmente em menos de um dia", explica o corretor.

Tristan olha para ele. Que se parece exatamente com um jogador da seleção de futebol islandesa. Exatamente.

"Ah, é mesmo?", retruca o sujeito que tinha feito aquela pergunta.

Ele é latino ou algo assim, veste um casaco de couro preto e enorme.

"É, apartamentinhos com entrada própria ou que ficam em prédios não marcados. As pessoas estão se garantindo um pouco antes do plebiscito."

"Espera aí, você não jogava na seleção?", o sujeito latino pergunta.

"Sim, jogava", o corretor de imóveis diz, seco, e se vira.

No dia seguinte, ele liga para o corretor e diz que gostaria de fazer uma proposta. O corretor exclama Excelente, e que volta a ligar mais tarde, mas no fim não liga. Tristan sabe que com certeza não é nada pessoal, mas mesmo assim fica terrivelmente nervoso no dia seguinte quando pensa em ligar outra vez, então ele decide só ir ao banco e ver se o banco pode fazer a proposta no nome dele ou algo assim. Quando entra no banco, é um holoatendente virtual muito da hora que diz Bom dia, Tristan e depois Como podemos ajudá-lo hoje? e ele diz que gostaria de um empréstimo para o apartamento.

"Ótimo", responde o holoatendente.

Tristan tenta entender se ele é mulher ou homem, mas, no caso, é ambos. Tem um pouquinho de barba, mas também cílios pretos grandes. O holoatendente pede que ele se sente num dos guichês e ele lhe obedece.

"No seu cadastro diz solteiro, sem filhos, sem automóvel, sem dívidas, sem bens, sem marcação, Tristan. Tudo correto?"

"Tudo."

"Excelente. Você já encontrou um imóvel para o qual gostaria de fazer uma proposta?"

"Sim, já, é esse aqui. Ele projeta o imóvel entre ele e o holoatendente."

"Excelente. Estou vendo aqui que os recursos próprios do comprador chegam a treze vírgula quarenta e um por cento do valor de avaliação do imóvel, porém, para contratar um empréstimo de mais de oitenta por cento, você precisa alterar o seu teste de empatia."

"Ahm? Mas da última vez era oitenta e cinco por cento."

"As novas regras entraram em vigor no dia primeiro de fevereiro passado. Não exigimos que os nossos clientes se marquem após o teste no banco de dados da PSI. Seriam apenas informações sigilosas internas do banco."

"Mas eu tenho que comprar um apartamento antes daquele plebiscito do caralho!!!"

O holoatendente não diz nada.

"Certo, mas e quanto ao tal adicional??? Empréstimo adicional???"

"Infelizmente não seria possível, Tristan. Na portaria número 666/2042, que estabelece o teto de hipoteca para os empréstimos imobiliários ao consumidor, editada pelo Banco Central da Islândia, está escrito que somente é possível emprestar até oitenta por cento do valor de mercado do imóvel no caso de indivíduos desmarcados."

"Porra! Sou um ser humano! Tenho um emprego fixo!"

"Segundo um estudo feito pelo Banco Central da Islândia,

setenta e dois por cento das falências de pessoas físicas se referem a indivíduos desmarcados."

"Mas eu preciso comprar um apartamento! Tá entendendo? Preciso ter um apartamento antes que essa bosta de plebiscito seja aprovado", ele fala com uma voz que já começa a ficar trêmula, assim como as suas mãos e o resto do corpo.

O holoatendente não diz nada.

"Tem alguma pessoa aqui com quem eu possa conversar? Uma pessoa de verdade?"

"Os nossos assistentes de atendimento trabalham presencialmente aqui na sucursal às segundas e quartas-feiras. Posso agendar um atendimento presencial para depois do fim de semana?"

"Sim, pode agendar então."

"Sem problema."

"De quanta grana a mais eu ainda preciso para atingir a porra dos vinte por cento de entrada?"

O holatendente lhe informa o valor. Ele levanta e vai embora. Vai até a colina de Arnarhóll e calcula quanto tempo levaria até juntar os vinte por cento para dar de entrada. Pelo menos mais cinco meses, cacete. Isso se ele conseguir poupar que nem um doido, caralho.

Quando passa pelo quiosque próximo de onde Eldór mora, o leitor facial apita para ele BIP BIP BIP.

"Eu não tô tentando entrar!!!", ele grita, abrindo a porta do prédio de Eldór.

O corredor não tem nenhuma janela e o piso é acarpetado e cheira a pó. Eles sentam na sacada e fumam aquele bagulho que Eldór sempre tem. Tristan conta a ele a respeito de sua ida ao banco.

"Não, dá mais um pega", pede Eldór quando Tristan faz menção de lhe passar o bagulho.

Depois, ao começarem a sentir o barato, eles ficam em silêncio.

Então Eldór diz de repente:

"Imagina só. Isso aqui já foi um quarto de hotel por muitas décadas ou algo assim. Imagina só quantas pessoas já dormiram aqui."

A voz de Eldór começa a ficar lenta. Tristan tenta olhar para ele, mas sente que sua cabeça ficou pesada demais para conseguir continuar olhando. Ele ouve Eldór dizer:

"Imagina só quanta gente trepou aqui no meu quarto. Um monte de gente que já morreu um dia trepou bem aqui. Não aguento nem pensar. Aquelas pessoas formam um tipo de rio de fantasmas assim de grande que fica atravessando o meu quarto."

Tristan está afundando para dentro de si mesmo. Como se o seu corpo fosse uma piscina gigantesca e ele próprio somente um corpinho diminuto na piscina, um corpinho diminuto que só consegue boiar prendendo a respiração, mas afunda quando precisa expirar.

Então Eldór diz, com a voz arrastada e rouca como se estivesse para pegar no sono:

"... a gente podia falar com Viktor... para trabalhar no próximo contêiner... se conseguirmos depenar uns apartamentos... então talvez você consiga juntar o bastante... posso descolar um carro... se você for com o carro e depenar... eu mesmo não posso nem passar perto disso... você sabe, tenho que respeitar a condicional..."

Eldór está com a boca aberta e os olhos semiabertos. Ele levanta as mãos e olha um relógio e depois o outro.

"... em três meses... em três meses serei um homem livre... nada de Rastreio... nada de paranoia..."

Tristan quer olhar para o lado e responder, mas quando tenta, sua cabeça se inclina rápido demais e cai sobre o ombro. Desde quando ela ficou tão pesada? A cabeça dele está pesando pra caralho, porra. Ele tenta levantá-la outra vez, encostá-la na parede, mas não consegue. Ele tenta segurá-la nas mãos, mas suas mãos também estão pesadas demais. Estão caídas junto aos flancos e com uma dormência agradável pacas. Agradável pacas. Ele pensa em Sunneva. Cacete, por que é que ele tinha que estragar a história com Sunneva? Ela era como a própria luz. Ele nunca tinha beijado a luz antes de beijá-la. Nunca tinha dormido com a luz antes de dormir com ela. Ela podia ter sido sua namorada. Ele podia ter conseguido vê-la todos os dias e adormecer com ela todas as noites e não estar sozinho o tempo todo.

"... sim... cinco... apartamentos... beleza", ele ouve Eldór falar.

Eldór fala com Viktor e Viktor diz que eles podem trabalhar no próximo contêiner e Eldór arranja um carro grande e Tristan pergunta se ele pode sair ao meio-dia amanhã e Viktor diz que sim.

Tristan leva as suas melhores roupas para o trabalho na manhã seguinte e se veste com elas ao meio-dia. Ele pega a linha S e vai direto para a casa de Eldór e dá uma olhada nas conversas e nos comentários no trajeto.

Também há várias provas <u>INCONTESTÀVEIS</u> de qve as pessoas que fazem o tezte MAS NÂO SE MARCAM são fichados plo governo DE TODA FORMA, e acabao sofrendo todo tipo de PENALIDADES e DISCRIMINASSÂO como p ex dedussoes em seus aussìlios da previdensia e menas oportunidades se nâo se marcao!! Essa è a verdadeira e legìtima OPRESSÂO imposta pela maioria que faz com que a minoria seja <u>BRUTALMENTE</u> PUNIDA. Primeiro eles criao as OPÇÔES DE TRATAMENTO" que logo vâo ser chamadas de "CAMPOS DE EMPATIZAÇÂO" e onde isso termina afinal??? Em CAMPOS DE CONSENTRAÇÂO!! NÂO!! nòs nâo PODEMOS permitir que issoa

contessa!! Nòs TEMOS que SEMPRE sair em DEFEZA dos DIREITOS
HUMANOS! PRONTO, FALEI!!

o que eles também fazem é te prender, te enfiar numa cela e dizer ou
fazes o teste ou vais mofar na cadeia além disso se eles não gostam
de ti e se tú te negas, daí eles te indiciam por alguma maluquice
que não faiz o menor sentido e aí a palavra de um contra a palava
de outro um amigo meu passou por isso, eles forçaram ele a faser
o teste enquanto ele estava totalmente doidâo de tomar OP e ov-
biamente ele reprovou e então convenceram um juis a prolongar
a prisâo preventiva e a aumentar a multa

malditos tira malditos porco

siiim simplesmente mudei para a espanha :) nada dessa baboseira,
comida barata, moradia barata, a gente só precisa voltar à islândia
na pior época de calor no verão ;)

Ele pede a Zoé para tocar música relaxante para piano e fica
assim sentado com os olhos fechados durante algum tempo,
mas então um comercial de repente corta a música relaxante
para piano e ele abre os olhos e crê que vai enxergar a porra da
cara dos cara da PSI e sente seus músculos se crisparem dentro
dele, mas quando termina de abrir os olhos não é Ólafur Tandri nem Himnar Thór mas sim ele mesmo. O seu próprio rosto,
grande demais, próximo demais, demais. Ele não tinha a mínima ideia de que seu rosto ficaria assim tão próximo, porra. É
muito estranho ver a si mesmo assim na tela. Ele rola para a
parte inferior e vê que já há comentários depois do vídeo, bastante até, noventa e poucos. Ele pede a Zoé para ler os comentários, fecha os olhos e ouve. Alguém deseja boa sorte a ele e
outro diz que ele merece aquilo e não merece aquilo e um tercei-

ro diz que ele é claramente um rapaz bacana e a quarta pessoa diz que é um horror a forma como a sociedade lida atualmente com os jovens rapazes. Ele ouve comentário por comentário e começa a sentir um ardor na garganta e sente como os músculos do seu rosto vão enrijecendo e ele está prestes a chorar ali na linha S, no meio de toda aquela gente, porra.

Ele levanta e pede a Zoé para tocar algo mais animado e desce da linha S e vai até a camioneta que Eldór tinha deixado num estacionamento subterrâneo onde não havia nenhuma câmera de vigilância, ou ao menos nenhuma câmera a que os tiras tivessem acesso.

Ele dirige até Kópavogur, num bairro de prédios velhos e feios, e estaciona na frente de um prédio verde. Dá uma olhada para ver se o prédio tem um adesivo com o M enorme, mas não há nada além de uma placa prata enferrujada dizendo que uma certa mulher havia morado ali quando criança de 1997 até 2015. Ele projeta a holomáscara, com um filtro que altera seu rosto. O porteiro eletrônico também é dos antigos. Nada de reconhecimento facial, de reconhecimento de voz, de impressões digitais ou coisas do tipo. Ele olha os nomes nas caixas de correspondência e decide que será Aron Haflidi, que mora no segundo andar, caso alguém pergunte. Ele está hiperalerta, tremendamente ligado e concentrado, como sempre fica quando depena um apartamento. Tenta dominar seu corpo e controlar os tremores que o agitam, fecha os olhos por um instante, depois começa no último andar, aperta a campainha do 601. Ninguém responde. Ótimo. Aperta a do 602. Nada. Aperta todas as campainhas do quinto andar. Por fim alguém responde no 403 e ele olha diretamente na câmera quando se apresenta como Aron e toma o cuidado de se deixar ver vestindo a sua camisa elegante quando diz ter ficado trancado por fora sem querer quando correu até o carro para pegar uma sacola. Levanta a sacola que está segurando.

A mulher diz Sim, sem problema. A porta se abre e ele entra. Pega o elevador direto para o sexto andar, no qual não havia ninguém em casa, e olha para si mesmo no espelho. A holomáscara aproxima os olhos um do outro, move a boca um pouco mais para baixo e deixa o queixo dele mais largo.

O elevador o acalma um pouco. Ele se sente bem em elevadores. Há algo de tremendamente reconfortante neles. Quando ele e Rúrik eram pequenos, brincavam bastante no elevador do antigo prédio onde moravam, um deles subia e descia correndo pelas escadas, tentando ser mais rápido que o elevador, às vezes apertando o botão em cada andar, para enganar o outro. Muitas vezes, quando ele está nervoso demais com a porra da compra do apartamento, diz para si mesmo que está num elevador. Ele está num elevador e não consegue ir mais rápido.

A fechadura é antiga e ele leva menos de um minuto para entrar no apartamento.

"Olá?", pergunta.

Nenhuma resposta. Ele fecha a porta e sai da antessala se esgueirando. O pé-direito é alto, há uma escada ampla no centro que leva ao andar de cima. Ele começa pela sala, lá encontra umas dez guitarras e vários amplificadores, tudo com certeza tralhas caras pra cacete. Porém, começa tirando o holossistema da cabeça, vai da sala ao escritório e lá encontra todo tipo de computador e equipamento, um drone e uma impressora sofisticada e leva aquelas coisas até a antessala, depois sobe até o quarto, encontra as roupas mais caras e as joias na cômoda e pega tudo isso. Ele precisa descer e subir várias vezes do apartamento usando o elevador e também ir do elevador até a traseira da camioneta e tenta o máximo que pode ficar com o corpo relaxado e fingir que é como se estivesse em casa. Ele fecha o bagageiro, dá uma olhada ao redor e tenta decidir se deve ou não voltar lá em cima para pegar as guitarras. Há algo de errado em roubar instrumentos musicais, que de alguma maneira são objetos muito pessoais. Porém, uma pessoa só não tem como precisar de dez guitarras, não é mesmo, porra? Isso não é saudável para ninguém. Ele pega o elevador de novo, vai direto à sala e pega três delas, as que parecem ser as mais brilhantes e menos usadas, depois fecha a porta ao sair e zarpa daquela porra de lugar.

Ele dirige o carro até outro estacionamento, onde transfere as coisas para um segundo carro, que dirije até um terceiro estacionamento. Lá deixa o carro com aquelas tralhas. Eldór deve buscar o carro hoje à noite e levá-lo até o interior.

Ele pega a linha H e depois a S e lê os novos comentários sobre o vídeo. *Deem uma chance a esse pobre jovem*, alguém escreve. *Boa sorte, Tristan*, outro comenta. *Claro que a gente sente pena desse rapaz, mas qualquer pessoa pode ver com os próprios olhos que ele realmente precisa consultar um psicólogo*, uma mulher escreve e deixa o endereço de uma opção de tratamento com o comentário.

Ele fica furioso ao ler aquilo e, caralho, expande a fotografia da mulher. Ela parece ser uma típica vaca empática do caralho, com seus óculos antiquados e os reflexos cinza nos cabelos. Ele a bloqueia, apesar de absolutamente não conhecê-la.

Ele desce na sua parada e continua ouvindo Zoé ler os comentários. Passa pela esquina e olha involuntariamente rua acima na direção da casa de Ólafur Tandri. O carro dele já está com pneus novos. Exatamente naquele instante, Ólafur Tandri desce do banco do passageiro de outro carro que está estacionado bem em frente à casa e Tristan se esconde atrás de um jipão, ergue a mão sem pensar e liga a câmera, dá um zoom em Ólafur Tandri e grava um vídeo em que ele aparece entrando em casa.

Tristan espera um momento antes de seguir descendo a rua e pensa no que vai escrever junto com o vídeo quando mandá-lo depois. Da última vez, ele escreveu uma merda brutal do cacete que na verdade fez com que ele próprio ficasse nauseado ao falar em arrancar os olhos deles ou coisa assim. Vai escrever *nós*, como da última vez, como se fossem muitos que o estivessem vigiando, ele espera que Ólafur Tandri acorde de manhã com uma porra de uma dor na boca do estômago e sinta como se não estivesse seguro.

Ele quase já está em casa quando uma viatura da polícia vem subindo a rua em sua direção. Olha involuntariamente para baixo e tenta caminhar devagar, agir com normalidade. Então ouve as sirenes, que tocam apenas de leve, não a todo vapor, como que para alertá-lo de que a viatura está à sua frente, e ele fica paralisado na hora. Vários pensamentos passam por sua cabeça ao mesmo tempo: eles o seguiram desde Kópavogur, ele vai parar na cadeia, não vai conseguir comprar um apartamento, não vai começar a namorar Sunneva, nunca vai ser alguém normal.

A viatura da polícia para bem diante dele. No exato instante em que as portas da viatura se abrem, ele sente uma vontade tremenda de dar no pé, deixá-los para trás, talvez eles não tenham imagens do seu rosto, apenas do corpo. Mas os tiras já bateram a porta da viatura e olham na sua cara, e ele apenas fica parado ali em pé na calçada, e quando um tira começa a falar ele não ouve nada, e quando outro tira pega o seu braço e o arrasta na direção do carro, suas pernas obedecem e caminham em direção à viatura e não em direção oposta e não para longe e não para casa.

13

ENTÃO CHEGA O DIA, o dia em que a turma dela vai fazer o teste. Vetur fica deitada imóvel na cama até o último instante, em vez de se alimentar bem, como planejava fazer, ou de tomar uma ducha, como também planejava fazer, segue e segue deitada, até precisar sair correndo. Ela caminha o mais rápido que consegue, mas sem propriamente correr, o céu está branco de nuvens, o ar está úmido, as ruas estão molhadas e saturadas de carros a caminho do trabalho.

Uma massa de gente entra e sai pelo portão, e a alguns metros dali alguns carros se movem lentamente até entrarem no estacionamento subterrâneo do bairro e outros saem de lá na direção oposta. Depois, o subconsciente dela se aferra a uma coisa que faz seu coração encolher alguns centímetros, ela vira tão rápido que sente uma pontada no pescoço, sente o sangue descendo até o lugar onde dói nos ombros, olha de soslaio um carro bem no meio da fila, que se arrasta para entrar no bairro, um carro preto que ela reconhece, a poucos metros da entrada do túnel que leva ao estacionamento subterrâneo, talvez uns vinte, trinta metros.

É ele. Está sentado descontraidamente na Mercedes-Benz e olha para o carro à sua frente. Então, como se sentisse que alguém o estava observando, ele olha para o lado, diretamente para ela, os olhos escuros vazios, distantes. A gravidade fica mais pesada, alguma coisa a puxa para baixo, a dormência irradia até seus braços e às coxas e às bochechas e às mandíbulas, o semblante impassível de Daníel se decompõe sob o choque, ela desvia o olhar rápido demais, como se não tivesse visto nada, ela está quase chegando ao portão, ela tem que passar pelo portão, então finalmente ela passa, mas o alívio não toma conta dela como de costume, ela olha para trás e vê a traseira da Mercedes-Benz desaparecer no estacionamento subterrâneo, ele também passou, o que significa que esse bairro não é mais seguro. Ela não está mais em segurança ali.

Mas ele foi reprovado, ele deve ter sido reprovado. Ele não voltou mais à escola depois que eles fizeram o teste, ele pediu demissão por doença grave, o que quer dizer reprovado no teste, todo mundo sabe disso, tudo o que é vago assim quer dizer reprovado, tudo que é neutro quer dizer reprovado, e doença grave é tão vago como neutro. Ela segue adiante apressada, ultrapassa várias pessoas na calçada, ele tem um corte de cabelo curto, estava sozinho no carro, trajava um casaco elegante, deve estar trabalhando aqui, deve estar a caminho do trabalho, se não, por que andaria por aqui quinze para as nove da manhã?

Então ela chega à escola, para na frente de uma das salas, aciona o projetor e abre o portal de notícias, passa os olhos pelos artigos sem fixar as manchetes, tenta se recompor, entra na sua caixa postal, procura algo em que se concentrar, encontra e abre o holo da diretora da escola, não absorve nada do que ela diz, então já são nove horas e a campainha do início das aulas toca. Húnbogi vai até onde ela está parada, no meio de um formigueiro de alunos, ainda de capa, perdida, com a cabeça nas nuvens, diz alguma coisa.

Ela pede a Zoé para abrir o horário da sua turma. Os alunos dela estão no andar de baixo, ela vai até lá, respira fundo, tira a capa e a apoia num dos braços, afasta o cabelo do rosto, abre uma fresta na porta, sorri, pede que o aluno mais próximo a acompanhe, o garoto olha para o colega no assento a seu lado, tem um sorriso nervoso nos lábios, e então a acompanha. Vetur bate à porta da salinha do teste e dá bom dia à equipe. Eles os recebem cordialmente, simpáticos, pedem ao garoto que entre, que sente na cadeira que está no meio da sala. Um capacete fino de vidro repousa sobre a cadeira.

"Isso geralmente leva cerca de quinze minutos", um dos psicólogos explica.

Então fecham a porta, Vetur senta no banco do lado de fora e pede a Zoé para pesquisar Daníel no Prontuário, e um segundo depois ela olha para aquelas palavras que não consegue absorver, não consegue entender. Pergunta o que está escrito ali.

"Daníel Arason, aprovado", diz Zoé.

Ela se encurva à frente, segura a cabeça, tenta se orientar, concentra-se em respirar, fecha os olhos, e a Mercedes-Benz preta aparece diante dela, Daníel está sentado no banco do motorista e passa umas tralhas do banco do passageiro para o assento traseiro um instante antes de ela entrar no carro, de ela o beijar.

Ela sabia que ele não seria a estação final, da mesma forma que sabia que o relacionamento com a beldade ou, antes, com o contrabaixista alto não seria a estação final. Apesar disso, ela permitiu que as esperanças dele aumentassem dia a dia. Ela se nutria dele feito um parasita, feito uma pulga num estorninho, ele dizia que ela era a garota mais bonita que já tinha visto, e quando se olhava no espelho ela via aquela garota bonita, via a si própria da mesma forma que ele a via. E a cada vez que ele se abria era uma vitória ter conseguido romper a timidez, ver algo que apenas uns poucos privilegiados tinham visto, então ela o regava como uma flor, dava-lhe cada vez mais atenção para conseguir ver cada vez mais dentro dele.

Pouco a pouco ele começou a dizer todo tipo de coisa no escuro depois que eles transavam. Que não acreditava que aquilo estava acontecendo. Que já tinha desistido de encontrar alguém. Que estava despertando para a vida.

Ela sente náuseas. Por quanto tempo ele esteve desfilando pelo bairro, passando por ela de carro? E como? Ele não pode se aproximar tanto assim dela, a polícia recebe um alerta se ele fica a menos de duzentos metros de distância dela. E ele chega a ficar assim tão perto... então foi ele que mexeu na maçaneta do seu apartamento? Ela fica sem forças nos braços e nas pernas. Envia um holo para a sua psicóloga a muito custo, pedindo para ela ligar o mais rápido possível. Envia um holo às suas amigas, balbuciando as palavras, depois à sua mãe e ao seu pai, e por fim à promotora de justiça responsável pela medida protetiva de aproximação e contato, pedindo que ela ligue assim que puder.

Depois de alguns minutos, ela desce até a sala de ciências para buscar o aluno seguinte. A porta da salinha de teste se abre, um garoto sai e outro entra.

No entanto, num dado momento, ela o observou e pensou com seus botões: quem sabe. Ele tinha olhos escuros bonitos e mãos com veias bem salientes que ela conseguia imaginar facilmente segurando uma criança. Não havia nada que os impedisse de se encontrar às sextas-feiras depois das aulas, bebericar algo juntos, jantar juntos, terminar a noite no apartamento dela. Não havia nada impedindo que ela o convidasse para almoçar no dia seguinte, que dessem um pulo na piscina depois do almoço, ficassem na casa dela depois da piscina, pedissem uma pizza, assistissem a algum seriado em casa ou passassem a noite juntos como qualquer casal de namorados.

Porém, quando as amigas dela a incentivavam a levá-lo aos jantares, ela hesitava. Quando a mãe e o pai perguntavam se ela estava interessada em alguém, ela hesitava. Quando ele a convidava para passar o fim de semana em sua cidadezinha de origem, ela dava um jeito de se esquivar. Talvez porque intuísse que algo não estava bem. Às vezes, alguma coisa feia se insinuava aqui e ali, alguma coisa dura; se ele sentia a menor contrariedade que fosse, ele ficava totalmente na defensiva, e não apenas na defensiva, mas também batia o guizo e colocava as garrinhas para fora. Ela compreendeu bem depressa que ele não aguentava ser provocado; caso ela discordasse dele em algum ponto, era melhor não contradizê-lo, mas sim mudar de assunto. Então ele começou a falar coisas cada vez piores dos colegas deles. Dizia que não compreendia como alguns deles tinham conseguido um diploma universitário, que sentia calafrios só de ver certos colegas se reproduzirem, que quando Ýmir Nóri, o vice-diretor da escola, abria a boca, ele sentia as células de seu corpo cometendo suicídio dentro de si, se decompondo em seu âmago; dizia que quando sentava durante o almoço com os colegas sentia com toda a intensidade estar jogando a sua vida fora por nada, ouvindo as chorumelas vazias e pequeno-burguesas deles.

Uma colega de cujo nome ela não consegue se lembrar passa por ela com sua xícara de café, chacoalhando um molho de chaves, para e pergunta se está tudo bem.

"Sim, sim, está. Sangue. Digo, menstruação, eu estou menstruando", Vetur ergue os olhos e responde.

"Ai", a colega suspira e faz uma careta piedosa.

Vetur vai para cima e para baixo, leva os alunos para fazer o teste, uns silenciosos e outros barulhentos. Ela os autoriza a ligar para suas mães e pais, faz o seu intervalo do café, perde e recupera a concentração no meio das conversas, no meio das perguntas, pede que repitam, responde o melhor que consegue.

Ele nunca a pressionou a passar mais tempo com ele, nunca mencionou o fato de eles não se verem à noite nos dias úteis, entendia que deviam manter uma distância adequada durante a jornada de trabalho. Se isso o deixava magoado ou frustrado, ao menos ele não demonstrava.

A arrogância de Daníel inicialmente a divertia, ele próprio parecia consciente disso, não se levava muito a sério. Era claro que durante toda a vida ele havia sido deixado de lado, marginalizado; talvez não tenha sido vítima de assédio moral, mas com certeza não era nada popular, e Vetur achava normal que ele se justificasse desta forma: que tudo devia ser de acordo com as premissas dele, que ele não estava interessado e estava contente com seus dois melhores amigos, a internet, os jogos de computador, os seriados e a música. Porém, conforme ele passou a se censurar cada vez menos, ela começou a entender que ele provavelmente tinha, sim, sido vítima de assédio moral, ou pelo menos fora escanteado socialmente. Ele lhe contou sobre certa vez em que alguém na escola segurou a porta aberta para outras duas pessoas, mas a largou na cara dele. Contou sobre certa vez em que o vice-diretor o advertiu (compreensivelmente) devido às faltas regulares por motivos de saúde. Contou quando o coordenador pedagógico certa vez pediu que ele incluísse algo no programa do seu curso, como se ele já não tivesse feito aquilo havia muito tempo, como se ele não fosse capaz de fazer o seu trabalho.

Ela o observava tomar as coisas mais absurdas como ataque ou deboche, via como ele considerava conversas inofensivas como hostilidade ou maldade contra ele. Ela aprendeu a decifrar no rosto dele se tinha ou não feito um xis nas costas de alguém, aprendeu a observar quando ele levava alguma coisa como uma afronta à sua pessoa, quando ficava com aquele olhar de peixe morto, quando as frases dele iam se tornando respostas monótonas e monossilábicas. Ele jamais contestava quando achava que alguém estava falando com ele como se ele fosse criança; simplesmente dizia Certo e seguia adiante carregando o desdém e o ódio dentro de si até a sexta-feira, quando então perguntava a Vetur se ela não tinha notado que alguém tinha dito Isso ou outro alguém Aquilo.

Ela tentava ter paciência quanto a isso, agir como uma conciliadora unilateral. Saía discretamente em defesa dos colegas, falando que com certeza não queriam dizer isso ou aquilo, que Daníel não devia ficar chafurdando nesse tipo de besteira. Com o tempo, ela já não tinha mais paciência, começou a ficar em silêncio enquanto ele falava dos outros pelas costas, e mudava bruscamente de assunto, até mesmo o atravessava enquanto ele estava falando, na tentativa de fazê-lo entender de modo indireto que era para ele parar com aquilo. Então, obviamente, chegou o momento, uma noite de sexta-feira, em que ele sentou à mesa de jantar e disse Adivinha o que Ýmir Nóri disse hoje, e Vetur deu um suspiro, largou a faca na tábua de cortar, disse O que foi que ele disse agora, Daníel? Depois, observou as palavras entalarem na garganta dele, o corpo dele se enrijecer e, por fim, a forma como ele disse Não, nada com uma frieza estudada e gentil.

Depois do intervalo, os alunos dela têm aula de matemática. Vetur abre uma fresta da sala de aula e seu olhar encontra o de Tildra. Ela faz um sinal para que a garota a acompanhe.

"Naómí pode vir junto?", Tildra pergunta.

Vetur hesita e olha para Naómí. Depois responde:

"Sim, sim, pode."

As duas garotas se levantam. Naómí leva a sua maçã.

"Estou tão nervosa", diz Tildra, erguendo os ombros até as orelhas.

Naómí não diz nada.

"Vai dar tudo certo", diz Vetur.

"É muito injusto para nós que moramos aqui termos de fazer essa avaliação. Se formos reprovadas, talvez a gente tenha que se mudar para outro bairro. As pessoas que não moram em bairros marcados não precisam esquentar a cabeça com isso", diz Tildra.

Vetur não responde. Elas chegam à salinha do teste. Tildra entra, e a aluna que terminou o teste sai pisando só de meias na ponta dos pés. Vetur e Naómí sentam no banco do lado de fora da sala. Naómí tem a cara fechada, fica olhando para a maçã que tem na mão, faz uma meia-lua com as unhas dos polegares na casca verde da fruta. Passam-se alguns minutos em silêncio.

"Vetur. Eu não quero fazer o teste. Vou desistir", diz Naómí de repente, sem erguer os olhos.

Vetur a observa. Depois diz, com a maior delicadeza possível:

"Infelizmente isso não vai ser possível."

"Mas eu estou com tanto medo. Não quero fazer. Não consigo", diz Naómí, com a voz em frangalhos, os olhos rasos d'água.

Vetur põe a mão no ombro dela e imediatamente Naómí começa a soluçar.

"Isso é apenas algo que nós todos precisamos fazer. Essas são as regras do bairro. Vai dar tudo certo. Eu prometo."

"Mas é tão injusto", diz Naómí.

"Você não tem que se preocupar. Na pior das hipóteses, apenas vai ter que fazer mais sessões com a psicóloga", explica Vetur.

O choro cede pouco a pouco e Naómí começa a fungar e seca as lágrimas no moletom. A porta da salinha do teste se abre. Tildra vê Naómí e a abraça, dizendo a ela que não é nada difícil. O abraço da amiga faz ela voltar a soluçar e quando elas o desfazem Naómí se empertiga, empina o nariz, respira fundo, seca as lágrimas com a mão que segura a maçã e desaparece pela porta entreaberta.

14

KÁRI LIGA PARA ELA depois do fim de semana.

Diz ter encontrado uma caneta-tinteiro na sua sala.

A caneta de Thórir. Debaixo de sua escrivaninha.

"Ahm?", ela retruca.

"De verdade?", e pergunta.

"Será que... Thórir está te espionando?"

Kári diz que ouviu os boatos dia desses. Que Thórir teria ficado com o mérito das negociações dele. Com a usina no Japão.

Isso é terrivelmente incômodo.

"Minha nossa. Pois imagino", ela diz.

"O que você vai fazer a respeito?"

Kári diz que não sabe. Que vai pensar no caso.

A cada dia, mais notícias sobre Fjölnir são publicadas, compondo um histórico da carreira dele.

Uma antiga falência.

Uma questão *antiquíssima* relacionada com cotas de pesca que acabou sendo arquivada.

Ela mesma tem recebido ligações de jornalistas perguntando sobre a colaboração entre eles.

Se houve algo turvo ou duvidoso.

Os comprimidos fazem com que ela se sinta como se tivesse tomado duas taças de vinho tinto.

Como se tudo fosse... maravilhoso. Como se ela flutuasse no ar.

Ela pede para Gylfi vir e fazer coisas diferentes do habitual.

Ela pede para ele deitar em cima dela e tocá-la em todas as partes.

Mas às vezes ela é um caso totalmente perdido.

Vai às lágrimas pelas coisas mais absurdas. Quando pensa no seu pai. Quando pensa na sua mãe.

Quando pensa em Breki.

Então ela para de tomar os comprimidos durante dois, três dias.

Fjölnir enfim retorna a ligação.

Ele diz que Thórir claramente estava à espera disso. Assim que Thórir soube que Alli também sabia dos resultados do teste, compreendeu que poderia vazar o assunto à imprensa, pois já não era mais a única pessoa a saber daquilo. Thórir ficou exultante quando ambos apareceram. Via-se isso de longe.

"Jesus Cristo", ela se espanta.

"Isso é uma vergonha", ela diz.

Sim, diz Fjölnir. É mesmo.

"Não sei mais se quero continuar trabalhando sob as ordens desse sujeito", ela diz.

"Talvez esse seja exatamente o momento para começar a olhar as possibilidades em volta", completa.

"Procurar outra coisa."

Fjölnir diz que seria suspeito demais sair da empresa agora. Ela teria que aguardar pelo menos um ano. A não ser que ela fosse trabalhar para outra empresa marcada.

"É, acho que você tem toda a razão", ela responde.

"Talvez eu aguente até o fim do ano", continua.

"Apesar de eu não gostar nada da ideia."

Ela toma uma decisão.

Aconselha-se com Gylfi e marca uma teleconferência com os fabricantes do motor de filtragem.

Ela lhes explica que andaram acontecendo umas coisinhas na empresa.

Questões éticas.

Ela vai trabalhar em outra empresa que tem interesse em investir em debêntures, da mesma forma que sua antiga empresa, mas que pode fazer uma proposta melhor do que aquela que havia sido discutida antes.

Os donos da EcoZea são jovens, um homem e uma mulher; ambos estão cautelosos, mas interessados.

Ela faz uma proposta.

Dizem que precisam estudar isso de novo, mas que voltam a entrar em contato, o mais tardar na semana que vem.

Ela toma dois comprimidos em vez de um pela manhã.

Sente uma tontura ao atravessar o estacionamento em direção ao prédio branco.

Na recepção, é atendida por uma inteligência artificial que lhe pede para sentar na sala de espera.

Na sala de espera, há outra mulher de sua idade, vestindo um casaco com estampas de ossos de peixe.

A sala de espera é aconchegante. Pintada nas cores da moda.

Sofás macios de couro. Luminárias de teto bonitas sobre a mesinha de centro.

Ela se acomoda: uma euforia conhecida percorre o seu corpo.

Apoia a mão no assento vazio ao seu lado.

Claridade. Está claro demais.

Ela procura os óculos de sol na bolsa, mas não os encontra.

A mulher vestindo o casaco com padrões de ossos de peixe baixa o olhar.

Algo no semblante dela é... tão tremendamente triste.

"Sinto muito", ela ouve a si mesma dizer.

A mulher ergue o olhar e encara Eyja, quando se dá conta de que aquelas palavras se dirigiam a ela.

"Sente muito pelo quê?", a mulher pergunta com uma voz clara e translúcida.

Eyja ouve o sentimento na voz. Ela detecta uma falsa educação, desconfiança e impaciência.

"Não sei. Mas eu realmente sinto muito, não importa o que seja."

Então, uma moça sai de dentro de uma das salas.

"Eyja?"

Ela levanta, a sua cabeça está leve. Vai com calma até a moça.

"É a primeira vez que você nos procura, Eyja?"

Eyja olha para a moça, para os enormes olhos azuis, para as fileiras de dentes protuberantes, para a língua áspera.

"Desculpe... o que foi que você disse?", Eyja pergunta.

"É a primeira vez que você nos procura?", a moça pergunta.

Eyja observa a boca da moça se mexer. É como se ela tivesse... acesso direto à voz da mulher... como se um plugue tivesse sido enfiado na tomada.

"Está tudo bem?", pergunta a jovem, colocando a mão no ombro de Eyja como se achasse que ela estivesse a ponto de cair.

"Sim, tudo... Só estou um pouco... sensível hoje", Eyja responde.

Ela esfrega os olhos. Tem que se concentrar.

"Não precisa se apressar, vamos fazer tudo com calma. É normal ficar ansiosa."

Eyja olha para ela. As palavras da mulher ecoam dentro de si. Ela sente uma coisa se encaixar num clique e a sensação que vem daquele lugar irradia e se expande. Ela não consegue abarcar aquela sensação. Um pensamento chega até ela, como que vindo de fora: *Muitas casas formam uma cidade.*

"Você pode sentar aqui, Eyja. Quando estiver pronta."

"Obrigada. Muito obrigada", Eyja responde.

Então ela senta numa poltrona grande de couro e a moça solta seus relógios dos pulsos e os substitui colocando tiras de um material que parece plástico. Depois o capacete enorme é colocado em sua cabeça.

"Vamos mostrar alguns vídeos a você. Você não tem que fazer nada, só assistir e escutar. Você pode apertar este botão se precisar que a gente interrompa ou se quiser fazer uma pausa."

A moça sai da sala e depois de alguns instantes o rosto de um homem de meia-idade aparece na face interna do capacete. Eyja consegue discernir cada mínimo detalhe no rosto dele: os poros com suor no nariz, o brilho no queixo recém-barbeado e inchado. As bolsas flácidas sob as sobrancelhas.

Outro pensamento chega até ela: *nexo.*

O homem olha direto nos olhos dela, com um semblante neutro. Então, pouco a pouco, os olhos dele vão ficando mais tristes e as comissuras da boca mais pesarosas. Ele começa a piscar mais rápido e então desvia o olhar da câmera. Faz uma careta, mas não contém as lágrimas. Põe as mãos no rosto e chora.

Eyja tenta imitar o semblante dele. Duas lágrimas gotejam dos olhos dela. Elas escorrem pelas bochechas.

Duas lágrimas. É mais do que da última vez.

A imagem do homem é cortada e no lugar dele surge uma mulher, talvez de vinte anos.

Ela repete a mesma sequência. Olha para a câmera até que começa a chorar.

Corta. Uma mulher negra com cerca de quarenta anos chora.

Corta. Um homem asiático com cerca de oitenta anos chora.

Corta. Uma mulher de burca chora.

Cada vídeo tem cerca de um minuto de duração. Então surge um garotinho, talvez de sete anos. Ele olha para a câmera e então começa a sorrir. Ele sorri cada vez mais até que começa a piar numa risada estridente. Ele volta a levantar a cabeça e ri de boca aberta deixando ver até a campainha. As narinas se dilatam.

Corta. O primeiro homem ri.

Corta. A mulher de vinte anos ri.

Corta. O homem asiático ri. Os ombros chacoalham de alegria.

Corta. Uma mulher loira entre os trinta e os quarenta anos olha para a câmera e conta a respeito de abortos reiterados e depois de como ela perdeu o filho recém-nascido.

Corta. Uma mulher negra conta a respeito de sua filha de doze anos que foi diagnosticada erroneamente com gripe quando tinha um tipo raro de leucemia. Ela morreu sete meses mais tarde.

Corta. Um rapaz de cabelos escuros originário do Oriente Médio conta a história de como atravessou o mar para se refugiar com sua mãe e sua irmã, depois que seu pai foi assassinado a tiros na frente da casa deles. Ele conta como o barco virou, como ele e a mãe continuaram procurando o corpo de sua irmã de catorze anos por várias semanas na praia.

Ela *deve* chorar.

Ela *deve* sentir pena deles. É difícil.

Depois de mais algumas histórias, a moça vem e solta as tiras dos seus pulsos. A moça diz que os resultados do teste devem ficar prontos no dia seguinte.

Ela volta para casa, adormece e acorda dezessete horas mais tarde.

Mal consegue se mover.

Usa o aplicativo que distorce a voz e impossibilita rastrear a origem da chamada e liga para o plantão médico.

Ela conta ao médico que tomou dois comprimidos de Oxima no dia anterior.

O médico mantém a compostura enquanto diz que ela deve agradecer por não ter entrado em coma nem tido uma crise psicótica. Ele pergunta se ela é usuária de drogas.

"Usuária de drogas?", ela pergunta.

"Acabei de começar a tomar esse remédio", ela responde.

"Ele não é indicado para reforçar a empatia?"

O médico diz que a dose recomendada é um comprimido por semana acompanhado de sessões intensivas com um psicólogo. A Oxima realmente estimula o hormônio da compaixão, mas é administrada sobretudo para forçar os impulsos nervosos a procurar novas rotas no cérebro, resolver obstruções.

O serviço de entregas em domicílio deixou três smoothies na porta de seu apartamento.

Ela se senta no sofá com um deles e pede a Zoé para abrir o prontuário de saúde.

Contágio emocional, alegria: reação normal.

Contágio emocional, compaixão: reação normal.

Contágio emocional, dor: ausência de reação mínima.

Dor alheia, indivíduo do mesmo sexo: ausência de reação mínima.

Dor alheia, indivíduo do sexo oposto: ausência de reação mínima.

Dor alheia, indivíduo da mesma etnia: ausência de reação mínima.

Dor alheia, indivíduo de outra etnia: ausência de reação mínima.

Resultado: padrão mínimo não alcançado.

Sua mãe atende e ela conta tudo.

Que Thórir está tentando se livrar dela e Breki a bloqueou.

Que começou a tomar remédios, mas foi reprovada de novo no teste.

"Me sinto tão usada. O que devo fazer?", Eyja pergunta.

A mãe não diz muita coisa.

Por fim, responde que ela talvez devesse encarar isso como uma oportunidade. Que devia dar uma chance às sessões de terapia. Ela não tinha nada a perder.

"*Eu* não tenho absolutamente nenhuma necessidade de *dar uma chance* às sessões com um psicólogo. Se tem alguém que precisa ir ao psicólogo, essa pessoa é você."

Sua mãe fica calada. Bem, então diz por fim, acho que está na hora de eu ir preparar o jantar para o seu pai.

15

ÓLI NÃO CORRELACIONA OS ROSTOS quando o policial envia uma foto do garoto de orelhas murchas. É Sólveig que examina a foto e pergunta se aquele não é o garoto do primeiro vídeo, aquele que estava juntando dinheiro para comprar um apartamento e cujo irmão está na cadeia. Ele fica todo ouriçado quando vê que ela tem razão. Ele estava ligando para Himnar quando Sólveig pega carinhosamente no braço dele, pede que ele apenas pense um pouco melhor.

"Pensar o quê?"

"Não leve isso aos meios de comunicação."

"Por que não?"

"Você não assistiu ao vídeo? Não ouviu que tipo de vida ele teve? É claro que ele tem raiva."

Ele responde serenamente:

"Sólveig, faz várias semanas que esse garoto vem nos enviando ameaças de morte. Ele montou campana em frente à nossa casa. Ele tirou fotos da gente."

Ele aponta para a janela para reforçar o que dizia e então continua.

"E depois de fazer isso, ele tenta dar uma de coitadinho

para que o país inteiro tenha pena dele. Sim, ele é digno da nossa pena, mas ele também é uma pessoa perigosa. Por isso precisamos desse sistema. Por isso a marcação compulsória tem que ser aprovada. Para que garotos como ele recebam ajuda."

"Aquilo foram umas poucas palavras ocas. Ele não fez nada."

"Ele arrebentou os pneus do nosso carro! Todos os quatro!"

"Ai, não se rebaixe tanto assim. Chega. Eu não aguento mais."

"Mas por que de repente eu é que sou o malvado aqui? Você viu as mensagens. Ele disse que iria matar a nós todos enquanto dormíamos."

"Ele está furioso e desesperado e tem vinte e um anos. Ele olha para você e enxerga o rosto da pessoa que está arruinando a vida dele", diz Sólveig.

"Isso não justifica a violência."

"Não, mas isso explica a violência."

"Ah, então temos que perdoar a violência automaticamente só porque a entendemos?"

Sólveig olha nos olhos dele sem encará-lo.

"Você está falando sério, Óli? É justo fazer tempestade num copo d'água na imprensa quando sabemos que a sensação de insegurança que ele sente é muito maior do que a sensação de insegurança que ele causou?"

"O que é que você quer que eu faça? Que eu deixe o caso por isso mesmo?"

"É você que está lutando por uma sociedade empática."

"Aquilo é chantagem emocional, Sólveig. Devemos sentir pena dele, esse é o objetivo daquele vídeo. Mas você sabe tão bem quanto eu que isso requer apenas um punhado de truques: abrir uma janela na casa do garoto, mostrar como a vida dele é precária e exibir as provações dele em praça pública. E assim esquecemos se ele é ou não nocivo a seus concidadãos, pois de repente ganhamos o tino necessário para sermos capazes de nos colocar no lugar dele. Você acha que eu não quero salvá-lo também? Sim. Mas a empatia e a comiseração nos cegam tão absolutamente quanto o ódio ou o medo ou a fúria ou o amor. Cegam-nos tanto quanto os preconceitos. Qualquer um consegue fazer carinha de sofrimento. Qualquer um consegue contar a sua história triste. A empatia foi enfiada goela abaixo das pessoas uma geração após a outra como se fosse um passe de mágica, mas nenhuma geração foi capaz de traçar um limite entre a empatia e a cumplicidade. Essa é a resposta, Sólveig. Essa é a solução humana. Temos uma técnica para identificar quem precisa de ajuda. Acredite em mim, não vai ajudá-lo em nada fazer vista grossa e ser cúmplice com ele, esperando que a nossa misericórdia o torne uma pessoa melhor. Não podemos deixar os nossos sentimentos nos governarem. Às vezes temos que ser frios e pensar racionalmente no que é melhor para o coletivo. Aquele garoto é uma bomba-relógio fazendo tique-taque."

"Então ofereça tratamento psicológico a ele."

"Como?"

"Ofereça a ele tratamento psicológico, em vez de dar queixa e levar o caso aos meios de comunicação, se você se preocupa tanto assim com ele. Eu posso assumir o caso dele."

"Sólveig. Essa não é uma exigência razoável."

O semblante dela endurece antes que desvie o olhar. Então, a polícia liga para informar que o psicólogo perito avaliou que o garoto não representa uma ameaça real para Óli. Ele não será colocado em prisão preventiva.

Cinquenta e oito por cento a favor. Magnús Geirsson pede que os simpatizantes do LUTA não convoquem mais protestos: toda vez que ocorre um conflito, aumenta o número de apoiadores da marcação compulsória. Ele aponta para as duas últimas semanas para ilustrar o argumento. Em vez disso, pede que os contrários à marcação compulsória compartilhem os vídeos. Com os amigos, a família, os colegas de trabalho, as organizações da sociedade civil.

No sábado de manhã, Óli chega cedo à rua Borgartún, senta um pouco apartado dos demais numa poltrona convexa perto da janela. Ele localiza o vídeo do rapaz, projeta-o à sua frente. No canto inferior aparece o número de visualizações do vídeo até agora: 117 943. Cento e vinte mil. Enquanto o garoto fala, Óli fica com a mesma sensação avassaladora de sempre, de que está ouvindo algum desaventurado. Ele sente como se houvesse cabelos grisalhos em alguma parte da cabeça do garoto, escondidos debaixo dos outros cabelos, que o estariam perturbando. E se eles simplesmente procurassem os cabelos grisalhos, os encontrassem e os arrancassem com raiz e tudo, os problemas do garoto sumiriam de uma vez. Ele conseguiria se empertigar, fechar a boca, estudar.

Não será colocado em prisão preventiva.

Ele sente que a repulsa começa a ferver dentro de si. Se ele fosse mulher, a polícia trataria o assunto de outra forma. Faltam duas semanas para o plebiscito. Eles estão perdendo apoiadores. E Sólveig acha que é perfeitamente aceitável que o rapaz siga conquistando os corações e as mentes do público com a sua história triste ao mesmo tempo que manda em segredo páginas inteiras de ameaças de morte. Óli reproduz o vídeo pela terceira vez. Ele já tinha visto tudo aquilo antes. O desamparo e a agitação. A fúria das vítimas. A forma como a dor e o vício reduzem o campo de visão de maneira que a própria sobrevivência se torna a única realidade que existe para o garoto. São os cabelos grisalhos que seria possível arrancar com raiz e tudo. Eis aí a faca cravada. O cachorro enterrado.*

Ele joga a cabeça para trás, fecha os olhos. Sente o garoto solto pela cidade, fazendo estrago. Sente como o garoto infecta outras pessoas com a própria dor. Aquilo vai numa progressão — ele sente milhares de corpos se movimentando pela cidade, corpos que partilham daquela mesma dor. Andando por aí com facas invisíveis cravadas no flanco e cães com a barriga apodrecendo cravando outras facas no flanco de outras pessoas e enterrando outros cachorros em outras barrigas. Óli telefona para um camarada que trabalha na polícia e pergunta se Tristan era um dos garotos que tinham sido presos durante os protestos. Ele aguarda na linha enquanto o camarada consulta a ficha do garoto.

"Tristan Máni Axelsson. Ficha limpa", o camarada responde.

"Ótimo. Obrigado."

Óli continua sentado na poltrona convexa e observando a rua Borgartún. Alguém chega com um pacote da confeitaria. Alguém coloca água na cafeteira. Pouco a pouco o movimento vai aumentando. As conversas individuais se transformam num murmúrio de vozes. Apesar de ninguém tirar mais folga nos fins de semana até o plebiscito, o clima está mais relaxado do que de costume. Dois parlamentares aparecem para um cafezinho. Conversam a respeito das últimas notícias. Então alguém assiste a uma nova entrevista que um economista deu no noticiário falando sobre a situação econômica e a crise que os adversários não param de vaticinar. Os parlamentares se despedem e começam a redigir uma resposta.

---

* Tradução literal de expressões idiomáticas islandesas cujos equivalentes dinâmicos em português poderiam ser, por exemplo, "eis o busílis (ou o x) da questão" ou "é aí que a porca torce o rabo".

✱

Domingo à noite é dia de jantar na casa de seus pais. Ele chega em casa lá pelas sete e vão a pé até lá. Dagný vai no meio. Eles a balançam, cada um de um lado segurando uma das mãos da criança, com uma alegria forçada. Desde sexta-feira não conversavam a respeito do garoto. Ele tenta agir de maneira natural, apesar de saber muito bem que Sólveig o lê como um livro aberto.

Dagný corre direto para o colo da avó e Sólveig segue com elas até a sala. Óli entra na cozinha onde seu pai está parado de avental azul em frente ao fogão e ouve as notícias. Um dos maiores fundos de investimento da Islândia mandou seus funcionários fazerem o teste no início do mês e um dos diretores foi demitido na sequência. Há dias aquilo estava no noticiário. O diretor demitido afirma que vai processar a empresa. O âncora cita uma declaração do diretor-executivo afirmando que a empresa perdeu a confiança na capacidade do diretor demitido de exercer as suas funções depois que tomou conhecimento dos resultados do teste.

O pai ergue as mãos, segurando uma concha numa delas e um garfo na outra, murmurando:

"Perdeu a confiança..."

Então ele olha para Óli:

"Me diga, e aquela velha história de confiar no próximo? Então agora vamos deixar para trás noções como confiança?"

Óli encosta a cabeça na parede atrás de si.

"É uma questão de confiança. Não é uma questão de poder confiar nas pessoas", a mãe dele diz sucintamente ao entrar na cozinha.

"Mas isso não é confiança! Confiança implica um ato de cegueira. Confiança implica acreditar nas pessoas. Confiança não é certeza. Certeza é certeza", seu pai vocifera.

Não chega a ser surpresa que o pai de repente se preocupe com a confiança em relação a outras pessoas, apesar de com frequência defender controles de fronteira mais rígidos e até mesmo a pena de morte quando isso lhe convém.

"Quando falamos de coisas confiáveis, isso implica certeza. Uma ponte confiável é uma ponte robusta", diz Óli.

"Sim, mas quando estamos falando de seres humanos, o sentido da palavra muda. Seres humanos não são pontes. Seres humanos são como cordões: uns são mais resistentes, outros menos", seu pai responde, chacoalhando a frigideira freneticamente.

Nenhum deles tem mais nada a acrescentar à discussão depois disso.

Óli sente como se não fosse capaz de receber mais informações. Ele é como uma xícara cheia até a borda, que ao mínimo movimento vai derramar. Sente dores constantes em seu corpo exausto. Ao se olhar no espelho, leva um susto. Acorda na terça-feira com o queixo dolorido e sabe que rangeu os dentes durante a madrugada. Zoé diz que ele teve onze minutos de sono profundo. Na reunião no fim da tarde, pedem que ele assuma a bronca e se encarregue de responder à entrevista coletiva. Ele sabe que tem de dizer que sim. Mas não consegue. Olha de rosto em rosto e diz que hoje não vai conseguir. Que precisa ir para casa e repousar. A casa está vazia quando ele chega, ele deita no sofá e adormece direto. Ele abre os olhos quando Sólveig e Dagný chegam, mas então continua dormindo. Dagný vai direto à sala e pula em cima da barriga dele, dá risadas e brinca de cavalinho em cima dele, ele a pega e se joga com ela no chão, segurando-a entre os braços na esperança de que ela o deixe abraçá-la por um instante, mas ela se debate dando risadas até que ele a solta.

Sólveig está na cozinha tirando as compras da sacola. Dagný ouve os ruídos vindos de lá e vai correndo até a mãe, sem dúvida para pedir alguma coisa que elas compraram no mercadinho. Ele levanta. Com dificuldade.

"Vou oferecer sessões de terapia a ele."

Sólveig ergue os olhos da sacola.

"Jura?"

"Sim."

Ela suspira aliviada. Dá uma olhada pela cozinha e então encaixa a cabeça no peito dele. Quando ela o abraça, algo no corpo dele que estava tensionado há muito tempo finalmente relaxa.

16

OS TIRAS FINALMENTE LIBERAM Tristan depois de rastrearem as mensagens e de ele confessar que foi quem as escreveu. Ele treme muito, treme pra caralho. Que bom que ficou com a matraca calada. Ele já estava quase desembuchando em que estacionamento o carro estava parado com todas as tralhas do prédio em Kópavogur quando o tira careca começou a falar sobre Ólafur Tandri e as mensagens que ele tinha enviado. Ele só ficou olhando para o tira careca e soltou um Ahm? E então o tira com cabelo disse que Ólafur Tandri tinha Acompanhamento Plus, portanto a casa dele era monitorada. Ele perguntou ao tira com cabelo se aquilo não era ilegal, porra, prender alguém que está simplesmente andando no seu bairro, então o tira careca respondeu que aquilo não era ilegal em caso de crime.

"Crime! Que crime?", Tristan perguntou.

O tira com cabelo disse que é crime *enviar aquele tipo de mensagem* e que se Ólafur Tandri prestasse queixa, ele poderia ser condenado a uma multa altíssima, e quando ele perguntou ao tira com cabelo quão alta a multa seria, o tira não quis mencionar nenhum valor. Tristan perguntou de novo e continuou perguntando quão alta a multa seria e ficou tentando chutar um valor, mas o tira careca só respondia Veremos, veremos. Então, quando Tristan perguntou por quanto tempo ele ainda teria que ficar lá, o tira com cabelo respondeu que iriam pedir que um psicólogo perito avaliasse se era necessário colocá-lo em prisão preventiva.

"Prisão preventiva???", Tristan perguntou.

"Em outras palavras, se o psicólogo perito avaliar que você oferece algum perigo, você precisará ficar preso alguns dias."

"Perigo???"

"Como se diz mesmo? Risco", o tira com cabelo explicou.

"Sei muito bem o que significa a palavra 'perigo'!"

"Ótimo. Então talvez a gente não vá precisar chamar um intérprete."

"Intérprete?"

"Às vezes temos que chamar um intérprete."

"Para traduzir o quê?"

"Palavras compridas. Eu sou péssimo em explicar palavras compridas."

"Eu não preciso de porra nenhuma de intérprete! Eu sou islandês!"

"Sim, meu querido. Os outros que precisam de intérprete também são islandeses", o tira explicou.

Então a psicóloga chegou, sardenta, de cabelos castanhos, maior gata, e olhou para Tristan com um olhar tão simpático que ele só conseguiu ficar olhando fixamente para o tampo da mesa. Ela disse que seu nome era Dröfn e perguntou se ele não cogitava a possibilidade de fazer o teste de empatia. Nesse caso, ele provavelmente não seria colocado em prisão preventiva.

Ele tentou explicar da melhor forma que foi capaz que Não, ele não cogitava a possibilidade de fazer aquele teste, isso realmente não era possível no seu caso, porque se fizesse o teste ele estaria traindo tudo em que acreditava, estaria traindo a si mesmo e ao seu irmão e a todos os seus amigos. Ele jamais faria nada daquilo que escreveu nas mensagens que mandou a Ólafur Tandri. Ele apenas tinha visto Ólafur Tandri entrando em casa cerca de três meses atrás e então começou a escrever algumas bobagens, bobagens que no entanto ele jamais faria, aquilo só o deixava aliviado e fazia com que ele se sentisse um pouco melhor, era de algum xeito um tipo de válvula de escape, afinal Ólafur Tandri estava sempre pipocando na cara dele naquelas propagandas, todo santo dia, caralho, ele não podia pedir para Zoé abrir nada sem ter que ouvir a porra da voz de Ólafur Tandri lhe dizendo para *mudar de lado* ou *pensar no seu futuro*.

Dröfn o incentivava a continuar falando, com aquela sua cara simpática, então ele só continuou e disse que nunca tinha sequer arranjado uma briga, a iniciativa nunca partiu dele, nem mesmo quando seu irmão Rúrik o tentava provocar, pois seu irmão Rúrik sempre andava por aí arranjando briga com os outros garotos, para conquistar alguma reputação na rua, mas ele não gostava de se meter em briga, achava patético brigar e, portanto, jamais arranjaria uma briga de verdade com o cara da PSI. Mas ele tinha cortado aqueles pneus, e iria pagar pelo estrago. Ele apenas tinha ficado com muita raiva. Mas jamais faria alguma coisa realmente ruim.

"Eu acredito em você, Tristan. Eu vi você naquele vídeo outro dia. Gostaria de dizer que as pessoas podem confiar em você. Mas você tem que me prometer não se aproximar de Ólafur Tandri ou da família dele. Se você se aproximar, as consequências podem ser bastante sérias. Daqui em diante, você terá que fazer um enorme desvio para se manter distante da casa dele. Ólafur Tandri tem a faca e o queijo nas mãos para que você seja condenado", disse Dröfn.

"Eu prometo", disse Tristan.

Ela tinha uma cara tão simpática que ele explodiu de gratidão naquele momento, ainda está morrendo de gratidão, cacete, já chegando a pé no bairro de Laugarnes. Seus dentes ainda estão batendo e os ossos ainda estão tremendo, porra, mas ele está enormemente agradecido, caralho.

Ele liga para Eldór assim que chega em casa e conta ao amigo tudo o que aconteceu. O rosto de Eldór enche a tela inteira e Tristan vê um vidro atrás dele, o que significa que Eldór está na sacada do seu apartamento.

"Bosta. Você acha que eles conseguiram uma autorização para abrir os holos que nós trocamos??? Estou cumprindo condicional, caramba."

"Não, só as mensagens que mandei pro mano da PSI."

"Certo, certo. Eu acabei de chegar do interior, a camioneta já está onde devia estar. Viktor disse que o contêiner parte na quinta-feira. Vamos receber a nossa parte em duas semanas", diz Eldór.

"Em duas semanas! Então eu não vou conseguir, porra!"

"Por que não?"

"Porque o plebiscito é no sábado da semana que vem. Então só vou ter alguns dias para conseguir comprar um apartamento se a grana que eu receber de Viktor for o bastante, sem falar que vou precisar pagar uma porra de uma multa se o cara da PSI resolver dar queixa de mim por eu ter mandado aqueles textos."

"Mas por que afinal você precisa comprar um lugar para morar antes do tal plebiscito? Você sabe que de qualquer maneira vai levar um tempinho até que a gente seja realmente obrigado a fazer o teste se a marcação compulsória for aprovada."

"Mesmo assim, se a marcação compulsória vencer e eles exigirem que eu faça o teste antes de assinar o contrato ou conseguir o empréstimo ou sei lá o quê, tá ligado, então eu não vou mais poder me recusar."

Eldór fica olhando para a câmera enquanto pensa.

"Talvez você simplesmente devesse ir fazer esse teste."

"O quê? Não. O que é que você tem na cabeça?"

"Eu sei que isso é um saco. Mas enfim... talvez você seja aprovado. Então vai conseguir o empréstimo e vai poder comprar aquele apartamento no subsolo."

"Térreo."

"Tristan, desculpa lá, mas você só precisa se virar, cacete. Você pode ir amanhã ao banco e fazer o teste só para eles, sem precisar ser marcado ou coisa do gênero. É só uma ideia. É o que eu faria se fosse você."

Ele liga para o pai e pergunta se haveria alguma chance de ele emprestar uma grana, mas o pai diz que não. Ele liga para Sölvi e Sölvi também nega. Ambos acham que ele está pedindo grana para comprar Trex, apesar de ele explicar várias vezes por que precisa daquela grana. Ele pensa em ligar para Magnús Geirsson e descola o telefone dele, mas, quando vai ligar, não tem coragem.

Um atendente de carne e osso liga do banco. Tristan tenta explicar a situação e o atendente balança a cabeça na tela e diz que na verdade não tem nada que ele possa fazer, mas que Tristan poderia tentar oferecer uma proposta mais baixa pelo apartamento. Por que não, afinal, nunca se sabe.

"Certo. Tá. Podemos tentar fazer isso?"

"Mas claro", responde o atendente.

Então, o atendente sugere um valor, com base no que Tristan conseguiu poupar e descontando as taxas.

"Se essa proposta for recusada, você simplesmente continua, propõe esse mesmo valor pelo próximo apartamento e, se não funcionar, pelo próximo."

"Exatamente. Obrigado. De verdade. Isso ajuda muito", diz Tristan.

Mesmo assim, ele fica nervoso pra caralho antes de ligar para o corretor de imóveis, então toma mais comprimidos de Trex do que de costume, o que é uma coisa tremendamente burra de se fazer, pois ele precisa poupar grana, mas não consegue lidar com os mergulhos que o corpo dá quando fica martelando na cabeça aquilo que o tira falou, que Ólafur Tandri poderia dar queixa dele e que talvez ele vá parar na cadeia ou então pagar muita grana de indenização. Ele liga e diz da maneira mais calma e educada possível que deseja fazer uma proposta pelo apartamento.

"Fazer uma proposta pelo apartamento, é isso?", o corretor de imóveis pergunta.

"Sim, é isso."

"Excelente. Estou lhe enviando o formulário de proposta de compra. Preencha o formulário, assine e envie de volta para mim."

Tristan ouve o som da notificação indicando que ele já recebeu o formulário. Ele o projeta na mesa da cozinha, preenche-o imediatamente com o dedo e o envia de volta. Então ele pega a gororoba congelada na gaveta do congelador e aquece e come aquilo como se não comesse há vários meses.

Ele deita no colchão em seu quarto e fica jogando *CityScrapers* e não atende quando sua mãe liga. Depois recebe uma mensagem. É de Sunneva. Ela pergunta o que ele está fazendo agora. Ele senta. É a primeira vez em três meses que ela entra em contato. É meia-noite e trinta, ela deve estar sondando se pode aparecer. Ele responde que está em casa e pergunta onde ela está. Ele aguarda e aguarda uma resposta e fica imaginando que ela está bêbada demais em alguma festa e alguns porras dumas bostas de uns manos estão tentando tirar proveito dela, e que ele precisa ir até lá e salvá-la e ampará-la no caminho até a casa dela e que ele vai colocá-la na cama e estender o cobertor em cima dela como nos filmes e voltar para casa, e depois ela vai acordar no dia seguinte e ficar incrivelmente grata e eles vão começar a namorar.

"Você pode pintar aqui se quiser", ele acrescenta.

Ele fica vidrado no nome dela na tela, esperando. Então, depois de alguns minutos, volta a deitar no colchão e tenta esquecer que ela entrou em contato e continua jogando *CityScrapers*.

Se Viktor não fosse uma porra de um troglodita talvez ele e Sunneva ainda estivessem juntos agora. Ele a conheceu numa festa na casa de um de seus velhos amigos do ensino médio. Tinha ficado muito faceiro de ser convidado. Eles ficaram sem se falar por mais de seis meses depois que ele fez a cagada de roubar uma grana de um deles, então ele vestiu as suas melhores roupas e se penteou (isso foi antes de raspar a cabeça feito um kiwi), e apesar de estar ralando e poupando que nem um filho da mãe, passou no caixa eletrônico a caminho da festa e sacou uma grana. Seus velhos amigos estavam todos na cozinha quando ele chegou e foi direto até eles e disse Oi e eles também responderam Oi, menos o amigo de quem Tristan tinha roubado a grana, esse não disse nada, e então ele simplesmente ficou ali em pé ouvindo seus velhos amigos e rindo quando eles riam e então num dado momento o amigo que o convidou disse, na frente de todo mundo, que era bom voltar a ver Tristan e todos os demais concordaram.

Depois Tristan lhes contou sobre o seu trabalho no porto de Sundahöfn e que ele estava tentando maneirar o seu vício (o que talvez não fosse exatamente verdade, mas o fato é que ele *queria* mesmo maneirar) e que achava aquilo muito desagradável, e então ele olhou bem para o amigo de quem tinha roubado grana e disse Me desculpa, Örvar, por eu ter roubado sua grana, e então olhou para os outros e disse Me desculpem por demorar a devolver o que vocês me emprestaram, e então ele tirou a grana do bolso e os manos disseram Naaaaum, tá tudo certo, mas ele disse Sim, por favor, *eu* vou me sentir melhor com isso, então eles aceitaram receber o dinheiro de volta e depois fizeram um brinde a Tristan. Depois disso, ele ficou se sentindo aliviado pra caralho, ele sentia como se tivesse tirado umas dez toneladas das costas, então, quando conheceu Sunneva mais tarde naquela mesma noite, ele estava incrivelmente faceiro e não conseguia parar de sorrir. Ele mostrava o seu melhor lado e conseguia conversar com ela feito uma pessoa normal.

Eles riram e ficaram conversando um tempão a respeito de um monte de paradas até que todos quiseram continuar a festa nos bares do centro, então Sunneva perguntou se ele também ia até o centro, e ele respondeu Uhhm, eu sou desmarcado, e ela disse Ah, eu também! Ela riu de um jeito tão encantador e perguntou se ele não queria acompanhá-la até a casa dela e ele ficou sem entender patavinas do que estava acontecendo enquanto eles iam caminhando naquela temperatura abaixo de zero, que caralho de anjo da guarda está velando por mim essa noite.

Uma semana mais tarde, eles foram dar um rolê juntos e tomaram sorvete e foram outra vez até a casa dela (de fato a casa da mãe e do pai dela, mas ela morava num apartamentinho improvisado no subsolo que tinha um banheiro próprio e tudo mais) e Tristan lembra de ter pensado, ao voltar para casa a pé no dia seguinte, que talvez, se ele se portasse tão bem com ela como era capaz de se portar, aquilo iria seguir adiante, ele poderia vê-la todos os fins de semana até que pudesse vê-la com mais frequência e eles talvez poderiam começar a namorar e ele poderia adormecer ao lado dela todas as noites e acordar ao lado dela todas as manhãs.

Ele estava no trabalho, mandando um holo a ela, quando o supervisor apareceu de forma totalmente aleatória e pediu para olhar um contêiner que não tinha nada que olhar, caralho, o que resultou num inquérito policial. Ainda bem que apesar disso ninguém foi flagrado, mas Viktor colocou a culpa de tudo em Tristan apesar de Tristan ter feito exatamente como tinha que fazer, ele foi chamar a Supervisão na hora exata e avisou quando o suco de peido terminou de fiscalizar um contêiner normal. Como ele poderia saber que o mano da supervisão voltaria? Isso nunca tinha acontecido. Do nada, ele só resolveu descer mais uma vez e chegou apontando para o contêiner do interior, que é claro que estava abarrotado de tralhas roubadas, e não de produtos islandeses de exportação como deveria estar. Tristan não tinha como fazer nada e não fez merda nenhuma de errado. Mas Viktor nem olhou na cara dele, dizendo que Tristan era quem teria que dar satisfação a todos os manos que queriam a sua grana por aquele caralho de contêiner. Tristan já tinha visto aqueles mano, eram uns mano muito, muito mais viciados do que ele próprio, então ele só respondeu Certo, o que é que eu tenho que fazer? E Viktor respondeu Você tem que encher outro contêiner, você tem duas semanas para fazer isso.

Duas semanas. Aquilo era totalmente impossível, porra, e Viktor sabia muito bem disso. Aqueles contêineres costumavam ir abarrotados de móveis e motos e peças de automóveis: talvez cada contêiner fosse o resultado do trabalho de uns vinte manos depenando durante duas semanas inteiras. Então, Tristan tirou férias por duas semanas para depenar uma porra de um apartamento atrás do outro e foi aí que a úlcera realmente piorou e o nó que ele sentia se transformou numa dor na boca do estômago e numa queimação no peito e ele não conseguia mais respirar fundo até encher os pulmões. Depois de duas semanas daquele inferno, é claro que ele só tinha conseguido encher metade de um contêiner ou algo assim e Viktor disse que Tristan simplesmente teria que pagar a diferença pois do contrário ele iria contar a todos aqueles manos quem realmente tinha feito aquela cagada e Tristan não teve coragem de fazer nada a não ser transferir a grana para a conta de Viktor. Aquilo custou de fato três meses de salário ou coisa assim, que era uma grana que Tristan não podia se dar ao luxo de perder se pretendia comprar um apartamento algum dia. E foi então que a ficha caiu, ele tinha de se livrar daquela porra de trabalho. Ele não podia correr o risco de ter que fazer tudo aquilo de novo.

Mas o pior foi que, enquanto estava atolado até o pescoço naquela doideira, ele cometeu o erro e a burrice tremenda de esperar para conversar direito com Sunneva. Ele só não conseguia ser uma pessoa leve e divertida naquele momento, sempre que ela enviava uma mensagem, ele tentava responder, mas tudo que escrevia e gravava soava tão falso e forçado, cacete, pois ele estava se sentindo tão mal, então ele respondia apenas com poucas palavras. Finalmente, quando terminou de reembolsar meio contêiner a Viktor e tirar alguns dias para se recuperar da úlcera, ele enviou uma mensagem a ela dizendo Desculpa que eu estive assim tão distante nas últimas três semanas. Mas era só porque tinha tanta porcaria acontecendo na vida dele naquele momento. Eles não podiam se ver? Então se passaram dois dias e ela não respondeu, e ele voltou a pedir desculpas e disse que tinha sido um completo idiota e que estava apaixonado por ela.

Então ela respondeu *Me engane uma vez, a culpa é sua — me engane duas vezes, a culpa é minha*, e não importava o que Tristan escrevesse ou enviasse a ela depois disso, ela nunca respondia de volta. Ela lhe mandou um holo uma vez em janeiro, às duas da madrugada, em que perguntava um tanto bêbada, perto demais da câmera, onde ele estava naquela noite, mas ele só viu a mensagem no dia seguinte e então ele se penteou e vestiu uma camisa e ficou um tempo enorme posicionando a câmera do relógio e enviou um holo para ela dizendo que ficou superfeliz de ver o holo dela e perguntou se ela não queria vê-lo durante a semana, mas nunca recebeu uma resposta.

Passa uma hora e depois outra. Sunneva não responde. Mas então alguém liga e ele salta da cama.

É sua mãe. Ele silencia a chamada.

Mais tarde acorda no colchão ainda de roupa e com todos os dispositivos sobre o corpo. Sunneva não respondeu, mas a mãe ligou algumas vezes seguidas e mandou um holo dizendo que precisava falar com ele e ela está tão histérica, cacete, que Tristan fica nervoso imaginando que talvez alguma coisa tenha acontecido. Talvez com Rúrik, ou com a irmã dele. Então ele retorna a ligação.

Primeiro ele não escuta nada do que ela está dizendo. Ela apenas grita coisas como Inacreditável, Isso não, O que acontecerá, E Rúrik, depois grita ainda mais e Tristan tem que aguardar até que ela consiga falar.

"O que você acha que Rúrik vai dizer? E o que você acha que o seu pai vai dizer? E o que você acha que Sölvi vai fazer depois de ver isso? Eu não acredito nisso, Tristan. Não acredito que você fez isso."

"Fiz o quê?"

"Você faz eu parecer uma monstra! O que você acha que as pessoas vão dizer?!"

"Do que é que você está falando, cacete?"

"Do vídeo, Tristan! Daquele vídeo horrível!"

"Ah, disso?"

"É, disso mesmo!"

"Eu tive que fazer aquilo. Eu precisava da grana."

"Não acredito nisso. Não acredito que você seja capaz de fazer algo assim."

"O que é que eu podia fazer, porra? Eu tenho que comprar um apartamento antes do tal plebiscito. Eu não posso morar com você."

"Mas é claro que você pode morar comigo, você sabe disso muito bem!"

"Não. Eu não sou bem-vindo no lugar onde você mora."

"Tristan. Estou te pedindo. Simplesmente faça o teste. É só um testezinho, você não tem nada a perder. O seu quarto está te esperando aqui em casa. A sua irmã sente saudades de você. Ela te admira tanto. Ela te ouve. Eu não dou conta disso sozinha", ela pede.

"Não! Eu já te disse um milhão de vezes, cacete! Foi você quem decidiu isso, não eu."

"De onde você e o seu irmão puxaram essa teimosia? Eu não sou teimosa desse jeito. O pai de vocês também não é teimoso assim. Vocês são como dois jumentos empacados."

Ela suspira de uma forma bastante dramática.

"Você precisa falar com o seu irmão", a mãe diz.

"Rúrik vai ficar buzina quando souber que você falou publicamente a respeito dele", continua.

"É, é."

"Estou te dizendo, Tristan."

"Eu disse que é! Eu sei muito bem que ele vai ficar buzina!"

"Eu não vou ficar de leva e traz entre vocês. Você não pode me ligar e me pedir para botar panos quentes."

"Tenho que desligar."

"Tristan..."

"Eu falo com você mais tarde. Tchau", ele diz.

O corretor de imóveis liga para ele na segunda-feira e informa que sua proposta foi recusada. Em anexo, envia a contraproposta.

A contraproposta é alta demais. Ele percebe isso imediatamente. Recusa a contraproposta e pede a Zoé para procurar apartamentos na faixa de preço que o atendente do banco disse que ele conseguiria financiar. Zoé diz que não há nenhum apartamento na região metropolitana anunciado nessa faixa de preço, mas aqui estão os mais baratos. São cinco, dois dos quais em prédios marcados. Todos com o mesmo preço do apartamento térreo que ele gostaria de comprar e todos quitinetes entre vinte e cinco e trinta e dois metros quadrados. Ele pede a Zoé para marcar uma visita às três quitinetes desmarcadas.

Ele encontra Viktor no trabalho e pede para poder começar a trabalhar depois do meio-dia nos próximos dias. Viktor diz que sim, mas que ele vai ficar lhe devendo um favor. Ele não comenta nada a respeito de ter assistido ao vídeo do LUTA, no qual Tristan afirma estar procurando um novo emprego. Talvez ele não ache nada demais nisso.

Tristan está suado e muito paranoico ao deixar o estacionamento subterrâneo e faz uma parada para tomar mais Trex. Ele espera até que o corpo se acalme, até ficar relaxado. Então projeta a máscara e aperta os botões do porteiro eletrônico de um prédio no bairro de Grafarholt, até que alguém abre para ele. Os primeiros apartamentos têm um tremendo sistema de vigilância, então ele continua tentando, no próximo andar de baixo, onde não há nada, nenhuma superfechadura e nenhum adesivo.

Depois ele carrega as tralhas até o carro, dirige até outro estacionamento subterrâneo, avisa Eldór e pega a linha S até o trabalho. Por que é que os tiras ainda não ligaram para ele? Eldór e Wojciech estão no V2 então ele vai até o V1 e trabalha em dupla com Oddur e tenta não ficar pensando naquela porra de multa ou em quão alta ela seria se Ólafur Tandri resolvesse dar queixa.

Bom dia, meus bróder, adivinhem o que foi que aconteceu essa semana, é, aconteceu, um homem desmarcado foi baleado cinco vezes na cabeça pela polícia nos EUA. E o que é que ele estava fazendo? Sim, estava indo buscar a sua carteira de motorista no carro. Isso é o que vai passar a acontecer aqui se a gente não se cuidar, os tira só precisa conseguir uma foto sua de rosto, consultar a sua ficha no banco de dados deles e se você for desmarcado os tira vai ficar imediatamente temendo catorze vezes mais por sua própria vida e será catorze vezes mas provável que eles atirem em você. Isso é o que queremos? NÃO. Precisamos lutar por nossos direitos humanos fundamentais. Precisamos lutar para que as autoridade não possa nos classificar como pessoas de primeira e pessoas de segunda. As vidas dos marcados não são mais importantes que as nossas vidas. Nascemos aqui nessa Terra. Temos exatamente o mesmo direito de ser livres do que os outro e de que confiem em nós desde o princípio. No entanto, temos que trabalhar para garantir isso. Temos que sorrir e nos curvarmos e sermos sempre humildes e sermos sempre tremendamente educados, mesmo que estejamos tendo um dia ruim. Isso porque, se nos curvamos, daí não somos perigosos.

As dores no estômago o estão matando. Por que é que a porra do Trex não começa a fazer efeito? Ele já tomou dois comprimidos hoje, é mais do que o que ele pode tomar. Ele trabalha até às cinco e decide voltar para casa a pé para não ter que desviar da casa de Ólafur Tandri, mas então um número desconhecido está ligando.

"Alô?"

"Alô, é Tristan Máni quem fala?"

"É."

"Olá. Aqui é Ólafur Tandri."

Tristan para no meio da rua.

"Você está por aí?"

"Estou."

"Ótimo. Olha, tive alguns dias para pensar um pouco a respeito do assunto e tomei a decisão de não dar queixa por causa das ameaças."

"Verdade?"

"Sim, é verdade. Mas só se você concordar em comparecer a dez consultas com um psicólogo e se submeter ao teste de empatia."

"Sem chance, caralho."

"Você não precisaria se marcar. Você não precisaria fazer nada além de comparecer. Essas consultas seriam gratuitas. O teste seria apenas para que o psicólogo pudesse avaliar a situação."

"Prefiro pagar uma multa do que ir fazer essa porra de teste."

"Tristan. Já vi centenas de rapazes com a sua idade e me tornei razoavelmente bom em saber quais deles passam e quais não passam. Você vai passar. Sem qualquer sombra de dúvida. As coisas não precisam ser assim tão difíceis", diz Ólafur Tandri.

Tristan olha para o prédio à sua frente. As cortinas atrás das janelas semiespelhadas são daquelas que estão na moda, no meio da janela, com formas diferentes.

"Tristan?"

"Eu... Não! Isso não é justo, porra."

"Isso vai te ajudar. Juro."

"Por que é que vocês só não me deixam em paz? Por que é que eu não posso só ficar em paz?"

"Porque você vive em sociedade com as outras pessoas. Esse é o sacrifício que todos temos que fazer para colhermos os benefícios disso."

"Mas e se eu não quiser viver em sociedade? Aonde eu posso ir, caralho?"

"Tristan. Já lhe disseram todo o tipo de coisa a respeito da marcação e do Prontuário. Que o Estado tem acesso aos resultados e que a polícia força as pessoas a fazerem o teste contra a vontade. Isso não é verdade. Esse teste existe para ajudar as pessoas a entenderem melhor a si mesmas. Você não iria enviar aquele tipo de mensagem se não se sentisse mal. Se você for reprovado no teste, o que eu sei que não irá acontecer, vamos te ajudar a passar. Você pode comprar o seu apartamento e seguir seus estudos e ter uma vida normal", diz Ólafur Tandri, calmo demais, como se Tristan fosse algum idiota, porra.

"Fala isso ao meu irmão, caralho. Ele começou a fazer terapia com os psicólogos e a única coisa que aconteceu foi que ele se tornou um porra de um viciado. E eu também."

"Entendo muito bem que você tenha raiva. Eu também teria raiva se estivesse no seu lugar. Mas algumas pessoas dizem que a dependência química é apenas um sintoma, e não a raiz do problema. Que o dependente químico tem que descobrir se algum outro problema mais sério não está por trás da sua dependência. O primeiro passo é conversar com um psicólogo e ter uma oportunidade de colocar todas as cartas na mesa, tudo o que te causa incômodo. Daí vocês podem começar a diagnosticar qual é o problema. Pode ser algum trauma do passado ou uma imagem precária de si mesmo ou alguma dificuldade de estabelecer vínculos com as pessoas mais próximas de você. Os seus amigos e a sua família", diz Ólafur Tandri.

Tristan ouve ele dizer aquelas palavras. Pensa na sua mãe e na sua irmã e no quarto extra para ele na casa onde elas moram. Então ele pensa em Rúrik.

"Você não precisa responder agora. Tire alguns dias para pensar no assunto. O que lhe parece?", Ólafur Tandri pergunta.

"Eu... eu não quero ficar sabendo."

"O quê? Se você foi aprovado? Você não precisa ver os resultados se não quiser, Tristan. Você só precisa fazer o teste e comparecer às sessões com o psicólogo, e depois de dez sessões seguir em frente vivendo a sua vida."

Ólafur Tandri aguarda uns instantes, mas como Tristan não diz nada, ele continua:

"Apenas pense no assunto? Pode ser?"

"Certo. Tudo bem."

"Maravilha. Aguardo a sua ligação dentro de alguns dias."

17

ALEXANDRIA NÃO SABE MAIS O QUE FAZER, ela está aliviada, mas sente raiva, já perdeu cachos inteiros do cabelo no último mês, está cada vez mais desesperada com os chumaços que ficam na escova — ela vai ter que parar de escovar os cabelos, não é mais possível continuar —, mas quando não escova os cabelos, eles ficam horrorosos, ela fica totalmente incapaz do que quer que seja, não ouve o que as pessoas lhe dizem, pois está preocupada demais com os seus cabelos embaraçados, que estão ficando cada vez mais ralos e difíceis a cada dia que passa, feito uma lã grosseira e maçarocada. Há praticamente um mês ela acorda várias vezes de madrugada, alarmada como se tivesse perdido a hora de levantar, às duas e pouco da manhã, às três e pouco, às quatro e pouco, às cinco e pouco, e Naómí olha para ela com um asco e um desprezo imensos, e não tem a mínima ideia de que aquele olhar e aquele semblante apertam os pontos absolutamente mais sensíveis dela, de que sua autoconfiança está do tamanho de um inseto, e por mais que ela fale num tom suave, ou por mais que se esforce para que elas tenham conforto, por mais que cozinhe bem e organize noites agradáveis de vez em quando para que as duas possam ficar juntas numa boa, a sua filha prefere se trancar no quarto, não quer ver a cara dela, não quer abraçá-la, não quer falar com ela nem olhar nos olhos dela. Às vezes ela tem vontade de gritar para a filha para lhe dar uma merda de um tempo, contar a ela tudo o que ela já passou na vida e tudo que teve de fazer para protegê-las, mas sabe que essas não são coisas que deve despejar em cima da filha, que só tem catorze anos, então ela se cala, grita para a filha só por dentro, olhando para o chão e esperando que a filha fique mais velha, mais madura, que a puberdade passe e tomara que aquele desprezo também. E além da ansiedade, do nervosismo e da perda de cabelo, ela também vem se sentindo arrependida de ter ido à escola falar com aquela professora, por que é que ela foi fazer aquilo, não bastava o fato de ela já ter se exposto diante da diretora da escola fazendo confidências, e agora já não tem certeza se a professora iria tratar aquela conversa como sigilosa ou não, pois é claro que ela se esqueceu de pedir que o assunto fosse tratado como sigiloso, pois ela se esqueceu da regra número um: *sempre pedir que o assunto seja tratado como sigiloso*, se a gente não faz isso, então a culpa é toda nossa se coisas da nossa vida privada acabam se espalhando, isso é algo que a gente aprende vivendo numa pequena ilha, e sobretudo é algo que a gente aprende vivendo num pequeno município de uma pequena ilha. Antigamente, ela mantinha todas as informações a seu respeito na coleira, como se fosse um cachorro, nunca dava com a língua nos dentes, nunca, ao menos não depois que Karen Lind, que supostamente era a sua melhor amiga, contou para todo mundo com quem ela tinha perdido a virgindade no primeiro semestre do ensino médio, fofoca que com certeza seria mais fácil de tolerar se o garoto *soubesse* que aquela era a primeira vez que ela transava, mas ele não sabia, ela apenas tinha tirado sarro dele quando ele hesitou, como que para desviar a atenção de si mesma, fingindo que o que eles estavam fazendo não era nenhuma novidade para ela. Desde então, sempre foi cautelosa quanto à sua vida privada, mas agora, depois de sua relação com Sölvi, é como se uma represa tivesse sido aberta, ela não tem mais barreira alguma, nem defesa nem barreira alguma, tão logo alguém lhe oferece um instante de silêncio, ela o preenche com palavras, se abre de corpo e alma e depois gasta várias semanas se costurando novamente em casa. A professora não precisava saber que ela tinha sido reprovada no teste, a professora não precisava saber que Sölvi não podia entrar no bairro delas, mas ela estava tão ansiosa diante da perspectiva de ter que se mudar outra vez, estava começando a perder tanto cabelo, precisava que alguém a consolasse, e a diretora da escola era de algum xeito tão assustadora, ela esperava que a professora regente fosse mais compreensiva e acolhedora, o que não foi o caso, os olhos da mulher se endureceram tão logo ela deixou escapar que tinha sido reprovada no teste, ela viu como o sorriso enrijeceu, da mesma forma que o pescoço magro da professora. Então, agora que a espera finalmente acabou, quando elas finalmente receberam a mensagem de que Naómí passou no teste e que há um prenúncio de tempos melhores, ela vê *aquilo* enquanto está olhando roupas na internet, do nada surge um vídeo em que Tristan conta para a Islândia inteira a respeito da vida doméstica da família deles, dela e de Sölvi e de Rúrik, e ele conta aquilo de forma tão terrível, com aquela lenga-lenga horrível e ambígua que induz as pessoas a ler algo muito pior nas entrelinhas, que *ela* tinha sido a raiz de todas as dificuldades, que eles se portavam mal porque *ela* havia sido desleixada na criação deles, que era culpa *dela* que Rúrik seja como é, pois ela o tinha forçado a ir aos psicólogos e a tomar remédios, que no fim das contas não tiveram o resultado positivo que se esperava, conforme o tempo foi passando, mas como raios ela poderia prever aquilo, ela não era médium nem vidente, ela fora convencida de que o Trex produziria o hormônio da felicidade que o cérebro secretava quando os indivíduos vivenciavam o amor e a proximidade das outras pessoas, e que aquele hormônio iria de algum xeito exercer uma influência positiva no sistema nervoso. Como ela poderia saber que aqueles remédios eram tão viciantes, que o Trex seria classificado como entorpecente em poucos anos, os médicos lhe diziam que faria bem para seu filho e ela simplesmente deu ouvidos a eles, e inicialmente Rúrik melhorou, na verdade até bastante, seus resultados nos testes eram muito mais altos depois de um ano tomando Trex, mas na época ele também se consultava com um psicólogo excelente e aquilo foi no mesmo ano em que Sölvi também estava num excelente emprego, no qual se sentia bem e recebia um ótimo salário, de maneira que as discussões por motivos financeiros diminuíram bastante e ele bebia menos e ela própria também gastava menos comprando tralhas para se sentir melhor. Sölvi não ficava sempre ensandecido quando ela voltava das compras e ia imediatamente abrir as sacolas e pescar os recibos de dentro delas e perguntar como ela tinha tido a ideia de comprar uma geleia tão cara assim ou um frango inteiro, apesar de ser sexta-feira e eles não terem feito uma refeição decente a semana inteira, só massa com presunto e massa com salsicha e pizza congelada e sanduíche de queijo, e quando Sölvi ficava realmente preocupado por causa da falta de dinheiro, ele ficava irritado porque ela comprava leite para o cereal matinal, afinal não havia diferença nenhuma entre colocar leite ou água no cereal matinal, e nesses momentos ela só conseguia gritar que ele podia colocar a porcaria da água no seu próprio cereal matinal, mas que os filhos dela nunca teriam que fazer isso. Porém, naquele ano eles não tiveram nenhuma discussão desse tipo, aquele ano foi um ano bom, aquele foi o ano em que Sölvi ganhava um salário razoável e gostava do seu trabalho, e Rúrik, que provavelmente tinha dezesseis anos nessa época, começou a descansar melhor, e ela também começou a descansar melhor, e foi naquele ano que ela passou no teste pela primeira vez, depois de ter sido reprovada quatro anos antes e perdido o emprego na Prefeitura de Reykjavik, que agora ela sabe que aconteceu apenas porque ela estava passando por um bloqueio emocional por viver com Sölvi. Levou um bom tempo até que ela se desse conta de que ela não era uma pessoa ruim, mas que estava de fato passando por um bloqueio emocional, pois seu cérebro estava na defensiva, apesar de Sölvi nunca mais ter batido nela depois da única vez em que aquilo aconteceu, ela não conseguia relaxar na presença dele, o corpo dela não conseguia mais confiar nele depois daquela noite em que ela foi se divertir com as amigas e prometeu voltar para casa antes da meia-noite, ela tinha tirado leite feito doida o dia inteiro com a bomba para que Sölvi desse a mamadeira para Naómí se ela acordasse. Naómí estava começando a comer mingau nessa época e às vezes o mingau lhe dava dor de barriga, e nesses casos ela tendia a chorar madrugada adentro, que foi o que aconteceu naquela noite, exatamente naquela noite em que ela esqueceu do mundo no bar e a bateria do telefone acabou, isso foi antes que todos tivessem condições de comprar holo-sistemas como Zoé ou Alexa ou Siri. Ela se lembra de ter cantado aos berros com as suas amigas na pista de dança e depois foi ao bar, onde um homem mais velho ofereceu uma bebida a ela e à sua amiga. Alexandria percebeu que o homem conversava mais com ela do que com a sua amiga e gostou daquilo, ela nunca havia se sentido mais feia do que naquele primeiro ano amamentando Naómí e a barriga que parecia não ter a menor intenção de voltar a encolher como tinha encolhido quando ela deu à luz os meninos, então ela se lambuzou na atenção que o homem estava lhe dando, ria e sorria e então de repente Sölvi estava lá atrás do homem, e ela levou um susto tão grande que simplesmente pegou a sua capa e foi atrás de Sölvi sem sequer dizer tchau, e quando ela perguntou quem estava em casa cuidando das crianças ele respondeu que os meninos estavam em casa com Naómí, os meninos que tinham oito e onze anos, ela perguntou a ele o que ele tinha na cabeça para pegar o carro em Fossvogur e dirigir até o centro deixando dois meninos de oito e onze anos sozinhos em casa com uma bebê de sete meses, se ele realmente era tão idiota como aparentava ser, se por acaso ele estava fora da casinha, e foi então que ele fez o retorno e entrou no estacionamento subterrâneo. Ela perguntou que diabos ele estava fazendo, mas então ele saiu do carro num zás, apesar de o corpo dela saber exatamente o que ele pretendia fazer, e ele quase arrancou a porta do passageiro e a arrancou de dentro do carro e começou a dar manotaços no corpo dela, manotaços que o corpo dela nunca esqueceram, nem sequer por um segundo nos doze anos seguintes, apesar de Sölvi ter mantido a promessa que fez três dias depois, ao voltar para casa acompanhado do seu melhor amigo, tremendo e dizendo que nunca mais faria aquilo. Não, o corpo não esquece nada e ela ficava toda alarmada a cada vez que Sölvi fazia algum movimento brusco e por conseguinte Sölvi também nunca conseguiu esquecer daquilo e ele a detestava por causa disso, ele a odiava por estar sempre lhe recordando do que ele tinha feito, e começou a fazer o que Tristan mencionou naquela entrevista horrorosa (como ele pôde fazer isso com ela), começou a colocar os meninos contra ela. Tudo o que ela fazia era histérico e imbecil e ridículo e quando Sölvi tirava sarro dela, os meninos riam junto, e quando Tristan e Rúrik tiravam sarro dela, Sölvi ria junto, e ela começou a ficar apática e a comprar coisas para se sentir melhor e a comer para se sentir melhor, o que deixava Sölvi furioso, pois a cada ano que passava eles estavam cada vez mais endividados e Sölvi a xingava todo santo dia e não perdia nenhuma oportunidade de a desautorizar na frente dos meninos, fazendo com que ela tivesse uma explosão sempre que realmente precisava se impor, quando ela proibia os meninos de ficar perambulando pelo bairro depois das dez da noite, ou os obrigava a estudar para as provas da escola, então ela fincava pé e gritava, aquela era a única maneira de eles a levarem a sério, aquele era o único limite que eles não ultrapassavam, até que aquele ano bom acabou e Sölvi perdeu aquele emprego bom e Rúrik desenvolveu a sua dependência química pelo Trex e parou de ir à escola sem contar nada à família, só começou a traficar Trex para ter dinheiro para comprar mais Trex e Tristan tentava como podia imitar o seu irmão mais velho, que era exatamente igual ao pai, enquanto Tristan era mais parecido com a mãe, mais sensível e mais delicado e mais tranquilo. Talvez fosse por isso que ela se empenhava tanto para que Rúrik encontrasse o seu equilíbrio emocional, pois ela sabia que se o irmão mais velho enfiasse o pé na jaca o irmão mais novo também o faria, mas é claro que aquilo não serviu para nada, Rúrik foi ficando cada vez com mais raiva a cada ano que passava, e apesar de ela sentir como se o mundo fosse acabar quando ele saiu de casa antes de completar dezoito anos, aquilo também foi um alívio para a família, e apesar de o mundo acabar mais uma vez quando ele foi preso por porte de Trex, em retrospectiva, foi bom que aquilo tenha acontecido, pois agora ele tem acesso a um bom psicólogo e a novos remédios que ajudam no desmame do Trex, então talvez ele esteja melhor depois que terminar de cumprir a pena no ano que vem, quem sabe ele não seja finalmente aprovado no teste, e então talvez Tristan também deixe aquela sua obstinação absurda para trás, uma obstinação que só passou a existir por causa de Rúrik, é como se Tristan considerasse fazer o teste uma traição ao irmão, como se ele não pudesse deixá-lo sozinho para trás, da mesma forma que Tristan acha que ela o traiu ao se mudar para este bairro marcado, apesar de ela ter implorado aos prantos para que ele fizesse o teste e se mudasse para cá com elas quando precisaram fugir de Sölvi. Porém, se a marcação compulsória se concretizar, Tristan será forçado a fazer o teste e então verá que é uma pessoa normal, claro que ele é uma pessoa normal, e quando isso acontecer ele vai voltar para ela, não foi à toa que ela passou de uma empreiteira a outra, ela não se contentou com menos do que três dormitórios, ela não estava nem aí para vista ou barulho ou desconforto, a única coisa de que ela fez questão foi um apartamento aqui neste bairro com três dormitórios, não importando se os dormitórios fossem do tamanho de uma caixinha de fósforos. Se Rúrik também for aprovado no teste no ano que vem e também voltar para casa, ela pretende dormir na sala, ela esperou e continuou esperando até conseguir um sofá-cama na internet, só para manter aberta a possibilidade de ter todos os filhos de volta em casa. Os meninos talvez possam concluir o ensino médio como as pessoas normais e talvez entrar na universidade ou fazer a escola politécnica e deixar o passado para trás, começar tudo do zero. Mas agora Naómí vai ver aquele vídeo e ela tem toda a certeza de que isso irá reforçar a resistência dela, ouvir esse tipo de versão fragmentada da vida familiar deles, apesar de ela saber muito bem como as coisas se deram e por que elas se mudaram para esse bairro marcado, por que ela trocou a fechadura da porta um dia depois que a policial foi conversar com ela e contou o que Sölvi tinha feito com a pobre mulher que ele manteve em cárcere privado por um bom tempo e que deu queixa contra ele por tentativa de assassinato, e ela apenas ficou olhando para a boca da policial sentindo que as frases dela eram como granadas jogadas na mesa de jantar entre elas, cujos pinos tinham sido tirados e que explodiram, e a onda de choque que se seguiu golpeou o peito dela e foi descendo por seu corpo, órgão por órgão, atravessando o coração e os pulmões e o estômago, e depois que a policial foi embora ela sentia como se tivesse lentes de máquina fotográfica no lugar de olhos, ela ficou se sentindo assim por várias semanas depois disso, e também quando Sölvi foi condenado a dezoito meses de detenção, ela sentia como se nada daquilo lhe dissesse respeito, realmente, aquilo não tinha nada que ver com a vida dela, e quando ela pediu o divórcio e a guarda dos filhos, a assistente social disse que ajudaria se ela pedisse a sua marcação, e claro que ela foi reprovada no teste. A assistente social solicitou tratamento para ela, e Gréta, sua psicóloga, explicou que praticamente tudo que tinha dado errado na vida dela tinha sido uma reação à violência relacionada aos pais dos filhos dela, e que a escolha dos pais dos seus filhos tinha a ver com sua mãe e seu pai, e nos meses seguintes ela se sentia como um vulcão voltando a acordar depois de séculos e podia entrar em erupção a qualquer momento, ela tinha acessos de choro e acessos de raiva e acessos de depressão, e começou a anotar todas as vezes em que comia demais e comprava coisas demais, e como ela estava se sentindo um pouco antes disso, e lenta e calmamente foi restabelecendo vínculos emocionais com seus filhos, amor e remorso e vergonha, sentimentos que tinham ficado soterrados sob as ruínas, e num dado momento Gréta, a psicóloga, perguntou se ela não gostaria de repetir o teste de empatia, para tomar pé dos resultados do tratamento, e ela disse que sim, obtendo resultados logo acima do padrão mínimo, e Gréta disse que aquilo era um recomeço, agora o foco do trabalho delas seria garantir a continuidade da segurança emocional, então, assim que o divórcio foi decretado, ela vendeu o apartamento e sua metade passou raspando para ser suficiente a dar a entrada num apartamento aqui neste bairro marcado, e um dia depois que se mudou ela sentia que estava enfim começando a viver a vida que queria viver. Uma vida nova. Mas a vida não é assim, a vida simplesmente não deixa de seguir o seu rumo quando tudo está indo bem, não existe isso de *vencer* as nossas debilidades mentais, a gente vence apenas os dias, um por um, e o resto é eterna labuta, como a louça para lavar ou outras arrumações, mas ela não sabia disso naquele momento, e quando a euforia depois da compra do novo apartamento se desvaneceu, ela voltou a ter vontade de comprar e comer, e quando Sölvi saiu da cadeia ele a processou por privá-lo de ter contato com os filhos e o advogado dele a tratava como se ela fosse uma criminosa, de repente era ela quem estava usando de violência, e não alguém que estava protegendo seus filhos contra a violência, mas o juiz, graças a Deus, disse para Sölvi que, se ele desejasse requerer a guarda de Naómí, ele teria que se submeter a uma avaliação psicológica e fazer o teste, o que ele se recusou terminantemente a fazer, aquilo estava fora de questão. Ele disse que ninguém tinha nada que ver com o cérebro dele, que ele nunca havia cometido qualquer ilegalidade com relação à filha e que jamais cometeria, mas Alexandria, por sua vez, era uma mãe incapaz, que a filha dele seria prejudicada por completo se ele não recebesse a guarda, que só bastava ao juiz olhar para a situação de seus enteados, que haviam descambado pura e simplesmente para a dependência de drogas. Alexandria, ele afirmou, não conseguiria cumprir com os deveres básicos de uma mãe: ela não conseguia manter a casa nem mandar a filha à escola na hora certa ou fazer os deveres de casa com ela, e o juiz só ficou em silêncio, e então se passaram dois longos dias e, graças a Deus, ele sentenciou a favor dela, mas apesar disso Tristan não falava com ela e Naómí não falava com ela e ela começou a sentir a decepção de Gréta pelo fato de ela ter regredido em seu processo de recuperação depois de todo o nervosismo em torno do processo judicial. Gréta a julgava por não conseguir melhorar e se erguer o tempo todo, e logo depois ela começou a se esquecer de anotar sempre que comprava alguma coisa ou comia para se sentir bem, e começou a ficar ansiosa antes de cada consulta com Gréta porque Gréta intuiu aquilo, e então um dia Gréta a recriminou por estar desistindo de si mesma, como se ela fosse uma criancinha, e não uma mulher de cinquenta e um anos, e Alexandria saiu do consultório e nunca mais apareceu para as consultas, pois ela não aceita que ninguém a trate assim, e desde então ela morre de medo de ser reprovada outra vez, de não passar no teste da próxima vez em que precisar fazê-lo, ou seja, dali a cinco meses, pois aqui neste bairro a gente precisa fazer o teste todos os anos, não se faz apenas uma vez e fica garantido para a vida toda. Mas felizmente Naómí foi aprovada no teste, ou seja, elas têm pelo menos cinco meses a mais, ela sabe muito bem que precisa voltar a se consultar com um psicólogo, a coisa não pode continuar assim, mas sempre que pensa em procurar outro psicólogo, fica paralisada, aquilo pende sobre a cabeça dela como uma luminária de teto queimada, ela sabe que precisa comprar uma lâmpada nova, mas não consegue dar jeito nisso, só continua sentada no escuro como se no fundo esperasse que outra pessoa fizesse isso por ela, viesse bater à porta trazendo uma caixa de lâmpadas e ela ficasse tão surpresa e feliz e grata, e a pessoa que salvou a situação fosse buscar um banquinho na cozinha conjugada e trocasse a lâmpada e de repente a luz emanasse sobre a cabeça dela, ela ficasse deslumbrada e olhasse em volta no quarto iluminado e pensasse com seus botões: Isso não foi tão difícil, eu mesma poderia ter feito isso há muito tempo.

18

DANÍEL NÃO ESTÁ MAIS SENDO MONITORADO.

"Mas por que não? Faz dez meses que consegui a medida protetiva para que ele não se aproxime de mim. Me disseram que ele seria monitorado durante um ano. Um ano são doze meses", pergunta Vetur.

"Consta aqui que ele foi submetido a uma avaliação psicológica faz quatro meses, depois de aceitar o tratamento. Uma perícia técnica avaliou ser improvável que ele venha a cometer outro crime. A proibição de se aproximar de você continua em vigor, mas o Rastreio foi revogado. Ele não pode ficar a menos de duzentos metros de você ou manter qualquer tipo de contato com você", diz a promotora de justiça.

"Mas ele esteve a menos de duzentos metros de mim."

"Entendo. Ele tentou entrar em contato com você?"

"Não."

"Ele parecia estar seguindo você?"

"Não."

"Certo. Então provavelmente foi apenas uma coincidência. A cidade naturalmente não é muito grande, esse tipo de coisa pode acontecer. Mas vamos questioná-lo a respeito."

Ela está mais uma vez no ponto de partida. Liga à escola para avisar que está doente. Tem a sensação permanente de que Daniel esteja lá embaixo, sob a janela do seu quarto, ouve cada mínimo ruído como se fosse um passo, cada vez que escuta barulho de pneus é forçada a espiar o estacionamento se escondendo atrás das persianas. Mais uma vez ela sente inveja das pessoas que possuem armas, ela, que toda a vida foi contra o porte de armas, conversa com uma amiga atrás da outra, com a sua mãe e o seu pai, a mãe dela traz uma comida quente naquela noite, acaricia suas costas naquela noite, porém, tão logo a mãe dela vai embora, ela tem que verificar todas as janelas, a porta de entrada do apartamento e a porta da sacada duas vezes, depois toma o comprimido para a ansiedade e adormece no sofá da sala, que preparou como um dormitório improvisado.

"Eu preciso me mudar. Não posso mais morar aqui. Não posso continuar me mijando de medo todos os dias, na minha própria casa. Eu sou incauta! Eu sou uma boba!", ela exclama.

"Eu sei que essa é uma situação difícil. Mas faz meses que ele não entra em contato com você. Com certeza foram apenas aproximações acidentais. E agora também sabemos que ele não tem nenhuma deficiência moral séria. É uma ótima notícia", a psicóloga dela diz.

"Mas isso não apaga o que ele fez!"

"Claro que não. Mas antes a gente achava que não era possível nem sequer conversar com ele. Porém, agora essa possibilidade aumentou consideravelmente."

"*Conversar com ele*? Você quer que eu vá *conversar com ele*?"

"Isso depende completamente de você. É provável que qualquer psicólogo recomendaria isso a você. É evidente que ele andou procurando ajuda. Talvez fosse bom para você ver com seus próprios olhos o quanto ele melhorou, talvez isso possa ajudá-la a virar a página. De toda forma, ele não tem nenhuma deficiência moral. Ele passou no teste."

"Estou me lixando se ele passou ou não passou no teste! Faz mais de um ano que eu não durmo direito!"

"Bem, então há duas possibilidades: ou você continua trabalhando na escola de Viðey ou se muda para outro lugar onde você se sinta emocional e fisicamente mais segura."

"Mas se eu me mudar, será como se eu tivesse perdido. E ele ganhado", diz Vetur.

"De jeito nenhum. Você não é responsável pelo fato de ele colocar a sua segurança em xeque. Você só deve tomar as medidas apropriadas para garantir a sua segurança, e se isso significa que você tem que se mudar, você se muda. Nos seus próprios termos."

Vetur afunda no assento e diz:

"Eu não consigo."

"Você consegue, sim. Eu acredito plenamente na sua capacidade. Tente olhar ao seu redor, ver outras opções. Dar aulas não era um trabalho temporário? Ou como foi que você disse na época?", a psicóloga pergunta.

"Um pequeno desvio."

"Exato. Você não queria trabalhar como eticista?"

"Sim, quero trabalhar como eticista e participar de comissões e dar pareceres e coisas assim. Porém, não tenho mais certeza de nada. Não sei mais o que é sul nem o que é norte."

Seu pai lhe dá uma carona até o trabalho. Quando ela abre a sua caixa postal, vê que o Prontuário já foi configurado na intranet da escola. Ela dá uma passada de olhos na sua lista de alunos. Todos foram aprovados. Ela se joga para trás no encosto da cadeira. Uma parte de si já tinha decidido que Naómí seria reprovada.

Seu primeiro horário de aula é com a sétima série, os alunos começam a entrar e a se juntar em grupinhos e o anticlímax é visível, uma das alunas diz Eu estava altamente nervosa e outra diz Fala sério, e a turma toda se inflama numa risada, não como as pedras de sílex que os habitantes das ilhas desertas batem para produzir uma faísca, mas sim como quando alguém joga gasolina na churrasqueira e de repente tudo arde em chamas e depois apaga no instante seguinte. Vetur troca as palavras o tempo todo diante dos alunos, perde o fio da meada repetidas vezes, alguém comenta a respeito disso e os alunos riem e ela tenta rir junto com eles. A segunda aula é um pouco melhor do que a primeira e a terceira um pouco melhor que a segunda, e quando ela está trancando a sala de aula ao sair, alguém diz Oi às suas costas e ela se vira e é claro que é a mãe de Naómí.

"Olá", responde Vetur.

Alexandria claramente havia se arrumado, estava maquiada e tentou pentear os poucos cabelos esparsos que formavam um topete, e suas mãos estavam unidas, como se ela tivesse vindo para pedir alguma coisa.

"Desculpe, eu devia ter avisado que viria, é claro. Posso dar uma palavrinha com você?"

"Sim, pode", diz Vetur.

Ela volta a abrir a sala de aula e segura a porta para que Alexandria entre. Depois que entram, Alexandria tenta esboçar um sorriso e diz:

"Bem, eu decidi vir outra vez porque, ahm, porque eu precisava reafirmar que o que conversamos da última vez é sigiloso. Não que eu achasse que você fosse abrir a matraca, nada disso. A minha psicóloga vivia me dizendo que eu tinha que aprender a confiar nas pessoas e eu sei muito bem que ela tinha razão, mas fiquei acordando de madrugada imaginando que todos os colegas da Naómí ficariam sabendo que fui diagnosticada subpadrão anos atrás e que o pai da minha filha é um brutamontes."

Alexandria hesita e espera que Vetur retruque, mas então é como se ela desconfiasse do silêncio, e aí continua tagarelando a respeito da sociedade, dos indivíduos marcados e do preconceito contra os reprovados e de repente Vetur vê algo naquela mulher que causa repulsa nela, e no instante seguinte se dá conta do que é: uma autocondescendência asquerosa e uma autocomiseração doentia. Aquela mulher é incapaz de ver as coisas a partir da perspectiva dos outros, pois não é capaz de olhar além do seu próprio campo de visão.

"... e de algum xeito a gente simplesmente desanima..."

"De algum jeito."

Alexandria fica em silêncio.

"De algum jeito o quê?", Alexandria pergunta.

"A gente diz de algum *jeito*. Se escreve com *j*. Como *já*. Como *jogo*. Como *jumento*. Como *jiló*. Ou seja, não se diz *xeito*. Ninguém fala assim. Isso não é uma boa forma de falar a nossa língua."

Ela diz essa última frase com um tom de voz mais alto do que gostaria de ter dito.

"Alexandria. Lamento ter que lhe lembrar dessas coisas, mas aqui nesse bairro vigoram certos valores que devemos respeitar. Aqui existe uma ênfase na transparência e na confiança. Somos uma *comunidade*. Não somos um punhado de indivíduos com os nossos próprios interesses, mas sim uma *comunidade*. Você não pode simplesmente botar os seus pés imundos aqui e começar a meter pau em tudo e em todos e esperar algum tipo de tratamento especial como se fosse vítima do mundo e exigir que as outras pessoas tenham que fazer das tripas coração porque você não tem a mínima vontade de dar a sua contribuição."

"Sim, eu sei. Você está coberta de razão. Eu sei muito bem", diz Alexandria, olhando para o chão.

Ela lembra um bicho peçonhento.

"Não me parece normal que as pessoas possam só ir entrando aqui, como se isso aqui fosse a casa da Mãe Joana, depois de terem sido reprovadas poucos meses antes e talvez ainda estarem desestabilizadas, e comecem a meter pau em tudo e em todos, e dizer a nós que vivemos aqui o que é uma comunicação saudável e o que é uma comunicação insalubre. As outras pessoas precisam ter conhecimento desse tipo de situação. As outras pessoas precisam ter elementos para saber como reagir", Vetur continua.

Alexandria olha para ela e seus olhos estão arregalados e tomados de pavor.

"Ele não o define! Você agora está segura! Você ganhou uma segunda oportunidade! Mesmo assim, você fica sentada de papo para o ar só esperando que você e sua filha sejam colocadas para fora!", Vetur exclama.

Vetur ouve o rechinar de solas de sapato do lado de fora da sala de aula. A porta da sala tinha ficado aberta.

"Sugiro que você assuma a responsabilidade pela sua própria vida. E procure um psicólogo, pelo amor de Deus", Vetur conclui.

Ela vira as costas e deixa Alexandria sozinha na sala de aula, sai para pegar o seu sobretudo na sala dos professores e vai embora. Ela divisa os transeuntes até um ponto bem longe à sua frente, não enxerga nenhum casaco elegante, nenhum cabelo escuro, então se lembra de algo que a psicóloga tinha lhe falado fazia muito tempo, a respeito de manter o seu prumo, fazer-se intocável, pois Daníel se alimentava da perturbação dela, da atenção dela, então ela desacelera, se empertiga, tenta mostrar um semblante animado, aparentar estar no auge da sua forma, absolutamente exultante, absolutamente feliz, fazer-se de vítima é uma opção, e ela ri com seus botões como se tivesse se lembrado de algo engraçado e passa apressada em frente ao 104,5 sem espiar para ver se Daníel está sentado lá dentro ou não.

Depois, ela vê um homem alto andando um pouco à sua frente pela mesma calçada, levando uma bolsa de couro a tiracolo e um casaco leve jogado sobre um dos ombros, ela forma uma corneta com as mãos em volta da boca e grita para ele. Húnbogi se vira e ela corre até ele.

"Oi. Você gostaria de beber umas comigo?", ela pergunta, quase sem fôlego.

"Sim, sim", ele responde.

Eles voltam ao 104,5 e lá não há Daníel algum, ela senta no sofá ao lado de Húnbogi, mais próxima do que normalmente faria, o que ele percebe e o faz ficar mais aceso, como se a proximidade fosse um combustível, ela sente que ele se permite mais do que havia se permitido até aquele momento, se permite olhar nos lábios dela quando ela fala, sorrir quando ela fala, a provocar.

Eles pedem a segunda rodada, a terceira, divergem amistosamente sobre o que é mais confortável, secar-se com uma toalha macia ou com uma toalha dura: ele foi criado com roupas secas na secadora e ela, no varal. Ela pergunta por que ele está solteiro e ele ri e diz que aquela é uma pergunta impertinente, mas acaba respondendo que terminou há relativamente pouco tempo um relacionamento de seis anos, cujo fim foi uma decisão consensual.

"Mas e você? Por que *você* está solteira?", ele pergunta, a colocando na berlinda.

"Porque nunca encontrei alguém que saiba dar nó!", ela responde.

Ele balança a cabeça e ri com um olhar perplexo.

"Então eu fiquei solta, sem eira nem beira!"

Húnbogi se joga para trás contra o encosto do sofá com um semblante de sofrimento que a faz rir alto, eles vão se alongando, pedem algo para comer e um deles diz que talvez não seja muito sensato pedir mais bebidas, afinal amanhã é dia de dar aula, cada um pede uma água com gás, ela devora cada pequeno detalhe quando ele fala, as mandíbulas, os tendões no pescoço, as espáduas magras mas fortes, e quando ele menciona algum disco das antigas, ela diz que tem aquele disco em casa (o que era mentira) e será que eles não deviam ir ao apartamento dela escutar?

Então eles vão a pé, um pouquinho altos, até sua casa, ela faz de conta que procura entre os discos que ganhou da avó, dizendo:

"Estranho, talvez eu tenha emprestado a alguém."

Ela coloca outro disco para tocar e depois senta com Húnbogi no sofá de três lugares, os dois próximos como no 104,5, e ambos ficam mudos quando ela se aproxima ainda mais, e é claro que seu coração começa a bater um pouquinho mais acelerado, e então ela dá o primeiro passo, beija-o uma vez, espera colada ao rosto dele até que ele devolve o beijo. Então eles se alternam em beijar um ao outro até que não é mais possível afirmar quem está beijando quem, e ela começa a respirar mais rápido e ele começa a respirar mais rápido e as mãos dele já estão embaixo da blusa dela, segurando a cintura dela, ele se inclina em cima dela no sofá, leva uma das mãos até os quadris, até a parte de dentro das coxas, e faz tanto tempo que alguém esteve assim tão próximo dela, próximo demais, isso não acontece desde que...

Daníel está ao lado da cabeceira dela, a vigiando, olhando para ela. Ela está deitada na cama, debaixo da coberta. Ela sabe que debaixo da coberta ela tem um corpo para se mover, ela *é* um corpo para se mover, mas o corpo está paralisado, ela não está segura, ele vai atacá-la. O tórax se comprime até se tornar uma bolinha. Ela tenta encher os pulmões de oxigênio para poder reagir.

Longe, mas muito longe, no sofá do apartamento dela, alguém pergunta se ela não está se sentindo bem.

"Vetur! Você não está se sentindo bem?", a voz pergunta.

Húnbogi levanta, apoiando um dos cotovelos no encosto do sofá, e a observa. Ela sai de baixo dele, corre até a porta, pega na maçaneta, a porta não está trancada, mas por que diabos não está trancada, ela tranca, vai até a janela e espia o estacionamento pelas frestas da persiana. Então ela se inclina sobre a mesa da cozinha por alguns segundos, abre a torneira, deixa a água fria correr, e joga um pouco no rosto.

"Vetur", chama Húnbogi, indo até ela na cozinha.

Ao ouvir o seu nome, a boca de Vetur se arqueia, as lágrimas jorram sem que ela consiga opor qualquer resistência e então algo se rompe, ela soluça em cima da pia da cozinha, consciente do fato de que Húnbogi está parado ao seu lado sem saber como agir. Ele acaricia suas costas de leve, mas não pergunta nada. Depois de um instante, ela consegue gemer um Me desculpe, Húnbogi. Você se importa de ir agora? E ele diz Claro que não me importo.

Depois de colocar os sapatos e vestir o casaco, ele olha para ela com cara de preocupação e pergunta:

"Foi alguma coisa que eu fiz?"

"Não, de jeito nenhum", ela responde, secando as lágrimas.

"Certo. Eu gostaria muito de te ver outra vez, apesar de tudo. Não consigo parar de pensar em você", ele diz, com a mão tergiversando na maçaneta da porta.

Ela tenta sorrir, assente com a cabeça antes de fechar a porta depois que ele sai e tranca a fechadura do modo mais silencioso que consegue. Depois ela se deixa ser dominada pelo choro.

Se ela só tivesse recuado, se ela só tivesse usado um tom de voz delicado e continuado a ser uma mediadora unilateral em nome dos colegas de trabalho, a ser diplomática em nome dos colegas de trabalho, e pouco a pouco ter se tornado mais feia, mais difícil, mais chata, Daníel talvez não tivesse se sentido rejeitado e criado aquela obsessão por ela. Ela já tinha feito isso antes, já tinha terminado com algumas pessoas sem ter que tomar ela própria a iniciativa de terminar, mas dessa vez ela não tinha saco para isso, ela olhou friamente na cara de Daníel e disse que talvez fosse melhor se ele fosse para a casa dele. Ela não estava no clima para isso naquele momento. Ele levantou, com as costas mais rígidas do que o habitual, e se foi.

Naquela noite, foi como se uma chave de fenda tivesse sido cravada entre as costelas dele e tudo tivesse vindo à tona, ele disse que trabalhava na escola havia anos, e que durante todo aquele tempo os demais professores o trataram como um pobre coitado, como um pedaço de bosta, como se ele fosse uma pessoa esquisita, tiravam sarro dele na cara dele, o imitavam na cara dele, como se ele simplesmente pudesse rir junto com eles, rir de si mesmo, assediar a si mesmo junto com eles, e então ela, Vetur, botou seus pés imundos lá e trabalhou apenas alguns meses e agora pretendia vir lhe dizer que ele estava imaginando coisas, que tinha entendido mal isso e aquilo, que não sabia distinguir entre uma comunicação saudável e uma comunicação insalubre.

Ele lhe perguntou se ela tinha ideia de como o fazia se sentir mal quando dizia essas coisas, de como ele começava a ter dúvidas com relação à realidade, de como ele tinha aguentado muitos disparates ao longo do tempo e não conseguia aguentar aquilo vindo dela, de que ele estava apaixonado por ela, de que ele já estava apaixonado por ela antes mesmo que ela lhe desse trela, antes mesmo que ela tivesse notado a sua existência.

Vetur havia pisado numa mina terrestre. Ela disse que conversaria com ele no dia seguinte, depois que ele se acalmasse, mas quando chegou na escola ele havia ligado para avisar que estava doente. Ela tinha ganhado uma carona de um colega até a clínica na rua Ármúli, na qual a escola havia marcado hora para que os professores fossem fazer a avaliação da capacidade de identificação. Ela não viu Daníel por lá, mas isso não queria dizer nada, a clínica só atendia uma pessoa por vez e havia sempre umas quatro ou cinco pessoas aguardando na sala de espera.

Naquela mesma noite, as mensagens recomeçaram. Será que ela não enxergava o quão cruel ela era, que era uma violência tremenda fazê-lo se sentir assim, deixá-lo assim se retorcendo na incerteza a respeito de si mesmo e da verdade e da relação entre eles, será que ela era realmente assim tão impassível, tão egocêntrica a ponto de não enxergar o lado dele naquele contexto? Será que ela não estava nem aí para ele? Será que, por ela, ele podia simplesmente pular do primeiro penhasco que aparecesse?

Ela pediu que ele parasse com aquilo. Que não mandasse mais aquelas mensagens. Pediu que lhe desse um tempo para digerir aquilo tudo antes de voltarem a conversar, cara a cara, como dois adultos, quando ambos já houvessem se acalmado. Quando nenhum dos dois estivesse mais fervendo de raiva nem rangendo os dentes na defensiva. Ela esperava que este último argumento fosse fazê-lo entender que aquelas acusações também a estavam deixando com raiva, que ele deveria dar um passo para trás.

Então voltou o silêncio até bem cedinho de manhã, um dia e meio depois. Então aquela era a verdadeira natureza dela, ele escreveu. Então as coisas eram assim. Ela era exatamente como as outras mulheres, fazia a gente rastejar atrás dela, ficar carente por ela, implorar por ela, tudo isso para compensar o próprio complexo de inferioridade, mas isso às custas de quem? Às custas dele. Tudo aquilo era às custas dele. Ele ficava num atoleiro enquanto ela seguia adiante com a sua vida como se nada houvesse acontecido.

Ele a odiava, ele escreveu. Ele gostaria que ela não existisse, que ela nunca tivesse nascido.

"Esse homem é perigosíssimo. Ligue para a polícia", sua mãe lhe disse.

"Eu só preciso ter uma conversa com ele. Tentar fazer com que ele se acalme."

"Isso não adiantaria nada. Você só iria dar esse gostinho a ele. Vamos ligar agora mesmo para a polícia", a mãe dela sugeriu.

A polícia recomendou que ela instalasse o Acompanhamento, o que ela fez com certo desgosto. Ela não estava com medo dele, por assim dizer. Ele jamais levantaria um dedo contra ela, ela o conhecia. Ela deveria guardar tudo o que ele enviasse e manter o Acompanhamento sempre ativo. Assim a polícia teria acesso à sua localização e ao seu equipamento de gravação. Se mais tarde ela precisasse de provas para requerer uma medida protetiva proibindo que ele se aproximasse dela, eles deveriam colocar uma câmera e um microfone nos pulsos dela. Se ele a ameaçasse fisicamente, ela só precisava dizer "nove nove nove" e a polícia interviria.

Vetur ligou para o pai dele, que não falou muita coisa, lhe agradeceu pela ligação e pediu desculpas pelo comportamento do filho. Disse desconhecer se uma coisa como aquela já teria acontecido antes, ele procuraria o filho e tentaria conversar com ele.

Os dias seguintes transcorreram em silêncio. Daníel não apareceu na escola para trabalhar e os professores receberam uma notificação de que os que não conseguiram fazer o teste naquela semana teriam que fazê-lo dentro de quinze dias para poderem renovar seus contratos para o próximo ano letivo.

Vetur tentou controlar a ansiedade preparando um discurso para Daníel. Ela falava na frente do espelho e andava de um lado para outro no seu apartamento, ela diria que o entendia, diria que gostava dele, que não pretendia fazê-lo se sentir daquela maneira.

Ela pegou no sono com aquele discurso na cabeça.

E então recobrou os sentidos. Olhou para o relógio, ainda eram cinco e meia da madrugada. Ela virou para o lado. Então percebeu que o barulho do trânsito estava alto demais, estava desregulado, uma brisa fria chegava ao quarto, e ela levantou a cabeça do travesseiro e viu ele parado ali, ao lado da cama, à sua espreita.

Seu tórax subia e descia. Seus olhos estavam ensandecidos. O pensamento que ocorreu a ela: *Ele vai te matar*. E antes que ela conseguisse fazer alguma coisa, o seu corpo encolheu no peito até ficar do tamanho de uma bolinha. A bolinha diminuta não tinha nem cérebro nem extremidades nem voz. A bolinha só tinha dois olhos e as batidas do coração, e ela não podia fazer mais nada além de ficar deitada, indefesa, aguardando o que desse e viesse.

Laíla,

A fronteira entre aconselhar e manipular não é nada clara. A nossa relação sempre foi caracterizada pelo fato de você me pedir conselhos e eu te aconselhar. Com isso, você me concedeu determinado direito de voto no que diz respeito à sua vida. Você me conferiu o poder de me intrometer ao ligar para mim a cada vez que está na iminência de tomar uma decisão. Sinto muito pelo que você disse a respeito da falta de perguntas: que você percebe como desinteresse de minha parte. Eu certamente me interesso pelo que acontece na sua vida e vou tentar melhorar quanto a isso. Porém, tenho que dizer que o que você escreveu na sua última carta não é justo. Você diz ter me pedido várias vezes nos últimos anos para parar de falar de forma desdenhosa com você, o que está simplesmente errado. Nunca ouvi isso a não ser agora. Se fiz você se sentir diminuída, obviamente eu peço desculpa. Não foi a minha intenção. Porém, você não pode me tratar como se eu fosse uma criminosa reincidente, se nunca recebi nem sequer uma multa, para início de conversa.

Os valores sociais avançam e estagnam de modo alternado. Como a gordura. Como o azeite ou a manteiga. Aquecem, derretem, encontram novas formas e coagulam. De repente, as fotos de perfil nas mídias sociais são sinais de narcisismo, que por sua vez é sinal de falta de empatia. De repente, discussões são sinais de agressividade e estupidez, que também é sinal de falta de empatia. A mudança é tão rápida que a gente fica com torcicolo. Tão rápida que os mais lentos só a percebem quando são xingados por estarem desinformados. E o que acontece então? Os desinformados ficam na defensiva e os informados atacam ainda mais. Sempre foi assim.

Claro que sou a favor do progresso representado pela nova retórica. Claro que quero, da mesma forma que você, tentar evitar o ataque e a defesa para que as pessoas consigam conversar. Claro que quero que paremos com esses eternos debates nos quais a honra, a reputação e a imagem individual estão em jogo, nos quais se trata de ganhar ou perder e ambas as partes vão embora melindradas.

Na semana passada, Róheiður voltou da escola e disse "Mãe, eu mudei de opinião hoje!" como se tivesse achado dinheiro na rua. Talvez a geração dela realmente consiga concretizar isso, talvez o condicionamento consiga fincar raízes — que não seja uma derrota estar errado, mas, pelo contrário, uma vitória. Talvez isso leve as gerações futuras a ouvirem umas às outras e a ênfase passe a estar na evolução do todo e não no resplendor e na glória do indivíduo. Pessoalmente tenho as minhas dúvidas. Essa tendência, a de não querer estar errado, é simplesmente demasiado ligada ao poder e à força. Se observamos outros primatas, além dos humanos, por exemplo, macacos ou gorilas, vemos que a moralidade "alfa" também impera entre eles. O chimpanzé-alfa conquista o poder com a mesma combinação que o humano: com superioridade física, inteligência e alianças. Os demais chimpanzés se curvam e se inclinam. Isso é natural para nós enquanto espécie. Nos agrupamos atrás do líder e das opiniões dele, pois acreditamos que os nossos interesses serão mais bem servidos assim. Se essas opiniões são ameaçadas, tem início a luta pelo poder.

Porém, como tantas vezes antes, os seres humanos tentam se colocar acima da natureza animal e cultuar a chamada "civilização". Ouço as mesmas frases ocas por todos os lados. Que tudo é um espectro. Que nada é preto no branco. E eu concordo com isso. Mas tão logo ouso me aventurar na zona cinza, na terra de ninguém, a conversa se torna preto no branco, a favor ou contra. Tão logo eu me recuso a aceitar incondicionalmente o politicamente correto, me transformo numa "loba em pele de cordeiro".

Não foi isso que você fez? Assim que eu demonstrei a mínima reticência e não participei do coro de ecos, você não foi capaz de justificar os seus argumentos e, em vez disso, empregou as armas que tinha mais à mão, ou seja, criticar a conversa propriamente dita e a mim pessoalmente. Você interrompeu o jogo e tentou me dar um cartão vermelho. Porém, a bola continua lá, como que abandonada no gramado, Laíla. O que você me diz de chutá-la? Não poderia ser o caso de a distância entre os extremos ser ínfima? É exatamente nesses instantes, em que me aventuro nas zonas cinzas, que eu realmente sinto a total falta de diálogo que reina na nossa sociedade. É quando eu percebo os dois polos. Polo norte e polo sul. Que a divisão se tornou tão grande que cada um dos dois polos fala a sua própria língua. Os polos observam a mesma palavra e cada qual coloca nela o seu sentido. Cada um aponta para o outro, todos são vítimas, todos são algozes. As pessoas se recusam terminantemente a escutar o outro lado. Cada vez mais vejo declarações de pessoas bem sensatas dizendo que planejam bloquear todos que têm uma opinião diferente da delas. Ou então falando: "Se você defende essa posição, por favor, me exclua de suas amizades". Acho esse comportamento extremamente perigoso. Colocando-se numa situação assim dessa forma, você ouve apenas as suas próprias opiniões e nunca escuta aqueles que pensam diferente. Isso é uma falsidade. Fazer de conta que pensa de maneira crítica, mas comportar-se dessa forma. Não é possível se posicionar realmente com relação ao que quer que seja sem ouvir os contrapontos.

De fato, às veze no calor de uma discussão se esquece como somos fundamentalmente preguiçosos. A maioria de nós forma opinião a reboque dos outros. Não queremos nos dar ao trabalho de obter informações pessoalmente, formar uma opinião própria. É cômodo cerrar fileiras atrás de líderes que nos convencem. Arremedar os brados deles. Isso nos poupa tempo. Isso nos poupa trabalho e o impasse que consiste em distinguir todos os pontos de vista. Nunca percebeu como você se sente incomodada quando alguém discorda de você? Como você fica aliviada quando alguém tem a mesma opinião que você?

Mas essa é a questão: apesar de eu ser favorável ao teste de empatia, não quer dizer que eu não possa criticá-lo. Os seres humanos são fingidores — podemos mandar-lhes fazer incontáveis horas de terapia e ensinar-lhes a serem gentis e bondosos e a resolver todas as suas complicações. Podemos construir uma sociedade transparente e civilizada de acrílico na qual todos tenham "ferramentas" para viver uma vida "saudável". Mas lá embaixo a água encontra meandros, debaixo da pele delicada há um animal que é ávido e cruel e só pensa numa coisa: sobreviver. Você nunca se deparou com a crueldade em você mesma? Você nunca se defrontou com alguém em apuros, talvez passando por uma depressão paralisante, que precisa de você, mas ficou furiosa, talvez até mesmo agressiva? Isso não é o gregarismo na sua forma mais clara? É da nossa natureza não querer estar em bando com alguém que ameace o nosso sustento, que nos retarde.

Há muito, muito tempo a sociedade faz tentativas para distinguir o que há de horrendo no ser humano. A palavra "compreensão" possui certo sentido de isolamento: tentamos distinguir uma coisa da outra — o horrendo do belo, o ser humano do animal — para isolar e destruir o que não queremos. Em latim, o verbo "comprehendere" — que tem o mesmo étimo da palavra "compreensão" — é o seu oposto, significa juntar, reunir: o prefixo "com" denota união, reunião, e "prehendere" quer dizer pegar, agarrar alguma coisa. Você diz que o contexto das palavras, a forma como elas são ditas, é importante para o sentido delas. Concordo perfeitamente com você e peço desculpas outra vez se falei contigo com desdém. Não foi intencional. Mas, ao mesmo tempo, talvez a gente precise de uma lente maior e de um contexto mais amplo para ver o que está acontecendo. Por que você sente como se eu falasse com você com desdém e eu como se estivesse falando com um par? Apenas uma coisa me ocorre, e espero que você me perdoe: talvez porque eu tenha uma identidade própria mais forte do que a sua. O que parece indicar que, apesar de você realmente me dizer palavras igualmente corrosivas — por exemplo, que eu sou uma "loba em pele de cordeiro" —, de alguma forma as minhas palavras soam mais pesadas. E não consigo deixar de sentir que isso é algo injusto.

TEA

19

ALGUÉM TOCA A CAMPAINHA e Eyja olha para o interfone e vê um garoto que não conhece parado na porta de entrada.

Provavelmente vendendo algo.

Ela volta para a sala sem responder ao interfone, se joga no sofá e projeta outra vez a tela à sua frente.

Logo em seguida ouve uma batida seca. Como se alguma coisa tivesse se chocado contra a janela da antessala.

Depois um estalo arrastado. Depois o ruído de algo quebrando.

Ela olha à sua volta. Olha os copos de vitamina, as garrafas de vinho e as bandejas vazias que serão buscadas depois, pega uma faca de cozinha suja.

"Cento e doze", ela sussurra para Zoé quase colada à sua boca.

Uma voz sintética responde, perguntando como pode ajudar.

"Alguém está arrombando a minha casa."

A voz sintética pergunta se ela tem Acompanhamento, pois assim eles poderiam ter acesso à sua localização e à câmera.

Ela diz que não, sussurra o seu endereço, se arrasta para trás do sofá e um instante depois um garoto vestido elegantemente entra na sala.

Ele está usando uma dessas, como se chama aquilo.

Holomáscara.

Ele se esgueira cautelosamente no espaço aberto.

"PARE!", ela exclama, saltando de trás do sofá e brandindo a faca de cozinha.

O arrombador tem um sobressalto, põe a mão no peito, dá um pulo para trás, derruba a pintura da parede às suas costas e foge correndo.

Ela ouve os passos cada vez mais distantes no corredor do prédio.

Sua voz está tremendo quando pede a Zoé para ligar a Breki.

Este número não está conectado, o que significa que ela ainda está de castigo.

Ela entra na conta falsa que vem usando para espionar a vida dele.

Levanta o pulso até a altura do seu rosto e liga a câmera. Assim que vê a si mesma na tela, desaba.

"Breki, você pode me ligar? É uma emergência", diz aos prantos.

Ela liga para suas amigas enquanto se esgueira até a antessala e vê que a janela ao lado da porta da entrada do apartamento está quebrada.

As amigas respondem uma depois da outra.

"Tem caco de vidro por tudo", ela soluça.

Elas perguntam falando ao mesmo tempo o que foi que aconteceu.

Ela se afasta da porta de entrada que estava aberta e vai até o quarto, onde se tranca.

Ela consegue de alguma forma contar o que aconteceu, e elas aguardam com ela na linha até que dois policiais aparecem, um homem e uma mulher.

Ela repete os fatos. Descreve o garoto e eles gravam o seu depoimento.

Depois eles perguntam que sistema de segurança ela tem. Se ela já cogitou instalar o Acompanhamento ou então marcar o seu apartamento.

"Não", ela responde, sem olhar para eles.

Depois de chorar, está com a garganta irritada e os olhos inchados.

A policial senta com ela, pergunta se há algum motivo especial para ela não cogitar isso.

"Não gosto da ideia de ser monitorada", ela responde.

"Não gosto da ideia de ter uma câmera com reconhecimento facial que registra tudo. Quem entra e quem sai."

"Eu acredito na liberdade individual."

A policial diz que é uma posição compreensível. Mas que assim ela também fica mais exposta àquele tipo de situação. Que ocorrem muitos arrombamentos em prédios não marcados.

"Ah, claro, o que aconteceu é culpa minha, portanto", Eyja retruca, enfim erguendo o olhar.

"A culpa é minha por não instalar um sistema de segurança."

"A culpa é minha de alguém ter atacado o meu lar e ameaçado a minha vida e a culpa é minha que eu fui demitida e que o meu marido me traiu e que a minha mãe e o meu pai estejam se lixando para mim."

"Ponham a culpa em mim então."

"Vocês iriam pôr a culpa em mim mais cedo ou mais tarde de qualquer maneira."

"De jeito nenhum", afirma a policial.

O arrombador é a única pessoa que tem responsabilidade por aquela situação. O que ela quis dizer foi que da próxima vez seria possível evitar que o arrombador chegasse tão longe.

"Esta sociedade de bosta está indo pro brejo!", Eyja tenta dizer.

"A gente não está mais seguro em parte alguma!", balbucia.

"Por que vocês não *fazem* algo a respeito?", ela tenta perguntar num gemido.

A policial põe a mão em seu ombro e diz várias vezes que está tudo bem. Ela diz que é normal, que primeiro vem o choque e depois as lágrimas. Que isso não é motivo algum para se ter vergonha.

Ela continua, tagarelando sobre trauma e sensação de segurança.

A voz da policial se converte num ruído cortante e avassalador que a oprime.

Ela não consegue pensar.

"Agora eu gostaria de ficar sozinha", ela diz de repente.

A policial se cala.

"Obrigada pela ajuda."

A policial pergunta se ela tem certeza, se alguém está a caminho. Seu esposo ou algum parente? Algum filho?

"Sim, estão todos a caminho."

A policial levanta. O policial recomenda que ela contrate um serviço de segurança e procure assistência psicológica pós-trauma.

Finalmente ele liga. Assim que ouve a voz dele, ela começa a soluçar novamente.

"Breki", ela diz.

"Eu não sei o que fazer."

Ele chega meia hora depois. Vestindo jaqueta e calças de brim, e com óculos de sol.

Ela está sentada no sofá enrolada numa coberta.

Ele pergunta que diabos aconteceu ao entrar pela porta entreaberta pisando na ponta dos pés para evitar os cacos de vidro.

Ela vai correndo até ele e começa a chorar.

Ele a abraça e ela soluça aconchegada naquele tórax que lhe é tão familiar.

Por um breve instante o presente se une ao passado.

Como os cantos da capa de um acolchoado que se encontram quando ele é dobrado.

Tudo o que aconteceu naquele ínterim desaparece na dobradura. Ela sente que ele a traga para dentro de seus pulmões.

O seu cheiro, ele diz. Ele diz sentir o cheiro dela em toda parte.

Ela ergue o olhar e ele olha bem em seus olhos e se desprende pouco a pouco do abraço.

A contragosto, ela acha.

Ele pergunta se ela quer algo para beber. Uma água? Um chá? Um café?

Ela balança a cabeça negativamente. Se enrola ainda mais na coberta. Seca as lágrimas do rosto com a mão que está livre.

Ele dá uma olhada na sala. Vê as bandejas de comida e as garrafas vazias. Pergunta se Inga Lára, Natalía e Eldey estão a caminho. Pergunta de novo o que foi que aconteceu.

"Eu...", ela esboça.

"Thórir me demitiu e então apareceu esse arrombador."

Breki ergue as sobrancelhas. Passa a mão nos cabelos, para no topo da cabeça e massageia o couro cabeludo.

Ele pergunta por que foi que Thórir a demitiu. Eles sempre trabalharam tão bem em equipe.

"Eu me recusei a dormir com ele", ela responde, antes de fungar o nariz.

"Ahm?!", Breki exala.

Ele pergunta se ela está falando a verdade.

"Claro que estou falando a verdade."

"Thórir deu com a cara na porta do meu quarto de hotel durante a nossa viagem de trabalho em Toronto e então me demitiu duas semanas depois."

"Por que é que eu não falaria a verdade?"

"Porque sim", Breki responde.

Ele diz que ela tem o hábito de inventar coisas sobre as pessoas que desistem dela.

Que ele mesmo vem ouvindo mentiras a seu respeito por todos os lados.

As pessoas mais insuspeitas parecem acreditar que ele a traiu com Katrín.

Ele está furioso. Está parado diante dela com uma das mãos no quadril como sempre faz quando fica furioso.

"Breki...", ela balbucia.

Ele grita que foi *ela* quem traiu *ele*!

Ele conheceu Katrín *vários meses* depois que a deixou!

Ele diz que Katrín quase perdeu o emprego por causa daquelas malditas mentiras e boatos que ela, Eyja, tinha espalhado a respeito dela.

Ele leva ambas as mãos ao rosto. Diz que não consegue acreditar que se deixou convencer a vir aqui outra vez.

O que será que o seu psicólogo iria dizer?

"Eu estava com raiva de você!", ela exclama.

"Me desculpa!"

Claro, diz Breki, exatamente da mesma forma que ela tinha raiva de todos os seus ex.

Da mesma forma que ela tinha raiva do pai dela. E mentia que ele tinha batido nela quando ela era mais jovem.

"Mas ele poderia ter batido!", ela exclama, levantando-se do sofá.

"E você poderia ter me traído!"

"A dor é exatamente a mesma!"

Breki olha para ela, abre a boca como se fosse dizer algo, depois balança a cabeça negativamente e vai embora apressado.

Ai!

Ela está sangrando. Leva o dedo até perto do rosto. Aperta os olhos.

Maldita visão. Ela não enxerga nada.

Ela passa a mão, sente, recolhe os cacos de vidro.

Ela os despeja dentro de uma das bandejas sujas de comida.

Quando a maior parte dos cacos de vidro já está na bandeja, ela a chacoalha e vê claramente que estão sujos de sangue.

Fantástico!

Coloca a tampa na bandeja, que está recoberta de um molho cor de laranja coagulado.

O táxi chega logo depois que ela liga.

O motorista tenta entabular uma conversa com ela. Primeiro ela tenta fazê-lo entender, respondendo apenas com palavras monossilábicas, que não está a fim de conversa. Mas ele é curioso.

Pergunta e segue perguntando e não para de perguntar.

"Eu não estou a fim de conversar", ela diz, soluçando.

De repente, eles já estão em frente à torre.

Que em breve será o *antigo* local de trabalho dela.

"Me espere aqui", ela diz.

Ela traz a bandeja numa das mãos, bate a porta do táxi.

Consegue entrar sem problema algum.

Não consegue se livrar daquele maldito soluço. Tenta prender a respiração no trajeto do elevador. E no sexto andar desiste.

Vai até o nono andar. A sala dele não está trancada.

Afinal, ele não tem nada o que esconder!

Ela pesca alguns cacos de vidro da bandeja e vai ao banheiro com eles na mão, lava-os na pia com água e sabão.

Depois se abaixa sob a mesa de trabalho dele e estende a mão.

"Que todos os demônios...", pragueja espalhando alguns cacos de vidro no piso.

Ela bate com a cabeça na mesa ao se levantar.

"Ai!"

Então seus olhos recaem no cabideiro à sua direita. No qual pende um sobretudo.

Um sobretudo preto.

Ela vai até o sobretudo e enfia alguns cacos de vidro na dobra da manga arregaçada.

Ajeita-os cuidadosamente para que não caiam.

Ela olha o relógio ao chegar em casa.

Mas ainda é tão cedo! Apenas oito horas!

Abre outra garrafa e liga para a polícia.

"Alô, boa noite", ela diz quando a polícia atende.

"Vocês atenderam a uma ocorrência na minha casa hoje."

"Um arrombamento. Alguém arrombou o meu apartamento."

"Acho que sei quem foi."

Então tudo fica ressecado.

A cabeça ressecada.

O corpo ressecado.

A pele. A boca.

Ela tenta se mexer e sente que está pelada.

Ela abre os olhos e vê que está sozinha.

Zoé ficou sem bateria.

Ela volta a fechar os olhos e lembra-se vagamente de um corpo em cima do seu ontem e da língua de anzol de Gylfi. Ela fica deitada na cama e tenta se lembrar de ontem.

Ela foi trabalhar?

Por quê?

Então a campainha soa.

Um homem barrigudo. De cabelos grisalhos, curtos.

Ele diz ter vindo para trocar o vidro da janela da antessala.

Ela tinha encomendado a troca do vidro? Ela não se lembra de tê-lo feito. Sim, é possível. Agora está começando a se lembrar.

Ele aponta para a bandeja com três copos de vitamina que está em frente à porta do apartamento dela e pergunta se aquilo deve continuar lá.

Ela pega a bandeja sem responder.

Então ele a encara.

Aponta para a janela com o indicador e pergunta se aquilo tem a ver com o maldito frenesi no noticiário? Os malditos desgraçados haviam rebentado a janela dela?

"Que frenesi no noticiário?"

Ele diz que talvez a esteja confundindo com alguém parecida.

Fica sem graça e murmura algo para si mesmo.

Ela vira e fecha a porta entre o corredor e a antessala.

Vai apressada até o quarto e coloca Zoé para carregar.

O relógio acende imediatamente. Ela projeta a sua conta digital e afunda na cama enquanto as mensagens e os vídeos se empilham na sua frente.

Thórir tinha lhe enviado um holo.

As amigas tinham lhe enviado holos.

Fjölnir e Kári.

Sua mãe pedia que ela retornasse a ligação.

Ela entra no primeiro portal de notícias que lhe vem à cabeça e vê o seu próprio rosto saltar numa montagem com uma foto da empresa ao fundo.

20

TRISTAN CORRE O MÁXIMO que o caralho das suas pernas conseguem levá-lo escada abaixo, até o depósito, onde troca de jaqueta, depois corre até a camioneta e dirige diretamente até um estacionamento subterrâneo. Lá, ele troca de carro e dirige até outro estacionamento subterrâneo e então sobe até o centro comercial que fica em cima do estacionamento subterrâneo e troca de roupa no banheiro, tira a camisa elegante e coloca um moletom largo e calças confortáveis. A camiseta que ele vestia embaixo da camisa está tão encharcada que a joga no lixo, então ele olha a camiseta na lixeira e muda de ideia, a recolhe e a enfia na mochila.

Ele joga uma água no rosto e se seca no moletom. A luz do banheiro é intensamente clara. Arde de tão branca. Ele está morrendo de dor no estômago, caralho. Sente um gosto de ferro na boca e cospe e há sangue na pia branca. Ele entra em pânico ao ver o sangue e os seus batimentos cardíacos chegam a cento e setenta e Zoé apita e ele senta sobre a boca tampada do vaso sanitário.

"De um xeito ou de outro em tudo se dá um xeito", ele diz.

Ele imagina que está no elevador do antigo prédio onde eles moravam e não pode fazer nada, ele não tem como ir mais rápido do que o elevador, o elevador está carregando ele, ele está seguro no elevador, durante alguns segundos, ninguém entra, ninguém sai.

"Eu estou no elevador", ele diz e inspira.

"Eu estou no elevador", repete e expira.

Ele desce as escadas correndo ao sair do prédio e aguarda pela linha H naquela avenida larga de trânsito pesado. A linha H finalmente chega e ele se acomoda perto da porta de saída, agarrando-se numa alça de plástico que pende do teto. Ele sente as câmeras dentro do vagão, elas sabem onde ele está e aonde ele vai. Quando ele descer, uma viatura policial o estará aguardando e então está tudo acabado, cacete.

"Com licença", alguém diz.

Ele olha para o lado e vê um velho que podia ser o seu avô. O velhote se inclina para chegar mais perto dele como se fosse lhe contar algum segredo.

"Eu só queria lhe dizer que fiquei muito contente com a iniciativa de vocês, garotos. De contar a história de vocês. Isso é muito importante. Que as pessoas entendam a situação de vocês, como as mãos de vocês estão amarradas. Isso foi muito necessário e importante. Pode contar com o meu apoio integral."

"Obrigado", Tristan tenta dizer.

Ele não consegue terminar a palavra, a última sílaba sai muda. O velhote faz um joinha para ele e então a linha H para e o velhote desce com cautela.

"Zoé. O que quer dizer 'apoio integral'?", Tristan pergunta.

"Dar o seu apoio integral. Apoiar totalmente, concordar integralmente, incentivar, motivar alguém a continuar o bom trabalho", Zoé sopra no ouvido dele.

Ao chegar no trabalho, ele encontra Eldór no V1. Ele diz que não tem nada no carro dessa vez, que desistiu.

"Como? Mas por quê?", pergunta Eldór sem tirar os olhos do contêiner que está guiando com o controle remoto.

Tristan conta ao amigo o que aconteceu e Eldór ri até quase se finar quando Tristan descreve a bruaca com a faca na mão e a forma como o peito de cinquenta anos dela escapou do roupão, cacete.

"Mas você estava de máscara e luvas e o escambau, não é mesmo?"

"Claro que sim, você acha que eu sou o quê?"

"Cara, então tá tudo certo."

"Eu não aguento mais. Eu me sinto como se os tira pudessem ver cada porra de um passo que dou. Tem câmera por tudo que é lado. O meu coração é fraco demais para isso. Até comecei a cuspir sangue."

"O quê? Sangue?"

"É."

"Você acha que... que você está doente, será?"

"Estou sim, peguei uma bactéria no estômago faz tempo, mas a úlcera piora quando a gente usa Trex e fica nervoso ou algo assim. Pra mim não dá mais."

"Caralho."

"Pois é."

"Mas o que você vai fazer então?"

"Não sei. Mas vou parar de depenar."

Depois do trabalho, Viktor pede para Tristan entrar no carro com ele, e Tristan sabe que vai receber sua grana. Os dois entram no carro.

"A procura por outro emprego está indo bem?"

Ele não olha para Tristan ao fazer aquela pergunta. Ele olha para o estacionamento à sua frente, calmo, relaxado.

"Viktor. Sério, me desculpa. Eu sei que sou um tremendo ingrato do caralho. É que eu ando nervoso o tempo todo, especialmente depois do que aconteceu com aquele contêiner em novembro. Tenho que encontrar um trabalho mais tranquilo."

Viktor sorri e Tristan desconfia absolutamente daquele sorriso. Foi o mesmo sorriso que deu quando Wojciech pediu um tempo.

"Você não respondeu à minha pergunta. A procura por outro emprego está indo bem?"

"Não muito."

Viktor assente com a cabeça e entrega um livrinho a Tristan. Tristan pega o livro e o coloca no bolso.

"Você me deve um favor", Viktor diz.

Ele volta para casa se arrastando. Seu estômago não aguenta mais isso, cacete. A ardência é insuportável, caralho. Como se ele tivesse engolido lâminas de barbear ou coisa parecida. Ele tenta respirar, mas é como se os pulmões estivessem de algum xeito menores, como se coubesse neles menos ar do que antes. Ele conta a grana que Viktor lhe entregou. Deve conseguir juntar o valor para a entrada, isto é, se Ólafur Tandri não der queixa. Ele pensa na porra da bruaca que o surpreendeu hoje e em como ele foi um sortudo do caralho de não ter sido preso nem hoje nem nunca, levando em conta quantos apartamentos já depenou. Promete a si mesmo que nunca mais vai depenar, nunca mais. No entanto, para falar a verdade, já tinha jurado a mesma coisa muitas vezes antes.

Ele acorda no seu quarto. Já é quase de manhã. Seu estômago está sensível, ainda dói engolir, mas a ardência passou. Ele come cereal matinal conforme aguenta acompanhado de um Trex. Depois de alguns instantes, começa a sentir o barato.

Falta uma semana e um dia para o plebiscito. Oito dias. Cacete, oito dias.

Ele vai trabalhar e tenta pensar o menos possível e no dia seguinte (sete dias) vai olhar apartamentos. O primeiro apartamento fica em algum lugar no bairro de Fossvogur e é passável e o próximo fica em Hafnarfjörður e não é tão bom, mas também é passável. Ele faz propostas pelos dois e no domingo (seis dias) toma uns comprimidos que Eldór lhe deu para apagar um pouco, para que o tempo passe, e ao acordar na segunda-feira (cinco) seu travesseiro está encharcado de baba. Ele liga para ambos os corretores de imóveis ao meio-dia, nenhum dos dois mostrou as propostas de Tristan aos vendedores, mas ambos prometem lhe dar uma resposta no dia seguinte.

Na terça-feira (quatro), um deles retorna a ligação, e na quarta-feira (três), o outro também retorna. Ambos dizem a mesma coisa, que as propostas foram recusadas e aqui estão as contra-propostas. Ambas caras demais, caralho. Ele dá um chute num contêiner ao receber a segunda ligação, o chute mais forte que conseguia dar, e Wojciech olha para ele quando o ferro do contêiner ressoa.

Alguma coisa no íntimo dele está a ponto de ceder, feito papelão molhado cujo fundo começa a se rasgar, e tudo dentro da caixa de papelão começa a cair. Ele começa a tremer. Ele se imagina sem-teto, morador de rua, um viciado no olho da rua. Ele viu vários garotos trilharem essa ladeira abaixo, garotos próximos a ele, conhecidos que foram parar na rua, ele os viu descalços e ensanguentados no centro.

Ólafur Tandri liga quando ele ainda está no trabalho. Tristan fica parado imóvel observando o nome na tela. Ele deixa tocar até cair.

Depois do trabalho, ele vai ver o último apartamento. Esse fica na rua Hverfisgata, pertinho de onde Eldór mora, também num antigo hotel. É apenas um quarto com uma minicozinha conjugada. Mas quando o mano da imobiliária abre a porta do apartamento, o lugar é tão asqueroso, caralho, o fedor lá dentro é tão asqueroso e tudo que supostamente devia ser branco está castanho-claro, o apartamento fica no térreo quase colado na rua, então o barulho dos carros se ouve demasiado bem. Há um buraco no piso do box do chuveiro e embaixo ouve-se um chiado.

Eles param e Tristan olha para o mano da imobiliária e o mano da imobiliária dá um chute de leve no piso do box do chuveiro. O chiado para e faz silêncio absoluto e então um rabo enorme sai do buraco e tanto Tristan como o mano da imobiliária tentam manter a pose, mas saem do banheiro o mais rápido possível.

"Com certeza você pode fazer uma proposta bem abaixo do valor anunciado. Esse imóvel está à venda há muito tempo", diz o corretor de imóveis.

"Ah é? Certo. É bom saber disso", diz Tristan, dando uma boa olhada em volta.

Ele está em casa sentado no colchão. Então ele pede a Zoé para ligar.

"Oi, estou ocupado. Nos falamos mais tarde", diz Rúrik.

"Você está bravo comigo?"

"O que você acha?"

"Eu tive que fazer aquilo."

"Você não tinha que fazer aquilo daquele jeito, caraio."

"Me desculpa. Eu estava tão nervoso. Não tinha a mínima ideia de que eles iriam perguntar sobre você. Mas eu encontrei um apartamento para nós dois", ele diz.

"Para nós dois? Eu não tenho porra nenhuma de grana, Tristan."

"E você acha que eu não sabia disso? Mesmo assim, você precisa de um lugar para morar quando sair da cadeia. Só tem um quarto, mas tem espaço suficiente para nós dois. É só a gente colocar duas camas de solteiro, uma de cada lado e..."

"Não. Não. Vai morar outra vez com a nossa mãe e vai terminar os estudo", diz Rúrik.

"Eu não posso morar lá, você sabe disso muito bem."

"É claro que você pode morar lá. Faz o teste, procura ajuda para parar de tomar Trex e termina os estudo."

"Desculpa lá eu ter falado de você naquele vídeo. Só entrei em pânico."

"Tristan, não se mete nos meus plano como sempre."

"Mas nós temos que comprar um apartamento se quisermos sobreviver!"

"Mas o que você acha que vai acontecer? Nós sempre vai conseguir descolar um lugar de morar."

"Mas não, é sério, Rúrik. Acredita em mim. Tem assim de mano virando sem-teto, você nem pode acreditar, porra."

"Ai, Tristan, não vem você me dizer como as coisa são. Sei muito mais disso que você. Se você precisa descolar outro quarto antes do fim do mês, eu sei de pelo menos dois hotel que aluga quartos para manos desmarcado como nós."

"Tá bem, certo, mas e depois? E se depois de um ano o hotel decide se marcar e aí não temos mais como comprar um apartamento?"

"Claro que podemos comprar apartamento. Vocês é tão estúpido às vezes, caraio."

"Talvez os bancos mudem as regras e se as pessoas não passarem no teste, não conseguirão crédito."

"Deixa de ser assim tão infantil, caraio. Os banco *querem* ficar com a tua grana. Por que eles ia proibir milhares de manos de dar grana pra eles?

"Ora, nunca se sabe. A gente precisa se garantir. Especialmente você."

"Especialmente eu?"

"É, você sabe, por causa do teste, essas coisas."

"Deixa de se preocupar comigo, caraio. Tô tentando resolver o meu lado. E você tem que fazer isso também. Vai fazer o teste. Volta para a casa da mãe. Para de trabalhar no porto."

"Mas..."

"Tenho que desligar. Nos falamos depois", diz Rúrik e então desliga.

Tristan toma dois Trex de uma só vez e de lambuja fuma um bagulho que Eldór lhe deu e se deita e sente como o seu corpo vai ficando leve, pouco a pouco, erguendo-se de algum xeito. O coração dele deixa por um instante de ser um contêiner enorme do caralho e o corpo dele se transforma outra vez num piscina gigantesca na qual ele flutua, a alma dele é feita de um gás e ele pensa naquele apartamento asqueroso na rua Hverfisgata com aquela ratazana e aquele fedor, ele precisa fazer uma proposta por aquele apartamento, é, ele vai fazer uma proposta amanhã e vai ligar para Ólafur Tandri e vai dizer a ele que vai fazer a porra das sessões com um psicólogo se isso significar não ter que pagar a multa. É a única forma de ele conseguir juntar o valor para dar a entrada no apartamento, ele vai conseguir juntar a grana para a entrada, ele vai arrumar o apartamento com a ajuda de Rúrik, é, pintá-lo e trocar o box do chuveiro e talvez o piso ou o que mais for preciso para se livrar daquele fedor, deve haver uns vídeos na internet ensinando como trocar o piso, e então ele vai poder se concentrar em encontrar outro emprego, e quando ele conseguir outro emprego talvez então ele não ande sempre tão ansioso e possa se concentrar em parar de tomar Trex, é, não há nada demais em conseguir ajuda para parar, ele nem precisa fazer o teste para ter acesso a esse tipo de tratamento, e finalmente quando ele conseguir parar com o Trex então talvez possa voltar à escola e concluir seus estudos, ele pode estudar algo que permita trabalhar em casa para que nunca mais precise levar a porra de um BIP BIP BIP nas fuças outra vez, e quando estiver de volta à escola então talvez possa ligar para Sunneva e explicar tudo, e ela vai querer vê-lo e vai acreditar nele, e eles vão começar a namorar e ele poderá beijar a luz todas as noites, é, ele está no caminho certo, está acontecendo, ele vai conseguir, ele já está quase conseguindo, mas que música é essa, tem uma música em volta dele, e ele tenta levantar a cabeça, mas não consegue e então a música fica mais alta, está saindo dos relógios dele, e então uma tela é projetada à frente dele, e uma luz vermelha pisca e Zoé diz algo a respeito dos batimentos cardíacos dele e então ele percebe que a música são sirenes, maravilhosas, fantásticas, divinas sirenes, que giram a sua volta, e as lâminas de um moedor de carne ou de outra coisa, desses que transformam alimentos em mingau ou café em pó, e ele afunda naquele som, ele viaja através do moedor e das sirenes, as lâminas o estão transformando em mingau, transformando-o em mingau.

21

ZOÉ DIZ A ELA PARA SE EXERCITAR. Zoé diz a ela para se lavar. Zoé diz a ela para se alimentar, tomar água, que a progesterona e o estrogênio estão no limite mínimo, que ela precisa cuidar da tomada de decisões e dos contatos sociais. Húnbogi envia uma mensagem a ela, pergunta se já se recuperou. Quando Vetur consegue voltar a pensar com clareza, fragmentos da última semana ressurgem para ela, um a cada vez, os dentes de Naómí, os ombros de Alexandria, um close de Húnbogi um instante antes de beijá-lo, ela chafurda em frases que disse, cresce aos seus próprios olhos, torna-se mais feia e ruidosa, mais violenta.

Ela liga para a diretora da escola e pede demissão de seu cargo de professora de sociologia na escola de Viðey.

"Você tem certeza, Vetur? Nós todos, professores, mães, pais e alunos, estamos muito satisfeitos com a sua presença na escola. Se for o caso de uma licença por motivos de saúde, podemos achar uma solução quanto a isso", a diretora diz.

"Agradeço, mas sim, tenho certeza. Me desculpe que eu tenha precisado tirar licenças frequentes por motivos de saúde. Estarei de volta depois do próximo fim de semana e termino o semestre."

Ela precisa conversar com Alexandria e Naómí, pedir desculpas a elas. Mas coloca aquilo de lado, consegue marcar uma consulta telefônica com a sua psicóloga, conta-lhe o que aconteceu, tenta o melhor que consegue não ser autocondescendente. Juntas, avaliam o comportamento dela, o que foi motivado pelo quê, o que era transferência, fuga emocional, e depois de meia hora ou algo assim ambas se calam.

"Vetur. É possível que você esteja à espera de um fechamento com relação a Daníel?", a psicóloga pergunta então com cautela.

"Talvez. No fundo."

"Sim. Acho que você deveria iniciar certo período de luto com relação a essa narrativa. O mais importante de tudo é que você coloque a sua vida de volta ao prumo", diz a psicóloga.

"E como devo fazer isso?"

"Possivelmente, o melhor para você seria mudar de ambiente. Talvez você pudesse se matricular num doutorado em alguma universidade no exterior?"

"Mas assim eu não estaria apenas empurrando o problema com a barriga?"

"Não necessariamente. Você está se recuperando do trauma. Você tem relações familiares robustas. Daníel claramente está fazendo a sua parte com a ajuda de profissionais."

"Mas isso não quer dizer que ele não seja perigoso."

"Certamente não. Mas ele foi aprovado no teste de empatia, já é alguma coisa."

"Mas e quando eu voltar à Islândia depois do doutorado, devo simplesmente confiar que ele não vai voltar a fazer a mesma coisa? Isso seria como construir uma casa à beira de um vulcão."

"É. Mas as pessoas fazem isso apesar de tudo. Todos os dias as pessoas constroem casas à beira de vulcões", diz a psicóloga, desviando o olhar da câmera.

Vetur se deixa afundar na memória como se ela fosse uma piscina de água bem quente, sente a textura de sua fronha quando se vira na cama, um segundo antes de vê-lo à sua espreita ao lado da cama:

Os cabelos dele estão imundos e grudados na cabeça. Isso é a primeira coisa que ela nota. Seu tórax subia e descia. Seus olhos estavam ensandecidos. O pensamento que ocorreu a ela: *Ele vai te matar*. Então a realidade é tirada de baixo dos seus pés. Tudo se torna nítido demais. Tudo se torna lento demais. O nexo se espatifa em detalhes. Respiração ruidosa. Costas rígidas. Ela ouve ele dizer:

"Desculpe se eu te acordei."

E:

"Eu queria te dar isso."

Ele aponta para a cômoda ao lado da porta do quarto. Em cima dela há um buquê de rosas. Barato, comprado num posto de gasolina. Ela o ouve dizer:

"Faz quatro dias que eu não consigo pregar o olho."

Então ele passa a falar pelos cotovelos e nesse ponto as lembranças começam a ficar turvas. Um ano inteiro rasurou o discurso dele. As palavras desmarginam umas nas outras, fundindo-se numa só linha, como quando uma estrelinha* é girada:

"Me desculpe, eu estava fora de mim, eu não consigo pregar o olho, eu amo tanto você, eu não acredito que estraguei tudo, você é a melhor coisa que já aconteceu na minha vida, você faz eu me sentir como se eu fosse uma pessoa normal, desde pequenininho sempre achei que houvesse algum problema comigo, sempre que faço novos amigos eu parto do princípio de que eles vão deixar de ser meus amigos quando se derem conta de como

* Tipo de fogo de artifício.

eu sou patético, eu não posso perder você, Vetur, eu amo tanto você, você é a melhor coisa que já aconteceu na minha vida, eu vou parar de falar dos nossos colegas pelas costas, vou procurar um psicólogo, vou tratar essas minhas questões, eu não quis dizer nada daquilo que eu disse, eu estava fora de mim."

Depois daquele discurso, ele se aproxima alguns passos. Imediatamente, é como se o corpo dela se recompusesse. Ela se arrasta por sobre a cama, levanta pelo outro lado. Algo jaz sobre seu peito. Algo tão pesado que ela nem sequer consegue falar.

Ele para e olha nos olhos dela. Todo tipo de sentimento se mostra no rosto dele: desconcerto, desespero, descrença.

"Vetur, eu faço o que quer que seja, eu apenas estou tão transtornado, tenho tanto medo de que as pessoas me deixem, eu não quis dizer nada daquilo que eu escrevi, eu amo você."

"Shhhhh", ela tenta falar, mas a fala sai como um sibilo. "Para com isso", ela sussurra.

Então se dá conta de que aquelas não são as palavras certas, ela tinha que dizer outra coisa, que ele deve ir embora e que ela sente medo dele, mas esses pensamentos não lhe ocorrem em forma de palavras, e sim em ondas elétricas percorrendo o corpo e o crânio. Ela aponta para a porta da sacada e tenta encontrar os sons para formar o significado correto.

"Adeus. Adeus!", ela sussurra, com o dedo em riste na direção da sacada.

E é então que ele enlouquece. Ele puxa os próprios cabelos e suas mãos se transformam em punhos fechados e ele grita e cai no choro. Ele exclama:

"Eu não posso voltar atrás!"

Ele exclama:

"Eu não vou me recuperar!"

Ele exclama:

"Eu não posso simplesmente ir embora e encontrar outra namorada como você! Eu não vou sobreviver a isso! Será que você não entende?"

E, por alguma razão absurda, Vetur começa a rir, uma risada espasmódica, histérica, o cérebro envia os impulsos nervosos errados ao rosto, e o semblante de Daníel se retorce e Vetur recua até um canto e o riso espasmódico ainda perpassa o seu corpo e então é como se Daníel precisasse fazer alguma coisa com a raiva que tem no corpo, ele dá um pontapé na cadeira em frente à escrivaninha, a cadeira é lançada contra a parede, ele olha para Vetur, quer dizer alguma coisa, mas começa a chorar outra vez e abre os braços e dá alguns passos na direção de Vetur e então ela se lembra que o Acompanhamento está ativado, pois a polícia aconselhou que ela instalasse o Acompanhamento.

"Nove nove nove", ela diz.

Imediatamente, sirenes estridentes começam a chiar de ambos os pulsos dela, e aquelas sirenes são a parte mais difícil daquelas lembranças, as sirenes que significam descontrole e desespero, aquelas sirenes ensurdecedoras. Daníel tapa as orelhas com as mãos e Vetur passa por ele correndo, abre a porta do apartamento e bate freneticamente à porta dos vizinhos do andar e olha para trás e vê Daníel a observar do lado de fora do apartamento, dar a volta, trepar no peitoril da sacada e pular no gramado lá embaixo.

Os vizinhos abrem a porta e a deixam entrar. Levam-na até o sofá, onde ela se senta chorando ainda em estado de choque, e ligam para a polícia e para a mãe e o pai dela. A polícia chega, colhe o depoimento dela e pede autorização para usar as imagens dos relógios dela. Praticamente tudo foi filmado: como ele enfiou o braço pela janela do quarto e abriu a porta da sacada por dentro, como ele parou junto à soleira da porta para observá-la dormindo, como ele se esgueirou até a cômoda e colocou as rosas ali em cima. E como ele ficou rígido ao perceber que ela havia acordado. No dia seguinte, ela deu queixa e a medida protetiva provisória de proibição de aproximação e contato foi expedida valendo para as quatro semanas seguintes, Daníel foi notificado de que deveria se manter a uma distância mínima de cinquenta metros dela e de que não poderia entrar em contato com ela de jeito nenhum. Vetur foi informada de que ele estaria com o Rastreio instalado, o que dava à polícia acesso direto à localização dele, e a polícia receberia um alerta se ele se aproximasse demais dela durante as quatro semanas seguintes. Vetur ficou na casa da mãe e do pai e ia e voltava do trabalho de carona com o pai até o final das aulas uma semana depois, e estava melhorando a cada dia, ela achava que aquilo estava terminando, achava em seu íntimo que ele tinha ultrapassado aqueles limites ostensivos por negligência, então ela voltou para a sua casa e chamava as amigas e a família para lhe fazer companhia à noite. E então ela viu a Mercedes-Benz preta, do lado de lá do gramado, e foi quando o trauma tomou conta dela de verdade.

Ela não o viu outra vez depois da renovação da medida protetiva, mas apesar disso não conseguia se livrar da sensação de que ele estivesse lá em algum lugar, bem em sua visão periférica, bem no limite de duzentos metros, a espionando, aguardando. Levou vários meses até que conseguisse dormir sozinha em casa novamente, e ainda mais tempo até que conseguisse caminhar pelo bairro à plena luz do dia. Ela comprou lâminas de persiana grossas e mantinha todas as janelas fechadas. E se habituou ao escuro.

Passa uma semana. Ela recebe ligações tanto dos apoiadores como dos opositores da marcação compulsória, incentivando-a a votar no plebiscito de sábado. Suas amigas vêm visitá-la, passar a noite com ela. Novos protestos espocam na praça Austurvöllur e ela acompanha as notícias distraída e distante, como se aquilo não lhe dissesse respeito. Na sexta-feira, liga para Húnbogi e conta a ele toda a história, fala sobre Daníel, a síndrome pós-traumática e Alexandria. Húnbogi ouve sem fazer nenhuma pergunta e então ela pede desculpas por ter agido da forma que agiu.

"Você não tem que ter vergonha. Sério. Não se preocupe com isso", ele diz.

"Mas eu sinto uma vergonha imensa. Sinto como se eu o tivesse engolido e imediatamente vomitado de volta."

"Que bela comparação."

"Eu estou apaixonada por você", diz Vetur.

"Eu também estou apaixonado por você", responde Húnbogi.

"Você quer vir aqui?"

"Agora?"

"É."

"Não, vou te visitar quando não forem quase onze da noite."

"Quando?"

"Amanhã?"

"Certo."

Ela olha à sua volta depois de se despedir de Húnbogi. O apartamento está razoavelmente limpo, graças à mãe dela, que aparece todos os dias, dá uma arrumada, limpa a cozinha e passa o aspirador de pó. Mas está escuro dentro, a claridade do entardecer é apenas uma faixa rosada entre as persianas e o caixilho das janelas. Vetur vai até a janela da cozinha e dá uma espiada entre as lâminas da persiana. Lá fora, ela vê o pôr do sol pomposo, o céu está violeta e as cúmulos-nimbos ardendo vermelhas, tudo isso se espelhando no paredão de vidro semitransparente, semiprateado que forma um círculo em volta da cidade e traça um aro suplementar em torno do bairro de Viðey.

Ela abre as persianas e a claridade do entardecer jorra na cozinha pela primeira vez em muitos meses.

Vetur se afasta da janela e deixa a cozinha com os braços cruzados.

"Vou confiar em você", diz para a cozinha.

Ela se vira e esquadrinha a sala.

"Vou confiar em você", repete para a sala.

Então, ela olha em direção ao quarto. Vai até lá um passo de cada vez e para na soleira da porta. Ela contempla o quarto, contempla a cama e a mesinha de cabeceira, a cômoda, a arara, as persianas que tapam a porta da sacada e a janela do quarto. Fecha os olhos, respira bem fundo, expira e tenta fazer com que o corpo relaxe. Durante um ano, ela dormiu desinquieta nessa cama, acordava e voltava a acordar de madrugada, olhando agitada na direção da sacada. Ela resistiu, persistiu, tudo para não perder, tudo para não ser derrotada, fosse por Daníel, pelo medo ou por ela própria.

Ela procura aquela inquietude em seu corpo e a encontra, a bola de pedra no peito, com uma pulsação diferente da de seu coração, outra frequência e outra natureza. Ela inspira e relaxa e inspira e relaxa e imagina que o relaxamento seja confiança e que a confiança é um ácido que dissolve aquela bola. Ela imagina o chiado no momento em que o ácido atinge aquela bola, a espuma e as bolhas de ar. Então abre os olhos. Ela não se sente bem ali dentro. Ela relaciona o quarto à insegurança.

"Eu não confio em você", diz ao quarto.

Assim que diz isso, uma descostura surge no medo.

"Eu vou vender você", ela diz e a descostura se torna um buraco.

"Vou me mudar!", exclama, rindo.

Olha para o relógio, pede a Zoé que ligue para a sua mãe e então lhe conta as novidades, ainda parada junto à soleira da porta. A mãe dela diz Ótimo, com um tom de voz um pouco estridente, como se esperasse por isso há muito tempo, e que elas podem ligar para um corretor de imóveis juntas amanhã. Depois de desligar, Vetur caminha de um lado para outro no apartamento, feliz mas ao mesmo tempo num anticlímax, e começa a imaginar para onde poderia se mudar. De repente, ela recobra uma sensação antiga — liberdade, de infinita liberdade infantil — como quando alguém está parado no cais e vê o céu e o mar fundirem-se numa coisa só. Vai até o banheiro para se preparar para dormir e então escuta algo, um chiado indistinto na antessala. Ela para onde está, olha sem querer para a maçaneta da porta que está imóvel. Nada acontece. Ela suspira com seus botões, pretende seguir adiante até o banheiro quando ouve o ruído novamente, um rangido de ferro. Ela olha outra vez para a maçaneta e, não, ela não está imaginando nada, aquilo é real, ouve-se um rangido na maçaneta dourada da porta. O trinco gira lentamente, em silêncio, cento e oitenta graus, e depois volta para sua posição inicial.

22

eu sempre soube que havia algo de errado com ela

manda essa criatura direto para o xilindró onde è o lugar dela de preferencia prisâo perpètua nâo podemos correr nenhum risco ! !

Custa muito mantê-la na prisão. Uma bala de fuzil só custa duzentas e cinquenta coroas islandesas :)

"... que nos últimos anos se destacou na área de investimentos verdes"!!! Caramba, o problema está espalhado por toda a parte!!

Minha nossa. A gente quase chega a perder a esperança na humanidade lendo certos comentários aqui. Leiam a notícia. Que apenas informa que essa pobre mulher foi demitida logo depois que a empresa onde trabalhava foi marcada. Isso não prova nada. Demissão não é prova de que alguém foi reprovado no teste, e mesmo que ela tenha sido reprovada não quer dizer que ela cometeu ou não algum crime! Criem vergonha na cara, por favor.

Menos uma ovelha negra no aprisco então. Essa é a razão por que todos devemos votar SIM pela marcação no próximo sábado.

✳

Thórir envia um holo a ela. Ele está sentado na sua sala com a vista às suas costas e olhando para a câmera.

Ele agradece pelos cacos de vidro e pelos anos de colaboração.

Diz que entrou pessoalmente em contato com a EcoZea e explicou-lhes a respeito das novas circunstâncias.

Ele deseja a ela boa sorte na vida. Assim termina o holo.

o que foi que ela fez??? nâo se le isso em lugar nenhum,,, os meios de comunicassâo axam que mandam no paìs os meios de comunicasau islandezes sâo cheios de pre conceito minha noça tenho muinta pena dèla com certesa totalmente inossente a pobre mulier

Ela finalmente consegue entrar em contato com a EcoZea e tenta explicar, mas eles já firmaram a sua decisão. Declaram não ter mais interesse, infelizmente.

Olá, Eyja, você provavelmente não se lembra de mim, mas nós trabalhamos juntos por um breve período na B&R nos velhos tempos. É terrível assistir ao tribunal das ruas desonrar as pessoas desta forma. Conte com a minha solidariedade neste momento difícil. Atenciosamente. JHJ

Gylfi não atende às ligações nem responde às mensagens dela.

Eu não a conheço pessoalmente, mas ela parece ser alguém bastante normal e simpática. Assim são as coisas, porém.

Inga Lára diz que talvez ela devesse morar um tempinho no exterior.

Em algum lugar no sul da Europa.

Onde faz calor e ninguém a conhece. Natalía diz que essa é uma excelente ideia.

Ela conhece uma mulher que tem uma casa maravilhosa numa ilha grega. E pode colocá-las em contato.

Olá, Eyja, eu só queria lhe dizer que você não está sozinha nessa situação. Seja bem-vinda às nossas reuniões a qualquer momento. Atenciosamente, Magnús Geirsson.

Fjölnir liga.

Convida-a a participar de um novo fundo de investimentos com ele e com Alli.

Diz que eles poderiam formar uma equipe e tanto, os três.

Conhecem o mercado como a palma da própria mão.

Caramba, a gente fica aliviado quando o teste desmascara essa gentalha. Não podemos permitir que essa canalha domine o nosso país impunemente.

Sua mãe telefona. Ela escuta o pai dizer ao fundo para a mãe não ficar gastando pólvora em chimango.

Querida Eyja, é muito difícil ter que lhe ver recebendo um tratamento injusto desses. Me diz se eu posso ajudar de alguma forma. Eldey.

Gylfi lhe envia uma mensagem.

Diz que sua esposa descobriu tudo.

Uma amiga dela reconheceu Eyja dos jornais.

Ela tinha visto os dois num restaurante e depois pegando um táxi juntos.

Ele diz que precisa tentar salvar seu casamento.

Pede desculpas a ela.

Deseja-lhe tudo de bom.

Essa mulher era namorada de um amigo meu na faculdade e fazia gato e sapato dele. Poucas vezes fiquei tão aliviado na vida como quando eles terminaram.

Breki não liga.

Breki não responde.

mas que maldita caçada ` as bruxas è essa

O carro para e Zoé avisa que ela chegou.

Onde ela está?

Ah, aqui.

O corrimão é de... plástico vinílico. Desconfortável.

Faz silêncio no corredor do andar.

Ela precisa largar o perfume no piso acarpetado para encontrar as chaves.

Ela se apoia sem querer no interruptor e fica parada imóvel quando as luzes se acendem.

Ela aguarda infinitamente. Infinitamente.

Até que as luzes voltem a se apagar sozinhas.

Ela achou a chave correta. É essa aqui.

Mas por que não está abrindo?

Ela tenta girar a maçaneta outra vez.

Ela dá uma olhada em volta.

Diabos!!!

Está outra vez no andar errado.

Ela recolhe o perfume do chão e pretende subir pela escada, mas se enrosca e tropeça no cinto do seu roupão de seda.

Ela tenta se proteger levando as mãos à frente, mas elas estão ocupadas com as chaves e o perfume, então ela abre os cotovelos de um jeito atabalhoado e dá com a testa na escada acarpetada.

Ela jaz esparramada na escadaria.

O corpo está caído numa posição ridícula, mas ela simplesmente continua ali esparramada.

Os pensamentos a acossam, mas ela imagina um capacete em volta da cabeça que a protege.

Os sentimentos a acossam, mas ela imagina uma cota de malha que a envolve completamente e impede a incursão deles.

Ela jaz na escadaria.

Depois. Pouco a pouco. Ela coloca um dos pulsos embaixo do corpo e se levanta.

Dá um passo lento na direção do apartamento dele.

Do apartamento *deles*: de Breki e da vaca.

Enfia a chave suavemente na fechadura.

É, agora a chave entra fácil.

Ela ouve antes de abrir uma fresta para a antessala.

Ela fecha um dos olhos para ver melhor.

Encontra o casaco e vaporiza o perfume na parte de dentro da gola.

Então ela ouve algo do lado de lá da porta.

Alguém diz Olá? de dentro do apartamento.

É Breki.

É Breki.

É Breki.

Ela deixa a porta aberta e sai correndo escada abaixo.

As luzes da escadaria se acendem.

Ao chegar no andar de baixo, o policial aparece na entrada do prédio.

Diabos!

Ela quer voltar, mas ouve a voz de Breki no andar de cima. Ele grita na direção da escadaria, pergunta quem é que anda lá.

Ouve-se um chiado ruidoso no porteiro eletrônico quando abrem para o policial subir a escada.

"Boa noite", ela diz sorrindo do jeito mais caloroso.

Ela passa pelo policial.

Breki pergunta outra vez quem anda lá.

Ela se apressa e o policial diz Um instante.

Ela abre a primeira porta e depois a segunda.

Ela sai para o pátio.

Ela começa a se afastar mais rápido, passa pela viatura policial.

Alguém diz Espera aí e a chama de amiga.

Alguém agarra o braço dela.

"Eu não sou sua amiga."

É outro policial.

Uma policial.

Ela diz para ela ficar calminha. Ela a segura.

"Me solta."

"Me solta!"

Ela tenta arranhar a outra no rosto, mas a policial se defende erguendo um braço.

Ela cai de joelhos.

O outro policial pega o outro braço dela.

"Mas quem vocês pensam que são?"

Breki está de calças de brim e camiseta. Ele está de pés descalços.

Atrás dele está uma mulher jovem. De cabelos ruivos aloirados e com um rosto lindo.

Não é a vaca, mas sim outra.

A jovem mulher está com medo. Tem os braços cruzados.

"E essa quem é?", ela pergunta.

"Então você tem outra maldita vaca?", ela pergunta, rindo para Breki.

Breki tem um semblante dramático na cara.

Ele diz que é uma vizinha.

Ele se vira para a vizinha e pergunta o que está acontecendo.

O policial pergunta quem é Vetur.

A vizinha diz que ela é Vetur.

"*Vetur*", diz Eyja.

"Quem tem a coragem de chamar a filha de *Vetur*", diz Eyja.

A vizinha Vetur faz de conta que não a escuta. Ela diz que ligou porque mexeram na maçaneta da sua porta. E não foi a primeira vez que isso aconteceu.

A policial olha para Eyja, ainda no chão, pergunta se eles já podem largá-la.

A policial pergunta se ela pretende se comportar.

"Eu não tenho três anos", ela responde.

A policial diz que não ouviu o que ela disse.

"Eu não tenho três anos!", ela repete e então dá um suspiro.

"Sim, está bem. Vou me comportar", ela diz.

Os policiais a ajudam a se levantar e soltam seus braços.

Breki pergunta o que ela tem nas mãos.

"Nada."

Breki pergunta se ela pegou alguma coisa dele.

"Não, isso é meu!"

A policial pede que ela mostre o que tem nas mãos.

A policial manda que ela mostre o que tem nas mãos.

A vizinha Vetur continua parada na entrada do prédio de braços cruzados.

"Nossa, como você está se borrando de medo", Eyja diz a ela.

Breki diz seu nome.

Ela olha nos olhos dele.

Ela suspira e mostra a palma das mãos com o perfume e as chaves.

23

NA SEGUNDA-FEIRA, cinco dias antes do plebiscito, eles têm quarenta e nove por cento de aprovação, segundo as pesquisas. Eles observam os números num silêncio pesado. Fazem reuniões rápidas. Comem rápido. Falam rápido. Suam nas suas roupas.

Ainda não conseguiram obter uma resposta do garoto.

"Ele não vai responder", diz Óli na manhã de terça-feira.

"Dê mais dois dias a ele", pede Sólveig.

Ela está cortando a comida para Dagný num prato violeta.

"Já passou uma semana. Se ele não responder até quarta-feira, você simplesmente liga para ele de novo."

"Ele está tentando fazer cera. Está tentando ganhar tempo."

"Ai, Óli. Qual é a pior coisa que pode acontecer? Vocês não vão ganhar ou perder esse plebiscito devido a esse caso específico."

"A história dele já foi visualizada mais de cem mil vezes, Sólveig. As pessoas têm o direito de saber a respeito disso."

"A que horas é o debate hoje à noite?"

"Não mude de assunto."

"Sério, a que horas é?"

"Logo depois do noticiário. Por volta das sete e meia."

✳

"Nós sabemos que a marcação compulsória vai gerar uma crise. Sabemos que a marcação compulsória viola a Declaração dos Direitos Humanos das Organização das Nações Unidas. Sabemos que a marcação compulsória trará consequências terríveis para os grupos mais fragilizados da sociedade. Os índices de violência doméstica nunca estiveram tão altos na nossa sociedade como no momento. O mesmo vale para os índices de desemprego. Cada vez com mais frequência a polícia é flagrada praticando triagem arbitrária e discriminação. Isso não pode acontecer. Isso *não pode acontecer*", afirma Magnús Geirsson quando o jornalista lhe passa a palavra.

Ele bate com a mão na mesa para enfatizar a última frase. O mediador olha para Salóme e Salóme sorri, inclina a cabeça ligeiramente antes de tomar a palavra.

"Obrigado por sua resposta, Magnús. Como em tantas outras ocasiões, parece que nós conduzimos a nossa luta a partir de informações divergentes. Até onde tenho conhecimento, a economia encontra-se florescendo nas circunstâncias atuais. A coroa islandesa nunca esteve tão forte. A dívida pública e privada do país nunca esteve tão baixa nessa série histórica. A Islândia vem ganhando terreno no cenário internacional no âmbito dos investimentos verdes e éticos. Por outro lado, uma histórica alternância de poder também vem ocorrendo em nosso país. Eu entendo bem que os seus apoiadores, que têm interesses evidentes a defender, estejam em polvorosa. Finalmente temos à nossa disposição uma tecnologia confiável para avaliar aqueles a quem podemos confiar os recursos financeiros do país. O público não deseja mais fazer negócios com um punhado de indivíduos responsáveis por constantes crimes morais em detrimento da nação. Não queremos mais isso. Queremos uma sociedade melhor. Merecemos uma sociedade melhor", discursa Salóme.

Ela faz uma breve pausa dramática, mas mantém o dedo em riste para continuar com a palavra.

"Com relação aos grupos mais fragilizados da nossa sociedade, só tenho o seguinte a dizer: nós da PSI, em cooperação com o Instituto de Saúde Mental, estamos trabalhando dia e noite para fortalecer a infraestrutura nacional de saúde mental para que ninguém caia pelas frestas do sistema. Contamos com centros de reabilitação, com alternativas individualizadas de tratamento e com assistentes e psicólogos, psiquiatras e neurologistas, tudo à disposição do público, gratuitamente. Sem dúvida, trata-se de um divisor de águas na história da Islândia e infelizmente não me surpreende que as pessoas violentas estejam desesperadas em suas casas. Mas imagine que depois de poucos meses poderemos saber onde estão essas pessoas e oferecer-lhes ajuda. Poderemos entrar em contato com os sujeitos que moram com esses indivíduos violentos para lhes oferecer apoio, seja em caráter temporário ou não. Poderemos mudar o mundo para melhor."

Depois do debate, o pai dele liga.

"Caramba, ela se saiu muito mal, aquela lá, a sua chefe. Chegou a dar pena assistir àquilo."

"Salóme? Nós estamos muito satisfeitos com o desempenho dela", responde Óli.

"Você acredita de verdade que a elite dominante simplesmente irá entregar o poder dessa maneira? Eles vão achar outras brechas e vão seguir dominando tudo como se nada houvesse acontecido! Eles têm dinheiro e poder e vontade e nenhum maldito selo moral irá impedi-los de fazer o que lhes der na cabeça. É uma ilusão infantil acreditar no contrário. Acreditar que isso irá mudar alguma coisa", seu pai diz.

"Isso afetará o crédito bancário, os alvarás e as concessões públicas e então com certeza afetará os negócios. O mercado de ações e também o de debêntures. Para não falar nos consumidores."

"E o que acontecerá então? Os reprovados que perderam negócios vão correndo aos jornais para contar suas histórias tristes e tentar explicar por que são como são e então uma boa parte do país se disporá a continuar sustentando-os porque sentem pena deles e dizem que nunca é tarde para aprender a melhorar. Isso é apenas uma enorme e maldita farsa."

"Mas ao menos nós que estamos do outro lado sabemos quem eles são e podemos nos precaver contra eles, e eles vão procurar ajuda e baixar um pouco a sua bola. Estamos na fase dolorosa. Essas são apenas dores do crescimento. As mudanças nunca acontecem sem conflitos", diz Óli.

Seu pai dá uma bufada. Óli continua:

"Imagine o futuro, daqui a cinco anos, dez anos. Quando já estivermos habituados com essa configuração social, na qual as pessoas serão como os automóveis. Vão precisar passar por uma inspeção uma vez por ano para que seja seguro que continuem em circulação. Se alguma coisa não está bem, será preciso consertar. Simples assim."

"Mas as pessoas não são como os automóveis, Óli."

"Todos nós somos governados por alguma lei. Algum tipo de mecânica."

"Quer saber, caro Óli, continue pensando assim se quiser. Não é possível conversar contigo, da mesma forma que também não é possível com a sua irmã."

A terça-feira passa num piscar de olhos. Óli se esquece de comer. Toda vez que alguém liga ou lhe envia alguma coisa, ele tem um sobressalto. Ele grava um holo para enviar ao garoto, mas depois apaga. Faz um esboço do comunicado à imprensa para enviar aos meios de comunicação, caso o garoto se negue a fazer tratamento com um psicólogo amanhã. Conforme o dia avança, ele vai ficando mais irritado. Está irritado com o garoto pela falta de consideração, irritado consigo mesmo por permitir que o garoto tenha o controle da situação e irritado com Sólveig por colocá-lo contra a parede daquela forma.

"Como foi o seu dia?", Sólveig pergunta indiferente quando ele chega em casa.

"O garoto não vai entrar em contato", ele diz, esforçando-se para manter a calma.

Sólveig ergue o olhar e diz:

"Você ainda está pensando nisso?"

"Claro que eu ainda estou pensando nisso."

Sólveig ia falar algo, mas Óli atravessa e diz:

"Ai, quer saber, você não precisa responder. Vamos continuar discordando."

Ele vira as costas e se tranca no banheiro antes que ela tenha tempo de responder, abre o chuveiro. Esquenta a temperatura paulatinamente até não conseguir aguentar mais. Quando abre a porta e sai do banheiro, Sólveig já apagou a luz e deitou na cama.

Quarta-feira: quarenta e sete por cento a favor, quarenta e oito por cento contra. Óli se instala numa sala fechada e liga para o garoto. A chamada cai sem ser atendida. O garoto está se escondendo. Ele está esperando passar o plebiscito. O garoto confia na cumplicidade dele. No mesmo instante, ele vê Salóme de relance através da parede de vidro.

"Salóme. Você poderia dar uma palavrinha comigo?", ele diz, enfiando a cara pela fresta da porta.

Duas horas mais tarde, já está tudo nos principais meios de comunicação: fotos dos pneus cortados e do xis vermelho na porta da casa e capturas de telas com as ameaças e as fotos que ele tirou pela janela deles. Os jornalistas começam a ligar. Óli afirma sentir muito pelo garoto. Ele afirma compreendê-lo, até certo ponto. Porém, compreender as pessoas não é o mesmo que ajudá-las. Isso apenas reforça a necessidade do futuro novo pelo qual eles estão lutando. Um futuro novo onde pessoas como Tristan recebem apoio efetivo.

Inicialmente, ele tem a sensação de ter tirado um fardo imenso das costas. Aquilo não será uma manchete de destaque. Será apenas um grão de areia no deserto. Mas então ele vê a matéria subir até chegar à lista das dez notícias mais lidas: do nono ao oitavo ao sétimo lugar. Os meios de comunicação afirmam não conseguir entrar em contato com o garoto. Óli não tem a expectativa de que o garoto ou Magnús Geirsson se manifestem sobre o assunto. Então ele adia a volta para casa em uma hora de cada vez. Sente-se grato por usar de novo o próprio carro quando Himnar se despede por volta das dez da noite. Ao partir para casa um pouco depois da meia-noite, a notícia já é a matéria mais lida no principal meio de comunicação do país. Ele entra no quarto silenciosamente e se esgueira para debaixo do cobertor. Na escuridão crepuscular, vislumbra o ombro de Sólveig. Ela está acordada.

Certa vez ele conheceu um psicanalista canadense num congresso nos EUA que contou que, se a mãe e o pai não explicassem aos filhos as dificuldades pelas quais estavam passando, mais tarde os filhos inconscientemente se meteriam em situações idênticas ou parecidas na tentativa de compreender o que foi que aconteceu. Eles estavam todos sentados a uma mesa redonda e alta bebericando taças de espumante e o psicanalista disse aquilo meio que de brincadeira, em resposta a outra questão. Óli riu junto com os demais. Na visão dele, a psicanálise era uma subdisciplina da literatura, e não da psiquiatria. Entretanto, naquele momento, ao ver o ombro de Sólveig, ele poderia muito bem estar olhando para o ombro de sua mãe. Será que Dagný mais tarde irá se fazer as mesmas perguntas que Óli se fazia? Por que a mãe dela não o deixou? Por que ela se conformava com aquilo, dia após dia, década após década? Ele se espicha em meio à escuridão, beija o ombro dela antes de se deitar de costas e fechar os olhos.

Ele acorda com uma ligação e tateia a mesa de cabeceira procurando o fone de ouvido.

"Você já está sabendo?", Himnar pergunta.

"Sabendo o quê?"

"O garoto teve overdose. Os médicos não excluem a possibilidade de uma tentativa de suicídio."

"Que garoto?"

"Tristan Máni."

Óli senta na cama:

"Ele *morreu*?"

"Não, mas está em coma num respirador artificial."

"Cristo."

"Pois é. Você está em condições de vir até aqui? Imagino que os meios de comunicação logo vão começar a ligar."

"Agora basta. O público precisa encarar o fato de que a marcação compulsória é um ideal que não funciona na prática. A vida humana não é um sacrifício aceitável em nome de uma falsa sensação de segurança", Magnús Geirsson diz no noticiário do meio-dia.

"Isso é uma tragédia terrível. Nós da PSI mandamos nossos votos sinceros de uma pronta recuperação a Tristan Máni", diz Óli.

"Ele só estava com raiva. Jamais teria cumprido aquelas ameaças. Não aguentava conflitos. Via o teste como um problema absolutamente muito mais exagerado do que era, e se negava terminantemente a se mudar para o bairro de Viðey para morar comigo. Ele estava determinado a comprar um apartamento para poder viver a vida de acordo com suas próprias premissas", declara a mãe do garoto.

"Queremos uma infraestrutura de apoio para esses garotos. Para que coisas como essa não voltem a acontecer", diz Salóme.

As mídias sociais ardem em polvorosa. Os apoiadores afirmam que a marcação poderia ter prevenido o destino miserável do garoto. Os detratores culpam Óli e a marcação compulsória pelo ocorrido, compartilham a entrevista com Tristan por todos os lados. Óli está sentado na sala de reuniões com o comitê de coordenação da campanha e eles observam o debate num crescendo. Ele recebe dezenas de mensagens de todo tipo: solidariedade, apoio, acusação, ódio.

A partir das duas, as notícias começam a dar conta da enorme multidão que está confluindo à praça Austurvöllur.

"Milhares de pessoas. Motoristas fazem um coro constante de buzinas nas ruas do entorno. Ouvem-se sons de sirene, gritos e clamores por todos os lados, algumas pessoas usam seus relógios como megafones. Dois indivíduos já foram detidos pela polícia ao tentar jogar coquetéis molotov no prédio do Althingi", conta o repórter.

Logo depois, ouve-se um golpe seco nas janelas da sede deles na rua Borgartún. Óli tarda alguns instantes em distinguir o que havia no vidro: uma mistura de claras, gemas e cascas de ovo escorrendo. Eles se levantam e correm até as janelas. Não há muitas pessoas em frente à sede, duas mulheres e quatro homens malvestidos. Eles gritam e agitam os punhos fechados quando a diretoria aparece na janela. Aquilo já tinha acontecido antes. Um pequeno grupo de manifestantes chega e se instala em frente à sede, em vez de ir até a praça Austurvöllur.

Um deles segura um cartaz enorme, feito à mão. Outro aciona as sirenes. Um homem de meia-idade estende o braço para trás, faz uma careta de esforço e arremessa mais um ovo com toda a sua força. O ovo acerta bem de baixo do nariz de Salóme, que se afasta da janela. Ela liga direto para a polícia e vai até a parte da frente para alertar aos demais que trabalham no escritório de campanha. A polícia orienta-os a trancar todas as portas e a não deixar ninguém entrar nem sair.

Eles se recolhem para a parte mais interna do escritório e acompanham rígidos as notícias, enquanto o barulho aumenta do lado de fora na rua Borgartún. Óli liga para Sólveig, mas ela não atende. Ele envia um holo para ela explicando a situação.

"Protestos não são nenhuma solução. Agora temos que manter a calma e exercer o nosso direito de voto no sábado", diz Magnús Geirsson.

"Todas as unidades da polícia e do esquadrão de operações de segurança disponíveis foram mobilizadas", relata o diretor da polícia nacional.

A aglomeração do lado de fora na rua Borgartún aumenta. Óli conta cerca de trinta pessoas. Himnar e Salóme assumem o comando. Salóme está em contato direto com a polícia e Himnar se instala junto à janela e informa sobre a evolução da situação. Lá pelas três da tarde, cinco policiais aparecem do lado de fora e tentam dispensar aquela gentalha, mas eles apenas recuam da entrada do prédio onde se encontravam e continuam a gritar xingamentos e a jogar ovos. No escritório, eles projetam duas telas uma ao lado da outra. Uma com o noticiário e outra com a transmissão ao vivo direto da praça Austurvöllur. Óli vê o seu próprio nome e o nome do garoto repetidas vezes nas notícias e nos comentários.

Mas não era *ele* a vítima aqui? *Ele* que tinha sido ameaçado? Ele não tinha, portanto, o dever de colocar as coisas em pratos limpos quando o garoto fez de conta que era totalmente inocente? Como ele poderia adivinhar que o garoto tentaria dar cabo da própria vida? Na transmissão ao vivo, pode-se ver o esquadrão de operações de segurança usando equipamento de proteção cercando o prédio do Althingi. O populacho cospe, dá pontapés. O barulho é uma parede sólida de sirenes, clamores e som de coisas quebrando. Então as pessoas dão os braços umas às outras e tentam romper a barreira do esquadrão de operações de segurança, indo em direção à entrada. O esquadrão se dobra um pouco, mas finca pé para ganhar impulso e empurra o populacho para trás com seus escudos transparentes.

De vez em quando, outro ovo arrebenta contra os vidros das janelas do escritório de campanha. Os colegas de Óli lançam olhares de esguelha em sua direção.

Então, vê-se um homem mascarado aparecer e arremessar uma garrafa de vidro verde pela janela de uma antiga casa de madeira ao lado do Althingi. O populacho grita exultante e um segundo homem segue o exemplo do primeiro e depois um terceiro faz o mesmo. Alguns instantes depois, rolos negros de fumaça emanam daquela ferida aberta na casa. O esquadrão de operações de segurança avança. Alguns integrantes do esquadrão vão direto para cima dos incendiários. Uma escaramuça violenta irrompe entre os manifestantes e o esquadrão de operações de segurança, piorando a cada segundo. Repentinamente, vê-se pequenos cartuchos voando pelos ares, por baixo dos escudos. Dos cartuchos emana uma névoa grossa, branca. O populacho retrocede, gritos e sirenes e clamores tomam toda a praça, alguém cai de costas. A casa de madeira arde em chamas ao fundo.

Tea,

Eu estava decidida a não lhe responder. Sei que você quer ter sempre a última palavra, portanto, não vou responder à sua próxima carta. Se você quiser me encontrar, é só telefonar. Porém, não consegui pensar em você nas últimas semanas sem ficar furiosa. Tão furiosa que tenho vontade de terminar a nossa amizade e nunca mais falar com você. O meu psicólogo diz que eu devia cortar relações com você e que a nossa amizade se tornou uma coisa tóxica. Que às vezes as coisas simplesmente são assim. Mas apesar de eu estar furiosa, essa recomendação do meu psicólogo deixou uma tristeza tremenda no meu peito. Imaginar uma vida em que eu não tenho acesso a você, nem você a mim. Pensar nisso mexe em todas as cordas luminosas que soaram entre nós duas ao longo do tempo: o amor, o riso, o carinho, a lealdade e a segurança. A infecção é imediatamente esquecida: a rivalidade e a inveja e a disputa de poder. E as frases. Essas frases breves que machucam cada vez mais fundo a cada ano que passa, a cada década, até que a infecção atinge a corrente sanguínea e se torna fatal.

Quanto vale uma amizade? E além disso: quanto vale uma amizade que tira a máscara da gente? Paramos de nos arrumar uma para a outra. Paramos de vestir a fantasia. Não damos mais sorrisos de cortesia. Não disfarçamos mais os nossos sentimentos. Ultrapassamos certo limiar da proximidade depois do qual a dissimulação inexiste e tudo fica sem filtro. Tornamo-nos duas cusparadas uma para a outra e ao nos olharmos enxergamos a cusparada que a outra vê e isso faz com que cada uma de nós se sinta uma cusparada — isso nos transforma em duas cusparadas. E por essa razão começamos a odiar a nós mesmas na companhia da outra. Porque não queremos ser cusparadas. Por fim, começamos a odiar uma à outra por nos fazer sentir assim.

A minha mãe também perdeu amigas. A melhor amiga de infância dela cortou relações mais ou menos na mesma idade em que nós duas estamos agora. Quando elas se encontraram por casualidade num evento ao ar livre muitos anos depois, sob o céu sombrio de agosto, a amiga da minha mãe foi direto até onde ela estava e a abraçou. "Eu te amo", a amiga disse. "Eu também te amo", a minha mãe respondeu. Essas foram as únicas palavras que elas trocaram. Depois, cada uma seguiu o seu caminho. A minha mãe chorou ao me contar isso. Disse: "Ela me conhece melhor do que você, Laíla. Cada pessoa na minha vida tem o seu próprio riso. O meu irmão provoca certo riso em mim e você provoca um riso totalmente distinto e o seu pai um terceiro tipo, as minhas colegas de trabalho um quarto tipo, o meu grupo de caminhada um quinto, os risos são tantos e também tão diferentes. Porém, por vezes, sinto como se eu tivesse perdido o meu riso mais verdadeiro quando a perdi".

Apesar da arrogância e da mágoa, é assim que eu me sinto. Como se eu fosse perder o meu riso mais verdadeiro se eu perdesse você. Então penso: ainda conseguimos rir? Ainda conseguimos evocar o que há de mais luminoso uma na outra? Aí reside a dúvida, o lamento e a infecção. Uma parte de mim não acredita que sejamos capazes de retroceder. Que não é possível resgatar a proximidade. Mesmo que voltássemos agora a vestir as fantasias, ainda assim veríamos as cusparadas debaixo delas. Você diz uma coisa que me deixa sentida e eu retruco com outra que te deixa sentida e ambas nos lançamos num ataque preventivo, sob o pretexto absurdo de que estamos falando a respeito da marcação compulsória.

Vejo as coisas assim: não se trata de política. Trata-se da nossa relação. Como você se permite falar comigo e como eu me permito falar contigo. Venho dando voltas sem parar em torno das mesmas questões. Se e como poderíamos consertar a nossa amizade. Se a empatia seria a chave. Tentei imaginar um futuro no qual você usaria o conhecimento que tem de mim para saber de antemão se eu ficaria sentida com algo. Ou no qual você primeiro pensaria em como você se sentiria se eu lhe dissesse a mesma coisa, e assim desistiria de dizê-lo. Quando imaginei esse futuro, me pareceu incompreensível como você é muitas vezes cruel e indelicada. Como você diz muitas vezes coisas com as quais você própria ficaria sentida.

Então a ficha caiu para mim. Na minha última carta, pedi que você falasse comigo como falaria consigo mesma. Mas agora vejo que esse é o problema: você fala comigo como fala consigo mesma. Você me xinga como xingaria a você mesma. Com uma crueldade desalmada e com uma veemência desalmada.

Tea, querida. Não sei o que o futuro nos trará. Mas eu gostaria de lhe pedir uma coisa: fale comigo como se eu fosse eu mesma. Levando em consideração que eu muito provavelmente espelharia os seus atos. Que eu responderia crueldade com crueldade, ataque com contra-ataque, amor com amor.

Eu te amo,

LAÍLA

24

A PERSIANA DA JANELA DO QUARTO ESTÁ FECHADA, mas ela ouve que o céu está de brigadeiro, totalmente azul. Imagem acústica: aviões, pardais, um som claro e distante de trânsito. Ela também ouve Óli e Dagný na cozinha: uma colher faz barulho numa tigela, uma cadeira raspa no piso. Ela verifica a hora (oito e meia) e ergue a cabeça um pouco mais no travesseiro. Projeta as notícias à sua frente: sessenta e seis indivíduos detidos pela polícia durante os protestos, quatro seriamente feridos. Muda de ideia, desliga o projetor e levanta. O banheiro fica na outra ponta do corredor. Ela faz uma breve pausa junto à porta entreaberta e depois tenta ir até o banheiro o mais silenciosamente possível.

"Sólveig?"

Ela se força a olhar na cara dele. Faz um esforço para manter o semblante impassivo, o olhar vazio. Sabe que se os sentimentos escaparem pelos olhos, então não haverá volta: as bochechas seguirão os olhos, a boca seguirá as bochechas e as palavras seguirão a boca. Apesar de tudo, ela precisa conceder a ele só mais aquele dia.

"Vou pedir demissão na segunda-feira. Não importa qual será o resultado do plebiscito nessa noite. Vou me demitir", ele diz.

Ela o observa. Ele está nervoso. O corpo está tenso, o olhar suplicante. A filha deles está assistindo à programação infantil e se embala no assento distraída, só de camiseta, as costas eretas.

"Eu te amo", ele declara.

Ela abre a porta do banheiro e se tranca. Senta no vaso sanitário, afunda o rosto entre as mãos. Desejo, ela pensa com seus botões, é quando a vontade e o sofrimento andam juntos.

Ele não fazia o seu tipo. Em geral, ela não se permitia se apaixonar por rapazes por quem todas as garotas se apaixonavam. Mesmo assim, ela o observava à distância: a fala reticente, a perseverança. À noite, imaginava que ele estava deitado na cama dela e a cingia em seus braços. Entre os cerca de quase duzentos alunos que começaram a faculdade naquele ano, era evidente que ele seria o que desejasse ser. Ele participava de forma ativa de todas as aulas (o que provavelmente seria irritante se ela não estivesse assim tão apaixonada por ele) e nas festas só conversava, com quem quer que tivesse saco de ouvir, a respeito das possibilidades que o futuro nos reservava. Não foi nenhuma surpresa para ninguém quando ele se candidatou à presidência da associação de alunos da faculdade de psicologia no terceiro ano do curso. Não foi nenhuma surpresa para ninguém quando ele se envolveu na área política da PSI ao final do núcleo básico do curso.

As garotas eram a maioria dos residentes e Sólveig não era a única que não o tirava da cabeça. Um pouco antes de ele começar a prestar atenção nela, ela passou uma hora numa festa no quarto de uma moça da turma deles, que lhe contou a história comum dos dois tim-tim por tim-tim, atribuindo sentido às coisas mais insignificantes, que um dia ele ofereceu carona a ela (além de outras duas), que ele ria das suas piadas e elogiava suas idcias. A garota parecia encontrar-se na fronteira da esperança e da derrota. Sólveig ficou calada só ouvindo e decidiu (não era a primeira vez) parar de pensar em Óli. Naquela noite, ela foi para casa com algum sortudo desconhecido da faculdade de medicina, como que para exorcizar o desejo com outro corpo.

Ainda hoje ela tem dúvida se teria acontecido alguma coisa caso não tivesse deixado completamente de olhar para ele. Às vezes ela imagina um corredor extenso com várias portas abertas, e, ao fechar a sua, Óli inconscientemente ficou curioso e veio bater à sua porta.

Ela seca o corpo com o qual ainda está se acostumando, apesar de já terem se passado três anos desde o parto. Quando lhe ocorreu, algumas semanas antes, que ela (talvez) tivesse que mostrá-lo para alguém novo (num futuro distante), seu apaziguamento com o próprio corpo deu vários milhares de passos para trás.

Quando ela aparece, Óli e a filha estavam na sala.

"Volto lá pelas quatro e assumo o turno", ela diz da antessala.

"Aonde você está indo?"

"Ao trabalho, tenho uma consulta marcada com um paciente."

"Consulta? Num sábado?"

"É."

"Quando você termina? Podemos nos arrumar aqui com calma e depois vamos todos juntos votar, o que acha?"

Ela percebe pelo tom de voz que ele está tentando ter uma atitude leve, positiva.

"Não, vão vocês. Eu vou à zona eleitoral sozinha."

Ela foi adiante devagar. Quando ele a convidou para sair, ela segurou a onda, cuidando para não se entregar demais, uma migalha avulsa aqui, outra acolá. Ele estava ao mesmo tempo curioso e atento, usava de tato e intuição ao lhe fazer perguntas, e Sólveig percebeu que seria um ótimo psicólogo. Ele a contagiava com a sua ambição e a sua crença no futuro. Quando ele disse que queria fortalecer os elos mais frágeis da sociedade, ela também passou a querer. Isso foi antes que ela própria conhecesse aqueles elos frágeis.

Ela tentava aplicar o gerenciamento de expectativas em si mesma. Ele estava apaixonado por ela agora, enquanto ela ainda era uma porta entreaberta, mas isso não iria durar muito mais a não ser que ela fosse disciplinada. Ela sabia: o desejo se alimenta da distância. Jamais o encontrava duas noites seguidas (quase nunca...), tomava a precaução de se verem em doses homeopáticas, que consistiam de seis (oito) horas por vez, não se demorava na casa dele depois de dormirem juntos. Com frequência, ele tentava retardar o momento de ela ir embora, puxava-a de volta para a cama. Quando ele a abraçava totalmente vestida debaixo do edredom, o corpo dela ficava todo molinho. Ela se permitia ficar ali deitada durante alguns minutos até que Óli começava a se debater meio dormindo então ela escapava e desaparecia porta afora.

Ela achou que ele fosse terminar com ela quando ele a pediu em namoro. Depois de dez meses, veio o primeiro convite para que morassem juntos; depois de mais oito meses, o segundo. Ela caprichava nas desculpas: precisava se concentrar nos estudos (o que era verdade — estar apaixonada demanda muito tempo), o contrato de aluguel permitia apenas um morador, ela não estava totalmente pronta. Seus pais adoravam analisá-la na presença de Óli, finalmente tinham arranjado um comparsa. Em todos os jantares, eles explicavam com exemplos da infância dela como ela precisava de um longo tempo de reflexão para decidir as coisas, afinal de contas era uma pessoa de capricórnio, perguntavam a ele rindo como era para ele, uma pessoa de sagitário, lidar com uma pessoa calma e ponderada como ela? Ele respondia com uma pergunta: os signos do zodíaco não seriam apenas canetas marca-texto — iluminavam umas poucas frases de uma massa de texto enorme — e caixas injustas nas quais se enquadravam seres humanos complexos e contraditórios? Ao voltarem de um daqueles jantares, ela o convidou, numa espécie de insanidade momentânea, para morar junto com ela.

Assim que ela entra no carro, os momentos feios vêm à tona. Ela olha no espelho: é mais esse dia e então acabou-se. Ela vai espontaneamente na direção aonde disse que iria, ao trabalho. Sua clínica fica na avenida Suðurlandsbraut. Ela não tem nenhuma consulta marcada e Óli sabe muito bem disso. Compra algo para o café da manhã (broas de canela também podem ser chamadas de café da manhã) na cafeteria do térreo e leva para cima. Depois se joga no sofá do consultório, toma o café da manhã e reflete.

O desejo desbotou deles como a cor dos cabelos, abrindo espaço para a proximidade. Nos primeiros cinco anos em que Sólveig atuou como psicóloga, eles estavam do mesmo lado. O teste de empatia era um método revolucionário para determinar se o paciente entendia as noções de causa e efeito. Mensurava a empatia e a amoralidade, se um ser humano expressava sofrimento ou bem-estar perante a dor alheia. Havia uma correlação evidente entre certos fatores. Quanto menor a empatia, maior a probabilidade de a pessoa apresentar antecedentes criminais. Aquele era um método de vanguarda para otimizar remédios e terapia dialógica propostos aos pacientes, para medir a melhora e o sucesso, e a correlação entre sucesso e comportamentos antissociais. Sólveig repassava a perspectiva de seus pacientes em primeira mão (apesar de anonimamente) para que Óli conseguisse melhorar a infraestrutura a partir da visão dos consumidores. Eles chegavam em casa e conversavam sobre soluções e ideias durante o jantar ou tomando um vinho tinto, às vezes com os amigos e a família. Quando o sogro dela começava a ficar inoportuno e a se lamentar, ela ficava a favor do marido. Era bom estar ao lado de Óli. Ele era um ótimo debatedor.

Ela estava com dois corações quando se iniciou um debate a respeito da marcação dos integrantes do Althingi. Ela compreendia a posição que defendia que quem fosse diagnosticado subpadrão não deveria exercer tal poder. Entretanto, ficava (incomensuravelmente) irritada ao ver políticos populistas ostentarem seu teste de empatia nos meios de comunicação como se fosse um certificado de sua própria excelência. Aquilo não provava nada. Tampouco deixava de provar alguma coisa. Então, Óli chegou do trabalho e contou a ela a respeito do Prontuário. Ela estava na trigésima quarta semana de gestação. Estava cansada, com dores e sem acreditar que ainda restava um mês e meio de gravidez. A ideia de um prontuário público a deixava desconfortável, mas ela tentava se controlar: aquilo ainda era apenas uma ideia. Se fosse implementada, talvez alguns milhares de pessoas fossem se inscrever. Seria um breve modismo e pouquíssimos levariam aquilo a sério. Porém, mesmo assim, ela assinou o abaixo-assinado organizado por alguns psicólogos integrantes da PSI quando eles se manifestaram contra a ideia. Óli ficou magoado. Mas respeitava sua posição (ao menos foi o que ele disse), segundo a qual o teste de empatia era uma tecnologia planejada para um grupo muito restrito da sociedade, não um selo de qualidade ou uma referência para o grande público.

Mas então a PSI criou o Prontuário e as pessoas e os espaços começaram a se marcar, e as empresas começaram a seguir a onda, e a sensação de desconforto aumentava de um dia para o outro. Sólveig viu alguns colegas se filiarem à PSI e outros aderirem ao LUTA e atuarem contra aquele curso dos acontecimentos. Óli só contou a ela a respeito da marcação compulsória alguns dias antes de o primeiro projeto de lei ser protocolado. Ele fez aquilo de propósito. Sabia que ela diria para tirar o cavalinho da chuva. O que ela acabou fazendo.

"Não resta mais nada", ela diz em voz alta.

Projeta o seu correio eletrônico. Ela tem uma mensagem não lida desde ontem.

Olá,
    sou amiga da Inga Lára, ela me indicou o seu nome. Estou procurando um psicólogo. Você tem vagas para novos pacientes no momento?

Eyja E.

Sólveig digita o nome da mulher e vê que ela foi exposta recentemente nos meios de comunicação porque havia sido reprovada no teste. Isso não era incomum. As pessoas se adaptam às novas circunstâncias. Quando indivíduos expostos vêm se tratar com ela, geralmente o fazem para poder *dizer* que estão trabalhando em suas questões. Essa é uma forma social antiquíssima: confessar seus pecados, ser perdoado. Ela olha para a cara da mulher. Aquilo provavelmente será perda de tempo para ambas. Mas lhe oferece uma consulta na próxima semana.

Depois, fecha o holo, termina de tomar o seu café e decide ir a pé até a sua zona eleitoral.

Ela nunca se queixava (ou o fazia raramente) quando ele roubava horas de sua licença-paternidade para fazer alguma coisa do trabalho. Calava-se quando ele trabalhava em casa com Dagný. Até que deixou de ficar quieta e começou a reclamar. Primeiro, as lamúrias eram esparsas, como as propriedades rurais ao longo da rodovia número um, o anel rodoviário que dá a volta pela Islândia. Mas depois foram crescendo, como um município que vai se tornando mais denso pouco a pouco. Ela não conseguia se conter. Sentava-se com ele para conversar e dizia Agora você tem uma filha. Você precisa se fazer presente. Eu estou tocando esse navio sozinha, e a cada vez ele fazia um esforço, dizia Me perdoe, meu amor, isso já vai ter fim, assim que conseguirmos que o projeto de lei seja aprovado, vou tirar uma licença-paternidade de verdade. E as coisas melhoravam durante duas, três semanas. Ele desligava Zoé e passava a dar mais atenção a Sólveig e Dagný, até que os adversários fizessem uma nova jogada, e então elas eram esquecidas de novo, desapareciam no fundo opaco da vida dele.

O desejo voltou, com uma feição completamente diferente, deformado por raiva, decepção e ressentimento. As únicas vezes que ele ligava eram para perguntar o que iriam comer no jantar, se ela não poderia buscar Dagný na creche. Quando ela determinou que ele cuidaria do jantar três vezes por semana, ainda assim ele ligava a caminho de casa e perguntava o que é que havia na geladeira, o que é que ele devia preparar para o jantar.

"Você pode decidir sozinho. Você é uma pessoa adulta", ela respondia.

"Ah, eu sou apenas uma pessoa de sagitário. Eu não sei de nada. Você é o capricórnio da família", ele respondia então, tentando fazer graça.

Centenas de carros estão estacionados em local proibido por todos os cantos. Pelas ruas, a fila de carros ziguezagueia lentamente adiante, como uma serpente preguiçosa, um fluxo contínuo de pessoas entra e sai da zona eleitoral. Ela encontra dois antigos colegas de escola no caminho, e uma mulher que não consegue lembrar de onde conhece a cumprimenta. Provavelmente a mãe de alguma criança da creche de Dagný. Ou algum paciente que se consultou uma vez com ela e depois nunca mais apareceu.

Ela entra na bocarra escura do ginásio. A inteligência artificial a encaminha aonde estão cinco pessoas sentadas a uma mesa comprida, atrás delas há pequenas câmeras apoiadas em bastões. Ela diz o seu nome, recebe a cédula de votação. Depois, é encaminhada ao corredor F. Há uma fila pequena em frente a algumas cabines de votação.

Será que ela consegue se imaginar ali, acocorada, por vários outros anos, na fronteira entre a esperança e a derrota? Não. Mudaria alguma coisa se Óli pedisse demissão na segunda-feira? Não. A marcação havia jogado luz em aspectos de Óli que ela não tem como não ver, por mais que tente. A caneta marca-texto havia realçado aqueles aspectos, como faz com as palavras mais importantes num livro de várias centenas de páginas: a autocondescendência e a autocomplacência dele, a intolerância com o que há de irregular no ser humano — não apenas os padrões de comportamento ou os maus hábitos, mas também as coisas pequenas e inocentes: cacoetes, silêncios, vícios. A marcação compulsória é a forma dele de lidar com a sua própria intolerância. Porém, não é possível reprogramar as pessoas. Não é possível desembaraçar as pessoas como se fossem blusões velhos para reaproveitar a lã. Ela vai lhe conceder a noite de hoje, mas amanhã irá para a casa da sua mãe e do seu pai levando Dagný.

A cabine de votação cheirava a perfume e batom. Ela quer que a lei passe a valer? Não. Ela fecha o envelope, deixa a cabine e o enfia na boca da urna. Ao soltá-lo, sente-se como em todas as outras vezes em que votou na vida: que o seu voto não faz nenhuma diferença, que o plebiscito terá o mesmo resultado que teria sem a participação dela.

25

O JÚBILO EXPLODE QUANDO os primeiros resultados da apuração são divulgados: cinquenta e nove por cento a favor, trinta e sete por cento contra. Alguns assoviam e outros gritam, ouve-se uma salva de palmas pela sala. Então o alívio se propaga pelo grupo em ondas. Risadas de alívio, suspiros, sussurros. A diferença é maior do que eles ousaram esperar. Himnar bate nas costas de Óli e Óli se agarra em Himnar para não cair. As mãos tremem. Os joelhos tremem. O corpo está debilitado. Salóme vai até um canto para conversar com uns repórteres. Logo em seguida, o rosto dela aparece nas telas gigantes e o salão é um burburinho alegre ao fundo. Óli abre a primeira cerveja e o álcool corre rápido pelas veias. Ele imagina chuva e calhas. Faz um brinde com a diretoria, dá tapinhas em várias costas e abraça vários torsos, bebe. Gostaria que Sólveig estivesse aqui com ele. Tem vontade de ligar para ela, mas sabe que é em vão.

A festa da apuração é celebrada no salão térreo da rua Borgartún. Os jovens voluntários já enfeitaram o salão com mangueiras de led e flâmulas douradas. O salão está cheio de pessoas em traje de festa.

"Isso ainda está longe de acabar. A contagem ainda pode pender para qualquer um dos dois lados", ouve alguém dizer.

Agora ele lembra que está com fome. Perscruta o salão atrás de um petisco e vê uma mesa comprida ao fundo com comida e guloseimas. Ele se esgueira até lá, enche um prato e se senta num canto onde devora os canapés um atrás do outro. Come como se não o fizesse há vários dias.

Ao terminar, dá um suspiro alto e sente como vai aos poucos voltando a si mesmo. Liga para Sólveig. Ela não atende.

A contagem ainda não acabou, mas ele não consegue evitar ser contagiado pela avassaladora euforia de vitória no salão. Aquilo está acontecendo. Estão construindo uma verdadeira sociedade de bem-estar social. Todos receberão ajuda. Ninguém será relegado. A violência será sufocada ao nascer. Ele busca outra cerveja e se junta ao burburinho da multidão. Vai de grupinho em grupinho no salão e fica um bom tempo em cada um. O âncora do noticiário anuncia que os próximos números da apuração são aguardados em poucos instantes e a atenção da sala fica aguçada por um instante, mas cede a cada minuto que passa sem que haja qualquer novidade. Ele tenta ligar para Sólveig outra vez, a ligação cai sem ser atendida.

Por fim encontra Himnar, que está parado numa rodinha com quatro outras pessoas.

"Estou caindo no anticlímax", diz Óli.

"Eu também", concorda Himnar e dá uma risadinha desbragada.

Eles fazem um brinde. Conversam com as outras pessoas do grupo e falam sobre os distritos eleitorais e de onde os votos seguintes vão ser totalizados.

"Foram os protestos. Eles foram o último prego no caixão", uma mulher na rodinha diz.

"É, ou melhor, a violência durante os protestos. Protestos em si nunca são algo ruim, é claro", comenta o homem ao lado dela.

"Isso, isso. Mas você entendeu o que eu quis dizer", retruca a mulher.

"Na verdade, pode-se dizer agora que foi graças a você, Óli", diz o homem.

"Pois eu discordo respeitosamente. Óli foi vítima de violência, tanto de parte de Tristan como dos manifestantes", discorda Himnar.

"Sim, sim, é claro, é claro. Mas ele contou o que aconteceu. Ainda bem", continua o homem.

O homem levanta a garrafa que tem na mão em homenagem a Óli e bebe. Óli continua naquela rodinha o máximo de tempo que consegue. Depois dá uma desculpa, vai até a escadaria e senta nos degraus. Um instante depois a porta se abre de novo. É Himnar.

"Óli, você não é o responsável por essa situação."

"Eu sei."

"Foi o *garoto* que cometeu uma violência contra *você*."

"Eu sei, Himnar."

Himnar olha para ele.

"Mesmo assim, liguei para o hospital hoje mais cedo. Os médicos dizem que é impossível saber se ele vai sair dessa e, se for o caso, quando", relata Óli.

Himnar põe um braço sobre os ombros do amigo e diz:

"Aquilo não foi culpa sua. Não há nada que você possa fazer para resolver isso. Vamos pensar no assunto na segunda-feira. Talvez a gente possa prestar assistência à família de algum jeito. Porém, o garoto decidiu por conta própria enviar aquelas ameaças a você e vender uma imagem distorcida de si mesmo. Qualquer um de nós teria levado essa história aos jornais. Você não fez nada de errado", diz Himnar, apertando e soltando o ombro de Óli.

Óli assente com a cabeça e engole seco. Ele imagina o rosto do garoto e o desespero e os comprimidos na palma da mão dele.

"Vamos voltar lá pra dentro", diz Himnar.

Então ele repete:

"Não há nada que você possa fazer agora. Estamos trabalhando feito loucos há anos para conseguir esse resultado."

"Me dê alguns minutos. Quero falar com Sólveig", diz Óli.

Himnar comprime os lábios concordando. Então puxa a porta corta-fogo e desaparece no meio da festa. Enquanto isso, outra onda de comemoração rebenta e ecoa nas escadarias desertas.

Alguém grita Sim! um átimo antes de a porta corta-fogo se fechar às costas de Himnar, e a boca da festa é sufocada, como se um travesseiro gigantesco fosse colocado sobre o seu rosto.

26

TRISTAN ESTÁ NUMA PISCINA. De vez em quando mergulha. De vez em quando relaxa na beirada. Então surge uma luz tremendamente intensa. Ele ouve a musiquinha do *CityScrapers*. Procura o salva-vidas da piscina. Quer jogar *CityScrapers*. Ouve o salva-vidas da piscina falando em alguma parte.

"Olá!", ele exclama, mas não sai nenhum som de sua boca.

"OLÁ!", ele grita, mas nada se ouve.

Ele ouve uma voz conhecida e então finalmente se dá conta do que está se passando. Está dentro da barriga de sua mãe. Tornou-se um embrião outra vez. Está preso na barriga dela. Tenta se mover, mas por todos os lados há paredes viscosas e macias e órgãos inchados. Ele sente as tripas escorregadias que só podem ser os intestinos dela. Tenta apertá-los para pedir ajuda. Aperta as tripas o mais forte que consegue e ouve a voz da sua mãe gritando. Ele relaxa um pouco. Ela sabe que ele está ali.

Tristan abre os olhos e vê um corredor branco. Ou será que ele primeiro viu o corredor branco e depois abriu os olhos? Ele volta a fechar os olhos. Que idade tem? Alguém lhe pergunta. Alguém lhe diz que ele tem cinquenta anos.

Caralho. Ele ficou aqui tanto tempo assim? Tenta abrir os olhos, mas nada acontece. Tenta e continua tentando abrir os olhos, mas eles simplesmente se recusam a abrir, cacete.

Ele é um prisioneiro numa caserna durante uma guerra antiquíssima. Veste uma capa verde e está acorrentado numa cadeira. O general também veste uma capa verde e quer lutar com ele. Promete que vai soltar a corrente se Tristan prometer lutar com ele.

"Eu prometo", fala Tristan.

Ele ouve outras pessoas do outro lado da cerca. A cerca é um pouco mais alta que ele. Ele pula e continua pulando na tentativa de ver por cima da cerca. Pula e continua pulando. E finalmente abre os olhos.

Há algo dentro de sua boca. Um tubo enorme.

Ele tenta engolir, mas o tubo atrapalha.

"Zoé", ele chama, mas o que sai de sua boca é outro som qualquer.

"Tristan?", a mãe dele pergunta.

"Me desculpa ter apertado as suas tripas", diz Tristan.

E então volta a adormecer.

Ele está de olhos abertos. Sua mãe e a irmã estão sentadas ao seu lado. Naómí está falando. Seu blusão é violeta. Suas palavras são como guloseimas que ele tenta pegar com a boca aberta. Mas não consegue engoli-las. Elas acertam o rosto dele e aquilo é incômodo e irritante pra caralho. Ele tenta abrir mais a boca, mas as palavras continuam acertando o rosto dele. As bochechas, depois o queixo, depois as sobrancelhas.

Eles lhe dão uma caixa de papelão para comer.

"Eu não quero uma caixa de papelão", reclama.

"Não. Caixa de papelão não é comida", ele diz, tentando fechar a boca.

Ele acorda. Agora já tiraram o tubo. Ele está com uma dor de cabeça terrível.

"Oi", sua mãe diz.

"Oi", ele aperta os olhos.

Há todo tipo de tralha em volta dela. Uma coberta e embalagens de comida vazias.

"Você não é tão velha assim."

"Não. Eu só tenho cinquenta e um anos", sua mãe fala e então ri.

"Mas se você tem cinquenta e um anos..."

Ele não entende mais nada. Como é possível que sua mãe tenha cinquenta e um anos e ele cinquenta. É impossível que ela tivesse um ano quando teve ele, não é?

"Isso aqui é um hospital?"

"É, meu tesouro."

"Mas a gente está aqui?"

"Por causa do Trex, meu tesouro."

"Eu tomei demais?"

"Tomou, meu tesouro."

"Há quanto tempo eu estou aqui?"

"Seis dias, meu tesouro."

Ele vasculha sua memória, mas não acha nada. A última coisa de que se lembra foi quando ele e Eldór foram se reunir... com aquele cara lá. Magnús. Geirsson.

Assim que ele se lembra do nome de Magnús Geirsson, uma nova lembrança se abre, a do seu vídeo. E do velhote na linha S que... deu seu apoio integral.

"Que dia é hoje?"

"Vinte e seis de maio."

Ele olha nos olhos dela.

"O plebiscito... o plebiscito acabou?"

A mãe faz uma carinha triste e diz que sim com a cabeça bem devagar.

"Foi aprovado?"

A mãe dele diz que sim com a cabeça de novo.

"Eu consegui comprar um apartamento?"

"Não, meu amor", ela responde.

Ele fecha os olhos. Quer voltar a dormir.

"Então eu estou acabado, porra", ele diz.

"Não está não, não diga isso, meu tesouro."

"Eu preferia ter morrido."

"Meu tesouro, vai ficar tudo bem. Vamos dar um xeito nisso."

Ele jamais poderia acreditar que ficar deitado uma semana podia deixar a gente assim todo fodido. Fica sem fôlego só de ir ao banheiro. Tem dificuldade de erguer os braços. O médico diz que ele precisa ficar no hospital pelo menos mais uma semana, mas que será transferido para outra enfermaria. Ele tem uma úlcera sangrando no estômago. Um psicólogo vem lhe ver e pergunta se alguma vez já pensou em se suicidar.

"Não. Não sinto que eu tenha feito isso de propósito. Mas é claro que eu também não me lembro de nada do que aconteceu", Tristan responde.

Eles lhe dão uns comprimidos que supostamente ajudam a aliviar os sintomas da síndrome de abstinência. Faz muitos anos que ele não fica tanto tempo assim sem tomar Trex. Ele não consegue dormir à noite e a enfermeira do turno noturno lhe dá um sonífero em forma de comprimido. Ele sente coceira no corpo todo e não consegue parar de se esfregar.

As lembranças voltam aos montes. Tão logo ele se lembra de qualquer coisinha, se lembra também de toda a área em volta daquela lembrança. O que o faz pensar em algo. Em como é quando a gente quebra uma poça d'água congelada.

No dia seguinte sua mãe lhe conta o que aconteceu. Pouco a pouco, como se ele fosse um imbecil. Ela conta que Ólafur Tandri levou as ameaças dele aos jornais e então aconteceram protestos intensos porque todos acharam que ele ia morrer. Quando ele abre Zoé pela primeira vez, espoca uma quantidade tremenda de mensagens de um monte de pessoas desconhecidas que dizem que seus pensamentos estão com ele ou que estão orando por ele ou que estão ao lado dele. Sunneva diz que não acredita no que está acontecendo e que ela pensa nele todos os dias e que gosta tanto dele. Seus velhos amigos do bairro de Fossvogur escrevem postagens longas nas mídias sociais resgatando velhas lembranças a seu respeito desde que eram pequenos e dizendo que ele sempre foi um bom amigo e caloroso e engraçado e divertido, mas que ele tinha os seus esqueletos no armário e que o sistema havia falhado com ele e coisas do tipo. Ele não consegue parar de chorar, porra, enquanto lê aquilo tudo. Ele fica deitado no quarto sozinho e lê e continua lendo e as lágrimas escorrem pelas bochechas dele, cacete. Rúrik posta uma notícia a seu respeito e diz que Tristan foi o melhor amigo que ele já teve na vida e que Tristan sempre tentou fazer tudo o que podia por ele, mesmo quando Rúrik se comportava como um idiota do caralho, e que é melhor que ele desperte logo, que ele ama o seu bróder pra cacete, que ele é a melhor pessoa do mundo.

Quando não aguenta mais chorar, ele desliga Zoé e fica deitado um tempão fungando o nariz. Então liga para Rúrik.

Viktor lhe envia um holo e diz que teve que contratar outro mano no lugar dele. Tristan assiste ao holo pela segunda vez, e depois de novo, e ele fica feliz pra caralho e aliviado pra caralho, e quando finalmente consegue voltar a ficar sóbrio, grava um holo em resposta, dizendo que entende isso muito bem, e que não ficou nem um pouco magoado.

No dia seguinte, sua mãe bate à porta. Ela está bastante alegre, dá um sorriso tremendamente largo.

"Tenho uma notícia", ela diz.

"Certo", diz Tristan.

"Vamos lá. Fui conversar com a professora de Naómí hoje de manhã. É uma jovem professora que vai deixar de dar aulas na escola do nosso bairro. Na verdade, ela me pediu desculpa por uma coisa que aconteceu algumas semanas atrás, mas isso já é outra história. Perguntei por que ela ia sair da escola e ela me disse que quer voltar a se dedicar aos estudos, que dar aulas tinha sido um desvio temporário, mas então ela continuou falando e disse que também estava pensando em vender o seu apartamento, se mudar para outro bairro, mas ainda não sabe para qual. Na verdade, é um apartamentinho para um pessoa solteira ou um casal, fica no primeiro andar, o valor de avaliação certamente não vai ser tão alto porque o prédio é desmarcado, pois tem um homem no terceiro andar que se recusa que marquem o prédio enquanto ele morar no seu apartamento, onde ele diz que pretende morar até o dia em que morrer. Então, eu falei para ela de você e não é que ela tinha te visto nas notícias e naquele vídeo e eu perguntei se ela não poderia pensar na possibilidade de mostrar o apartamento a você, e sabe o quê?", ela pergunta.

O sorriso de sua mãe se alarga ao máximo possível.

"Ela disse que sim. Nós podemos ir olhar o local essa semana se quisermos. Antes que os outros interessados vejam. Então eu liguei para o banco e me informei a respeito das possibilidades de financiamento e acontece que, se nós fizermos de conta que vou comprar o apartamento meio a meio com você, eu conseguiria um empréstimo um pouco maior que o seu, porque eu estou marcada. Você pode simplesmente transferir para mim a metade do valor da entrada e mais tarde, talvez daqui a dois, três anos, nós podemos transferir o imóvel cem por cento para o seu nome e você pode conseguir um refinanciamento."

Sua mãe olha para ele com um sorriso de expectativa e com as sobrancelhas bem altas na sua testa.

"Bem... De qualquer maneira, eu teria que fazer a porra do teste", ele lamenta.

A mãe olha para ele.

"Acho que vou fazer o teste já e ver se consigo passar. Se eu não passar, então talvez a gente possa tentar isso. Mas, se passar, eu estava pensando se eu não podia ir morar com você naquele quarto de que você me falou. Daí eu não ia precisar trabalhar e estudar ao mesmo tempo e coisa e tal", ele indaga.

A mãe dele começa a chorar e Tristan aceita que ela lhe abrace.

Os corredores são brancos e o piso azul-claro. Tudo cheira a borracha e a álcool hospitalar. A enfermeira vai na frente para mostrar-lhes o trajeto pelo hospital. Os sapatos dela rangem.

Sua mãe anda ao seu lado. Eles dobram aqui e dobram ali e andam pelos corredores extensos até chegarem a uma sala de espera branca.

"Bom dia. Sentem-se, por gentileza. O médico já vai chegar", diz a inteligência artificial da recepção.

Eles sentam e a enfermeira que lhes mostrou o trajeto vira para eles:

"Vai dar tudo certo", dirigindo-se a Tristan.

Ele faz que sim com a cabeça e a enfermeira os deixa sozinhos. Ele achava que ficaria tremendamente nervoso pra caralho, mas no fim das contas está de boa. O psicólogo explicou que os novos medicamentos contra os sintomas de abstinência tinham esse efeito, mas que não afetariam os resultados do teste. Ele e a mãe ficam ali sentados sozinhos naquela sala de espera por pouco tempo e então aparece outro mano mais ou menos com a mesma idade de Tristan e senta de frente para eles. Então a porta se abre e um mano de avental enfia a cabeça pela porta entreaberta.

"Tristan?"

"Vai dar tudo certo", sua mãe diz.

Tristan faz que sim com a cabeça e se levanta.

"Pode entrar, por gentileza", o mano de avental pede e segura a porta aberta para ele.

Eles atravessam uma salinha e entram em outra sala ao fundo da primeira. Ali, há uma cadeira e um capacete um tanto grande com alças. Tristan senta na cadeira e o mano prende as alças, borrifa um fluído nos seus cabelos e então coloca o capacete na sua cabeça. De repente, Tristan começa a pensar em Sunneva. Ela também tem que fazer esse teste. Quem sabe quando isso tudo acabar ele pode responder a ela e convidá-la para um encontro de verdade. Quem sabe eles comecem a namorar. Quem sabe.

"Você já fez esse teste antes, Tristan?", o mano pergunta.

"Não."

"Vamos mostrar alguns vídeos e você não precisa fazer nada, só tem que assistir aos vídeos. Aqui está um botão se você sentir claustrofobia ou se precisar fazer uma pausa."

"Certo."

"Excelente. Vai dar tudo certo", o mano diz, sorrindo para ele.

A marca FSC® é a garantia de que a madeira utilizada na fabricação do papel deste livro provém de florestas gerenciadas de maneira ambientalmente correta, socialmente justa e economicamente viável e de outras fontes de origem controlada.

Copyright © 2021 Fríða Ísberg
Copyright da tradução © 2022 Editora Fósforo

Este livro foi traduzido com apoio financeiro de:

 ICELANDIC LITERATURE CENTER

Todos os direitos reservados. Nenhuma parte desta obra pode ser reproduzida, arquivada ou transmitida de nenhuma forma ou por nenhum meio sem a permissão expressa e por escrito da Editora Fósforo.

Título original: *Merking*

EDITORA Rita Mattar
EDIÇÃO Eloah Pina
ASSISTENTE EDITORIAL Cristiane Alves Avelar e Millena Machado
PREPARAÇÃO Nina Schipper
REVISÃO Gabriela Rocha e Denise Camargo
DIRETORA DE ARTE Julia Monteiro
CAPA Cristina Gu
ILUSTRAÇÃO DA CAPA Bruna Canepa
PROJETO GRÁFICO Alles Blau
EDITORAÇÃO ELETRÔNICA Página Viva

Dados Internacionais de Catalogação na Publicação (CIP)
(Câmara Brasileira do Livro, SP, Brasil)

Ísberg, Fríða
  A marcação / Fríða Ísberg ; [tradução Luciano Dutra]. —
1. ed. — São Paulo : Fósforo, 2023.

  Título original: Merking
  ISBN: 978-65-84568-26-6

  1. Ficção islandesa I. Título.

23-152235   CDD — 839.69

Índice para catálogo sistemático:
1. Ficção : Literatura islandesa   839.69
Aline Graziele Benitez — Bibliotecária — CRB-1/3129

Editora Fósforo
Rua 24 de Maio, 270/276, 10º andar, salas 1 e 2 — República
01041-001 — São Paulo, SP, Brasil — Tel: (11) 3224.2055
contato@fosforoeditora.com.br / www.fosforoeditora.com.br

Este livro foi composto em GT Alpina
e GT Flexa e impresso pela Ipsis em papel
Pólen Natural 80 g/m² da Suzano para a
Editora Fósforo em abril de 2023.